dtv

Frau Mühlenbeck stammt aus dem Ruhrgebiet, war berufstätig und dann jahrzehntelang Hausfrau. Sie ist praktisch, patent und eine große »Meisterin« im Erzählen ihrer Lebensgeschichte. Eine andere Frau, eine junge Lehrerin, hört ihr zu, fasziniert von der Selbstsicherheit und Energie, mit der Frau Mühlenbeck ihr Gehäuse errichtet hat. Und stößt dabei auf immer mehr Fragen in ihrem eigenen Leben. Sie betreffen ihre Rolle in der Schule, über die sie nicht glücklich ist, ihr Verhältnis zu ihrem Lebensgefährten, in dem Gleichgültigkeit und Distanz vorherrschen, ihr Bedürfnis nach elementarem Umgang mit der Natur … »Zwei Möglichkeiten, Wirklichkeit zu erleben.« (Salzburger Nachrichten)

Brigitte Kronauer wurde am 29. Dezember 1940 in Essen geboren. Sie studierte Germanistik und Pädagogik und war einige Zeit als Lehrerin tätig. Heute lebt sie als freie Schriftstellerin in Hamburg.

Brigitte Kronauer

Frau Mühlenbeck im Gehäus

Roman

Klett-Cotta
Deutscher Taschenbuch Verlag

Von Brigitte Kronauer
sind im Deutschen Taschenbuch Verlag erschienen:
Die gemusterte Nacht (11037)
Rita Münster (11430)
Die Frau in den Kissen (12206)
Das Taschentuch (12888)
Schnurrer (12976)
Teufelsbrück (13037)

Ungekürzte Ausgabe
Dezember 1984
3. Auflage August 2005
Deutscher Taschenbuch Verlag GmbH & Co. KG,
München

Umschlagkonzept: Balk & Brumshagen
Umschlagbild: ›Aerated IX‹ (1942) von Kurt Schwitters
(© VG Bild-Kunst, Bonn 2005)
Gesamtherstellung: Druckerei C. H. Beck, Nördlingen
Gedruckt auf säurefreiem, chlorfrei gebleichtem Papier
Printed in Germany · ISBN 3-423-12732-5

Kapitel I

I

»Absolute Finsternis ist etwas Grausames. Mein Vater war ein jähzorniger Mann, aber schon damals stellte er uns Kindern, wenn wir uns im Dunkeln fürchteten, ein Öllichtchen ins Schlafzimmer. Das kostete fast nichts und half so. Wenn wir nachts schrien, trug er uns singend den langen Flur auf und ab, bis wir uns beruhigt hatten. Vor nichts, vor keinem Menschen habe ich in meinem Leben Angst gehabt, nur vor dem Dunkeln. thcin tfälhcs tetüheb hcid reD: ›Der dich behütet schläft nicht‹ stand auf dem Leinentuch entlang dem Bett, in dem wir alle einmal schliefen. Wir alle wußten es rückwärts auswendig.«

»Meine Mutter war eine geduldige, weichherzige Frau, die sehr schön weinen konnte, vor so schrecklich vielen Jahren, aber in der Erbitterung über eine Ungerechtigkeit schlug sie beim Bettenmachen laut schimpfend auf die Kissen ein und prügelte sie anstelle ihrer leibhaftigen Feinde, bis sie wieder lachen wollte.«

»Meine Mutter war immer eine großzügige, fromme Frau. Einmal allerdings, lange vor meiner Geburt, passierte folgendes: Zur selben Tanzstunde, die mein späterer Vater besuchte, ging auch ihre Kusine. Meine Mutter sollte Schneiderin werden, zu Hause war kein Geld für Vergnügungen dieser Art. Mein Vater, ein eleganter, leidenschaftlicher Tänzer, wurde von den Mädchen sehr umschwärmt, besonders die Kusine hatte beschlossen, ihn zu heiraten. Statt dessen holte ihn meine Mutter im hübsch geschneiderten Kleid jedesmal von der Tanzstunde ab. Keiner anderen gelang es, ihn zu erobern. Lange nach ihrer Heirat und kurz nach dem Tod der Kusine erfuhr meine Mutter durch Zufall von einer sehr abschätzigen Äußerung der Verstorbenen über ihr ›Heranmachen‹ an meinen Vater. Da ruhte nun also die tote Kusine in der Familiengruft und hatte doch sie, meine sonst nicht rachsüchtige Mutter, verleumdet, Schändliches, Erlogenes über sie verbreitet, während sie so ahnungslos Tränen vergossen hatte an ihrem Grab. Das konnte sie nicht verzeihen, und sie, die Sanfte, bestand hartnäckig und mit allen Mitteln darauf, daß die Kusine nach zehn Wochen aus der Familiengruft geholt und in einem anderen, neu gekauften Grab an abseitiger Stelle beerdigt wurde. Das war sie sich schuldig, das war eine Frage des Charakters und der Existenz. Nie wieder verlor sie danach ein böses Wort über den Vorfall. Kaum hatte sie die Angelegenheit in Ordnung gebracht, herrschte, als sei nichts geschehen, Freundlichkeit für jedermann, wie gewohnt. Nur mir erzählte sie eines Tages davon.«

»Mein Vater war ein frommer Mann, aber die Freiheit, aus ganzem Herzen zu hassen, nahm er sich immer unbeirrt. Als Abteilungsleiter der Büros für die Stahlwerke beim Bochumer Verein lebte und atmete er mit dem Werk. Strontium! Silicium! Wir Kinder kannten alle die Namen der Erze. Zu Hause kontrollierten wir mit ihm in den Listen die vielstelligen Beträge, das mußte zack-zack gehen, sonst gab es was dran. Damals, nach dem Ersten Weltkrieg, bestand durch die Besatzungsmächte eine strenge Beschränkung der Produktion. Eine internationale Kommission überprüfte die Einhaltung. Besonders ein kleiner, frecher Franzose war sehr eifrig, er hielt die Papiere, auf denen die Lieferungen notiert waren, immer gegen das Licht und konnte nicht gründlich genug sein. Da die Produktionsbeschränkungen prinzipiell überschritten wurden, lebte mein Vater in ständiger Sorge. Den Franzosen fürchtete er am meisten, er haßte in ihm alles Französische. Es war immer, während der Prüfungen, eine Zeit des Zitterns. Wir alle mußten zu Hause mitbeten. Manchmal hörten wir ihn nachts laut im Schlaf ›Mein Jesus, Barmherzigkeit!‹ rufen. Sonst kannte er keine Furcht. Bei Streiks, wenn kein Arbeiter, kein Direktor das riesige Werksgelände betreten durfte, schob er die Maschinenpistolen der roten Streikposten einfach beiseite. Er sagte bloß: ›Weg damit! Wer soll denn die Löhne fertig machen!‹ Das Werk war seine große Liebe, sein Lebenssinn. Jeder kannte ihn, eine wirklich populäre Gestalt. Diese schrecklichen Spaziergänge! Immer traf er jemanden, alle zehn Schritte, und es ging und ging nicht vorwärts!«

»Mein Vater war ein frommer Mann und der Bochumer Verein seine große Liebe, aber die Aktentasche, voll mit geklauter Kohle, als niemand was zum Brennen hatte, die spielte er uns am Eingangstor doch zu, sooft er konnte.«

»Meine Mutter hat, bei aller Langmut, in ihrer Ehe drei Dinge an sich herausgebildet: List, Entschlossenheit, Diskretion. Das gab sie ihren fünf Töchtern mit, als Rat. Mein treuer, fleißiger Vater! Geldangelegenheiten wurden demokratisch verhandelt, und doch war er, wie üblich, jedenfalls vor fünfzig, sechzig Jahren, ein Tyrann. Auf alle erdenkliche Weise schonte man ihn, wenn er abends von der Arbeit kam. In vielen Familien gab es dann dieses Bild: Die Mutter, erschöpft ebenfalls von dem Tag zwischen Wäsche und Kindern, hört schweigend dem

Mann, dem Kämpfer außerhalb des Hauses, zu. Sie zwingt sich, frei zu sein für seine Sorgen, und tröstet ihn, möglichst unauffällig. Eines Abends war sie wohl am Rande ihrer Kräfte angelangt. Sie hielt sich nicht an die selbstverständliche Abmachung und beklagte sich also, ihr Mann genoß die Entspannung ja allabendlich, dieses eine Mal über irgendeine Ungezogenheit des Sohnes. Hätte sie bloß den Mund gehalten! Sie kam ja doch nicht weit! Schon sprang mein Vater wortlos auf. Der müde Heimkehrer, den man um seine Ruhe betrog, zeigte, wie so leichte Probleme zu lösen sind. Er riß den schlafenden Jungen aus dem Bett, der mitten im Traum gar keine Ahnung mehr von seinen Streichen hatte, befahl ihm, seine Kleider zu packen und das Haus zu verlassen. Ihm werde der Unfug in der Fremde schon vergehen! Er schlug die Tür hinter dem Kind zu und setzte sich, die Luft aus sich rauspustend, an den Tisch, meiner Mutter gegenüber. Ja, das war eine gelungene Lektion des Vaters für Mutter und Sohn mit ihren Bagatellen. Da konnte man triumphierend die Füße von sich strecken. Aber immer, wenn meine Mutter diese Geschichte erzählte, uns Töchtern, sagte sie an dieser Stelle, nach einer Weile, in der sie ein paarmal Atem schöpfte, kopfschüttelnd: ›Hätte es ein Unglück gegeben, wem wäre das Herz wohl eher gebrochen als ihm?‹ Immer sagte sie das beharrlich im Rückblick, so sehr schien er diese freundliche Beurteilung nötig zu haben, auch noch, als der Sohn, der der einzige blieb, verheiratet war und heimlich, weil seine Frau ihn so streng hielt, in den Küchen der Mutter und Schwestern dicke Soßen gleich eßlöffelweise aß. In diesem Moment aber dachte sie nichts Freundliches. Sie hatte ihre Periode und große Wäsche, und jetzt, nach diesem Pensum, treppauf, treppab, mit Rückenschmerzen trotz Waschguste, anstatt ein bißchen getröstet zu werden durch Zuhören, gar nicht mehr als das, starrte sie die Tür an. Sie warteten beide, nichts tat sich. Allmählich verriet mein Vater Nervosität durch kleine Versöhnungszeichen, er versuchte, ihr in die Augen zu sehen. Sollte der Kleine es ernst gemeint haben, dieses Kind? Vor der Tür kein Laut und hinter ihr nicht. Schließlich war Nacht und dies kein ungefährliches Viertel. Sie quälten sich beide. Mein Vater rückte zwar hin und her, traute sich aber von selbst keinen Schritt zu. Plötzlich weinend, ertrug es meine Mutter nicht länger. Zum ersten und zum einzigen Mal mit wildem Haß auf den eigenen Mann, rannte sie zur Tür, im Mantel, vorbereitet auf längeres Suchen. Sofort sprang er hinter ihr in die Höhe, maßlos erleichtert: Nun konnte er handeln! Da saß der Junge, schlafend, lässig gestreckt, als man ihn weckte, auf der Schwelle, hatte nichts behalten, den Unfug des Vaters gar nicht begriffen, den Schlaf also einfach weitergeführt. Er nickte freundlich den Eltern zu. Weiß Gott, eine schöne Lektion! Es wurde nicht mehr darüber gesprochen. Doch sie bewahrte es sich und ihren Töchtern als Lehre und hielt sich eisern daran: Entscheidet, wenn irgend möglich, allein, redet nicht mit euren Männern drüber! Das hat sie mit sechs Kindern geschafft.«

»Ach, meine Mutter besaß einen Sinn für das Aufschlußreiche, für die beispielhafte Situation!«

2

Auch etwas Festes fällt auf den Boden. Ich höre ein Geräusch. Sie hat eine Haarnadel mit dem Kissen vom Nachttisch gestoßen. Unten bewegen sich die Staubflocken auf neue Plätze. Sie knöpft den Bezug auf, sie steht vor dem Bett. Von der anderen Seite wurde ein zweites daneben geschoben. Ich sehe in der Mitte von beiden die Ritze. Die Matratzenfläche ist mit weißen Laken bezogen. Darauf liegen dicke, gestreifte Oberbetten in einem Durcheinander. Eine Feder streicht an ihrem Gesicht vorbei und durch die Luft, beinahe auf die Frisierkommode und dann auf den Teppich. An einigen Stellen decken die Laken die Matratzen nicht zu, auf die grau-gelben Streifen, die dort sichtbar werden, hat man noch glänzende graue Blüten gedruckt und um die Kanten eine fast goldene Kordel genäht. Sie steckt sich wieder Haare hinter das Ohr, und neben ihr liegt ein Berg gestreifter Bezüge. Sie tritt einfach danach mit spitzen Schuhen und hohen Absätzen. Sie verfängt sich in der Wäsche und hält sich einen Moment lang an der Wand fest, die Wand ist mit weißer Rauhfasertapete beklebt, auf den Fußleisten liegt etwas Staub, über dem Bett hängt eine Ikone, eine Madonna, nur ihr Gesicht. Sie hält es geduckt, diagonal, es paßt gerade in den Rahmen. Ein anderes Bild an der Wand ist die Fotografie einer alten Frau. Bei ihr erkennt man noch die Schultern und den Busen unter Falten bis zur Mitte, das Gesicht im Profil. Sie geht schnell auf und ab am Bett entlang, und es gibt Geräusche, knallend auf dem Boden. Sie arbeitet an der Aussteigeseite des zweiten Bettes. Das erste Bett ist ohne Laken und Bezüge, rot alles, die Matratze deutlich sichtbar mit Streifen und Blüten. Sie wischt mit dem zweiten Kissenbezug über die obere Bettleiste, eine Staubwolke, feiner, weißer Puder, sinkt durch die Luft auf das Laken. Ein neuer Berg bildet sich am Ende des Bettes. Dort steht ein Apparat, den man ›stummer Diener‹ nennt. Er bügelt in der Nacht die Hose auf. Auch jetzt hängt eine Hose darin, das Signallämpchen glüht nicht, sie reißt die Zipfel des Lakens aus den Spalten, das Fenster ist in der Mitte geöffnet, und die Gardinen schwingen. Die Flügel ragen weit ins Zimmer. Sie stößt sich daran. Sie dreht sich nach dem Flügel um und drückt den Ellenbogen dagegen. Sie sagt ein kurzes Wort, neue Laken sind über die Matratzen gezogen, wieder weiß und mit scharfen Knicken, viele Rechtecke durch die Falten. Manchmal sieht sie das Fenster an, immer, wenn sie dagegenstößt, etwas später. Die Laken hat sie stramm zwischen die Ritzen gespannt und die beiden Wäschehaufen zu einem einzigen geschoben. Auf dem Teppich liegen weiße Teilchen in der Nähe des Bettes. Sie nimmt ein zusammengefaltetes Tuch von einem Stapel. Es fällt auseinander und ist schwach gelb gestreift. Aus dem Wasserhahn stürzt manchmal ein Tropfen. Sie trägt einen weißen Perlonkittel, an den Taschen ist eine Borte aufgesetzt. Die Oberbetten sind jetzt frisch bezogen und rundlich. Sie legt Nachtzeug auf den Platz, wo eben die Kopfkissen waren, eine Fliege läuft an der Gardine hoch. Sie fliegt auf den Wäscheberg, er ist im Spiegel sichtbar, dort sehe ich auch das Fenster. Die zur Seite gezogenen Gardinen schwanken. Sie schwanken auch in Wirklichkeit. Im Spiegel mit den drei Teilen erscheint alles leicht gekippt, sie tritt jetzt auf den Stapel zu. Er ist nur noch ganz flach, ein kleiner Bezug klappt auf, und sie faßt mit beiden Händen rein. Eine Hand nimmt sie wieder raus und preßt sie in ihren Rücken, die Fliege sitzt auf der Lampe, läuft rundum, sie schlägt kurz danach. Die einzelnen Staubflusen schwingen hin und her, dicht über dem Boden, direkt an der Tür liegt ein Staubsauger. Über ihn und um ihn herum ist ein dickes, sehr langes Kabel gefallen. Aus dem Treppenhaus kommt schon eine Zeitlang Schulfunk, ein Menuett, auf ihren Schuhen hat sich ebenfalls der feine Staub aus den Betten niedergelassen, aber wenn sie an den Wäschehaufen kam, wurde er jedesmal abgewischt. Sie reckt sich und preßt beide Hände ins Kreuz, in einer Ecke steht ein Nähkasten. Die beiden Seiten sind schräg voneinander weg nach außen gezogen, sie knöpft einen Kissenbezug zu. Das ist der zweite, sie klopft einige Male auf das fertige Kissen und greift nach einer schweren Decke, die über einem Stuhl hängt, eine Feder überschlägt sich am Boden. Ein Buch ohne Umschlag, mit vielen Seiten, verschiebt sich beim Auflegen der Decke auf dem Nachttisch, unten, in der Küche, im Radio beginnen Nachrichten, ich verstehe jedes Wort.

3

»Eben, zum Beispiel.«

»Ich komme gerade mit zwei schweren Taschen aus der Stadt, stelle alles in der Küche ab, lasse alles so stehen und liegen, schäle nur schnell die Kartoffeln fürs Mittagessen, koche mir erstmal eine Tasse Kaffee.«

»Da, als ich den ersten Schluck trinken will, ich hatte mich wirklich in diesem Moment hingesetzt, klingelt es! Ich springe hoch.«

»›Mensch‹, denke ich, ›ausgerechnet! Kann man nicht diese eine Sekunde in Frieden auf seinem Hintern sitzen? Wird der Briefträger sein‹ und renne zur Tür.«

»Ein ziemlich junger Mann steht da, erbärmlich angezogen, viel zu großes Zeug, mit einem Rucksack auf dem Rücken. Mann, mir gingen die Mundwinkel noch mehr runter.«

»›Frau‹, sagt er, ›habt Ihr nicht ein paar alte Flaschen rumstehen? Ganz egal welche Marke.‹ ›Flaschen, Flaschen!‹ sage ich. Sicher, im Keller mußten noch welche sein. Mein Mann zerschlägt sie regelmäßig mit einem Hammer und wirft den Rest in die Aschentonne. Gott ja, bis es dazu kommt, sammelt sich immer was an. Die Flaschen aus den Kästen gehen natürlich zurück zum Händler. ›Ja, ein paar Flaschen werden wohl da sein‹, sage ich also nach innen fluchend, nach außen freundlich.«

»Das war jetzt der Moment, wo ich zögerte. Es gab ja eine Schwierigkeit. Ich mußte die Flaschen aus dem Keller holen und hätte dabei den Mann im Rücken gehabt. Ich weiß, daß so was nicht ungefährlich ist. Aber sollte ich ihn vor der geschlossenen Tür warten lassen? Peinlich! Nein! Ich schwankte und gab mir dann einfach einen Ruck. Ach was, habe ich gedacht. Ich sah mir seine Hände an, so verarbeitete, knotige Hände, und wie er dastand, in den alten verbeulten Schuhen. Ich riskierte es! Allerdings, als ich die Treppe runterging und er allein im Hausflur war und ich allein im Keller, habe ich extra energisch mit den Absätzen aufgetreten und rasch die Flaschen gepackt, ohne besonders gründlich hinzusehen, alles, was ich mit einem Mal fassen konnte.«

»Plötzlich hörte ich oben ein Geräusch. Junge, da war ich aber schnell wieder bei ihm! Er kuckte sich ein Bild neben der Garderobe an und hatte den Rucksack abgesetzt. ›Ein schönes Bild habt Ihr da, Frau!‹ warf er so hin durch die Zähne und rührte sich nicht vom Fleck. Die Tür hinter ihm war offenbar zugefallen. ›So! Bitte!‹ habe ich wieder entschlossen, fast drohend gesagt und stellte ihm die Flaschen vor die Füße. Und meinen Sie, der hätte die genommen und wäre verschwunden! Vonwegen. Jetzt ging es erst los!«

»Der fragt mich doch seelenruhig, ob ich ihm die Flaschen in seinem Rucksack nicht waschen könne. Er habe sie am Waldrand aufgelesen, in der Nähe der Imbißstände. Wenn er sie abgebe, müßten sie gesäubert sein. Na, ich war vielleicht verblüfft!«

»›Dafür kriegen Sie doch gar nichts, die sind doch alle verschieden‹, sagte ich, als ich mal vorsichtig in den Rucksack reinkuckte. ›Doch‹, meinte er, ›pro Stück zehn Pfennige. Es sind Europaflaschen.‹ Was sollte ich machen, daraufhin? Ich konnte mir nicht vorstellen, daß er die irgendwo für Geld loswürde. Aber mit so einem ›Nee, das mach ich nicht‹ wollte ich ihn auch nicht abwimmeln.«

»Was ich mich frage: Warum kommt der bloß ausgerechnet damit zu mir? Man kann doch nicht dem Haus ansehen, daß er mich überreden wird, auch nicht, daß ich allein bin im Augenblick. Gut also. Die Sache mußte ja weitergehen. Wir sind in die Küche marschiert.«

»Da standen noch die Taschen und alles rum, die Kaffeemühle, und auf dem Tisch lag mein aufgerissenes Portemonnaie. ›Sie sehen, Sie haben mich wirklich überrascht!‹ Das war ein Hinweis, der ihn nicht störte. Klar! Dann bot ich ihm an, sich hinzusetzen und Kaffee zu trinken, eine Schnitte wollte er nicht. Er saß auf dem Stuhl, trank, sagte: ›Einen schönen Kaffee habt Ihr da, Frau‹, und kuckte mir beim Spülen der Flaschen zu. Er nahm die Tasse fest in beide Hände. Gesprochen hat er weiter nichts.«

»Wir waren beide still in der Küche, er mit meinem Kaffee, ich mit seinen Flaschen beschäftigt. Schließlich packte ich ihm die Dinger schön ordentlich wieder ein. Er ließ das selbstverständlich geschehen. Den Rucksack hat er aufgeschnallt und im

Rausgehen nur wieder gegrummelt: ›Da habt Ihr aber ein schönes Bild, Frau!‹ und vor sich hingegrinst und ist gegangen.«

»Als ich die Tür hinter ihm zu hatte, kochten gerade die Kartoffeln über. Verdammt noch mal, sagte ich mir, du warst wieder leichtsinnig. Die ganze Zeit saß er hinter dir, und weil das Spülen Krach machte, hättest du nicht mal eine Bewegung von ihm gehört!«

»Er ließ mich mit einer Art von, also ich muß schon sagen, köstlichem Gottvertrauen machen, na ja, da habe ich notgedrungen auch welches gehabt.«

4

Im Bett lagen wir wie Säcke nebeneinander, wie Brote, wie Flecken. Sich auch nur ein bißchen von der Stelle zu bewegen, war für uns beide eine gleich große Anstrengung. So dazuliegen, vor sich hinzuatmen, keinen Finger zu krümmen und überhaupt nicht friedlich gestimmt zu sein! Ich bin froh, wenn ich aus den Bussen raus und endlich zu Hause bin. Ich will nichts anderes, als irgendwas essen, etwas schimpfen, etwas vor mich hinweinen und essen, etwas, für das man keine Aufmerksamkeit braucht, das kein bißchen stört. Es soll so sein, daß man ißt und die Zeitung dabei liest. Es soll sich so von allein vor sich hinessen. Es muß aber viel sein. Es gibt nichts Schöneres, ich glaube, es gibt nichts Schöneres, nie bin ich so erleichtert, als wenn ich im Bett versinke, unter dicken Zudecken. Für zwei Stunden tiefer Schlaf! Der nächste Tag ist gar nicht vorstellbar. Das muß fast ein Ersticken sein, aber ohne daß man es merkt. Je wärmer die Luft im Zimmer, desto besser, es kann ruhig schwül und stickig sein. Ich habe vor dem Fernsehapparat gesessen und mich gefragt: Warum interessierst du dich nicht für dieses Pferderennen? Aber ich spürte ja: Das konnte sehr leicht passieren, da könnte ich durchaus ein Fan werden. Dann kam ein Formel-I-Rennen und: dasselbe. Ein kleiner Schnips, und schon wäre ich ein Anhänger von Autorennen, dann Fußball, dann Schwimmen, Turmspringen. Das wartet sozusagen alles vor der Tür. Im Bahnhof standen Fensterputzer auf Gestellen. Sie machten die vielen kleinen Glasfenster sauber. Jedes wurde einzeln geputzt. Die Leitern konnten sie, indem sie darauf standen, seitlich bewegen. Es ging immer höher, manche Scheiben waren schwer zu erreichen. Einer rief zu den andern: »Poach, bei mir wird es immer schwieriger!« Er rief das richtig begeistert, als wäre er stolz darüber. Ich sah das sehr gern an. Als ich mich verabschiedete, mußte ich noch an diesen fröhlichen Satz denken. Da hatte ich ihn aufgeschnappt, und er saß. Ich wollte ihn auch nicht so schnell vergessen. Der Abschied lenkte mich eigentlich nicht davon ab. Meine Füße sind wieder so kalt. Es ist wirklich das Schönste, Socken anzuziehen und sich im Bett, in den Kissen zu verkriechen. Wenn man im Winter wach wird, ist es schon dunkel. Dann gibt es Tee und man sitzt drinnen und muß nicht mehr raus. Die Schule bleibt mir dann fast gleichgültig. Ich bekomme kein Herzklopfen mehr, sobald ich unverhofft daran denke, aber vorher, vor dem Einschlafen, muß der Magen voll und das Zimmer warm sein. Sonst klappt es nicht. Ich frage mich nie, wie ich das durchstehen soll. Wie war das? Habe ich mich nicht dadurch, daß ich stur durchs Fenster kuckte, vor einem Schreikrampf gerettet? Ich halte alles für nichts Besonderes. Es geht ja ganz gut. Ich hatte mich über das schöne Wetter geärgert. Ich wußte ja gar nichts von den sonnigen Tagen in der Stadt, ich hatte ja keine Ahnung, daß man schon mit nackten Beinen ging und die Luft an alles ranließ. Es muß aber plötzlich gekommen sein. Ich sah dieses federnde Gehen an der Bushaltestelle. Ich dachte: Das hast du verpaßt, das kriegst du nie mehr hin, diese Lust, mit jemandem locker zusammenzustoßen. Da stand ich in meinem muffigen Winterzeug und schwitzte. Mich kümmerte das alles kaum. Aber was wollte ich, mich verkrümeln aus den aufgeregten Straßen? Ach, meine Verdrießlichkeit! Ich bin heute gegangen, und es war so, daß ich meine Lippen mit Absicht fest aufeinanderpressen mußte, um nicht laut loszusingen. Das hat nichts mit Freude zu tun, das ist so ein Drang. Ich sehe manchmal Frauen, die allein im Café sitzen. Bis zu meinem Tisch rüber spüre ich ihren qualvollen Wunsch zu sprechen, und sie sitzen da stumm eine ganze Stunde lang und müssen ihren Mund zusammendrücken und schaffen es kaum, und im letzten Moment springen sie lieber auf und gehen. Jetzt ist die Schule weit. Ich komme aus ohne den tiefen Schlaf und ohne Socken. Vor mir ging ein viel älterer, aber schlanker, athletischer Mann in einer einfachen Hose und einem Pullover. Wie er Spaß am lockeren Gehen hatte! Er hielt nichts in den Händen. Ich sah ihn ja nur von hinten, er gefiel mir so. Ich habe versucht, wenigstens genau in seinem Rhythmus zu gehen. Es war wie in einem Bett mit ihm. Es tat gut, und er ahnte nichts davon. Ich habe mich mit ihm bewegt, ich habe ihn verfolgt, bis er eine Treppe hochlief, ohne sich auch nur einmal umzusehen. Es gefällt mir aber nicht, wenn meine Hände auf dem Tisch liegen und er auf diesen Tisch mit der Faust klopft und ich von den Stößen seines Aufklopfens durchgeschüttelt werde. Ich fühle es bis in die Fußspitzen, ich ärgere mich. Das Wetter rührt mich nicht. Ich kenne das zwar, soviel Wind und Licht und Schatten, aber ich empfinde es nicht. Es ist mir egal. Ich bin taub dagegen, ich kneife in meinen Arm und spreche mir vor: »Was für ein Tag!« Aber es regt sich kein Interesse, keine Anteilnahme. Es ist mir sogar lästig. Wenn dies nämlich ein üblicher Tag wäre, brauchte ich nicht darüber zu erschrekken, so von seiner Pracht getrennt zu sein. Das ist ja früher ganz anders gewesen! Mir ist das zu monströs. Mir geht das jetzt auf die Nerven. Es kann alles ruhig sang- und klanglos kommen. Auf der Rückreise schilderte er die Landschaft einem Zugnachbarn. Ich wollte es nicht in diesen Worten anhören und bin auf den Gang geflüchtet. Mit dem Busfahren ist es noch lange vorbei! Ein Liebespaar im Bus ist auf sich konzentriert, auch Schüler, die an den Haltestellen reintoben. Ich sehe es ja immer: Sie sind nicht bösartig gegen die anderen, sie bemerken sie gar nicht! Das ist für alle Insassen beleidigend. Die benehmen sich auffällig, und wir müssen hinkucken, aber sie registrieren uns allenfalls als Kulisse. Auch ich bin gekränkt. Was für ein komisches Bedürfnis, von ihnen beobachtet zu werden! Wir alle fühlen uns degradiert, aber es bleibt uns nichts übrig, als hinzustarren. Deren Aufmerksamkeit ist von uns nicht zu erregen. Die genügen sich selbst, wir uns nicht. Wir sind erbost und überflüssig. Es ist mir im Grunde genommen gleich, aber ich weiß, daß die anderen Leute es so empfinden. Verbiestert mustern wir die Unabhängigen. Die eigene Anwesenheit zählt einen Dreck. Ich kenne ihre Gedanken. Ich schließe mich dem mühelos an, wenn ich will. Ich kann jetzt die Augen zumachen, ich muß nicht den schönen Tag ansehen, keine Gesichter, nicht von Schülern, nicht von Fahrgästen. Ich kann für mich sein. Ich habe in einer Sesselritze einen kleinen Knochen gefunden. Er ist vielleicht einmal vom Teller gesprungen, das Fleisch um ihn herum war eingetrocknet. Es hat sich mir eingeprägt.

I

»Was hat man als Kind für merkwürdige Schwierigkeiten, sich in der Welt zurechtzufinden!«

»Ich war noch sehr klein, als ich, während ich am Tor des Bochumer Vereins meinen Vater abholen wollte, meinen Onkel Karl traf. Er sprach ein bißchen mit mir und wollte mir wohl eine Freude machen. Es gab in diesem öden Viertel einen kleinen, trostlosen Laden. Im Schaufenster standen immer Zuckerpuppen mit blöden Gesichtern, wir nannten sie Spinnengummi. Mein Onkel versprach mir, für die paar Pfennige, die sie kostete, so eine Puppe. Ich traf ihn dann oft und extra, wenn ich meinen Vater abholte, und hoffte immer, diesmal würde er sich entschließen. Er redete nicht mehr davon. Auch ich sagte keine Silbe. Aber nie vergaß ich, daß er sein Wort nicht gehalten hat. Noch heute achte ich, besonders Kindern gegenüber, darauf, ein Versprechen strikt einzulösen. Gerade Kinder nehmen es so ernst, sie wollen sich felsenfest darauf verlassen.«

»Wörter sind oft so irreführend. Als ich zum ersten Mal die Zeile ›Letzte Nachrichten‹ las, dachte ich, das Ende der Welt sei nahe. Am nächsten Tag gab es die Welt noch immer, und zu meiner Verblüffung las ich wieder, aber neue ›Letzte Nachrichten‹. Wenn ich zum Bäcker geschickt wurde, kaufte ich das Brot in einem Geschäft, über dem stand: ›Dröge-Niederlage‹, aus Mitleid. Diese Bezeichnung nämlich veranlaßte mich zu glauben, die Inhaber hätten schwere Verluste erlitten. Auch die Zeile aus dem Weihnachtslied: ›Alle Jahre wieder‹: ›daß es treu mich leite an der lieben Hand‹ hatte ich mir auf meine Art plausibel gemacht. Ich sang jedesmal: ›an der linken Hand‹. Damit zog ich das Christkind auf meine Seite, es war, so wie ich, Linkshänder! Das Linkshändigsein half mir übrigens schon sehr früh, die Leute einzuteilen. Noch bevor ich zur Schule ging, malte ich alle Wörter fleißig ab, bis einmal der Rektor, der in unserem Haus wohnte, zu mir sagte: ›Das ist ja Spiegelschrift!‹ Ich gewöhnte es mir daraufhin beim Schreiben mühsam ab. Von diesem Moment an gab es für mich zwei Sorten von Menschen: die, die mich als Linkshänder und wegen meiner roten Haare als ›Hexe mit greulichen Augen‹ verhöhnten, und die, die keinen Anstoß daran nahmen, Freunde und Feinde also. Es hat wirklich meine Kindheit geprägt, dieses blöde: Bäh, Linkshänder! Und noch immer fällt es mir auch im Fernsehen, bis heute, sofort auf, wenn jemand mit der linken Hand zum

Füller greift. Im ersten Augenblick kommt es mir dann so vor, als wäre es ein guter Bekannter.«

»Die einfachsten Dinge sind, wenn man ein Kind ist, große Hindernisse, die man überwinden muß. So klein man ist, man will sich gegen sie durchsetzen. Meine ältere Schwester Lisa besaß eine Schürze aus dem gleichen Stoff wie ich. Als ich das eines Tages sah, stürzte ich mich auf sie und ließ sie, im Glauben, es sei meine Schürze, schließlich kannte ich das Muster ganz genau, nicht los, bis man mir meine eigene brachte. Natürlich überzeugte mich das für den Moment, aber meine Schürze machte mich jetzt mürrisch, es war etwas Unsicheres daran. Schon als Kind habe ich erbittert gegen gewisse Dinge in meiner Umwelt, die ich nicht hinnehmen wollte, angekämpft. Ich lag in einem Bett mit Vorhängen, hinter denen ich schlafen sollte. Ich kann damals nicht älter als drei Jahre gewesen sein. Meine Mutter arbeitete im selben Zimmer. Dabei trug sie einen Kittel aus einem Material wie Sackleinen, Rupfen. Mir mißfiel das sehr, und ich rief aus dem Bett heraus, sie solle den Kittel ausziehen. Meine geduldige Mutter tat das auch. Als ich nach einer Weile wieder zwischen den Vorhängen rauskuckte, hatte sie den Kittel doch an. Wie der Teufel streckte ich den Kopf vor und rief: »Tu den Sackleinenkittel weg!« Meine Mutter zog ihn vor meinen Augen aus. Einige Zeit später prüfte ich nach, sie stand wieder im Kittel im Zimmer. Ich hatte so eine Wut auf den Stoff, daß ich voller Haß die Gardinen zur Seite riß und schrie, ich könne niemals einschlafen, wenn sie den Kittel anbehielte. Schließlich trug ihn meine Mutter in einen anderen Raum, zog eine Schürze an, und ich hatte meinen Frieden erstritten. Ich merkte mir solche Erfolge!«

»Mein Vater, der ein furchtloser Mann war, hat uns immer unterstützt. ›Laß dir nichts gefallen. Hau zurück!‹ schärfte uns mein frommer, hilfsbereiter Vater schon früh bei jeder Gelegenheit ein. Eins seiner Kinder richtete sich am meisten danach. Ein Ereignis gab es, bei dem ich entschied, ein für alle Mal, der Angst nicht nachzugeben. Ich legte mich vor mir selbst und für lange Zeit auch vor meinem Vater fest, mutig zu sein. Von diesem Punkt an waren, so empfinde ich das, als wäre es erst gestern geschehen, die Weichen gestellt. Zu Hause hatte ich schon die richtige Einstimmung hinter mir. Wir durften die schöne Granatkette meiner Mutter abwechselnd tragen. Bei festlichen Gelegenheiten hing sie einer von uns Schwestern malerisch auf der Brust. An diesem Tag, nach einem bösen Kampf, war ich an der Reihe, ausgerechnet, wo ein Familienfoto gemacht werden sollte. Endlich trug ich sie wie eine Trophäe, aber zornig, um den Hals. Ich steckte in einem weißen, gestärkten Leinenkleid, es stieß in die Kniekehlen und roch nach Leim. Die Sonne stach mir so in die lichtempfindlichen Augen, daß ich keinen Streit um den besten Platz mehr riskierte. Die ganze Zeit über, in diesem Kaffeegarten, wo mein Vater beim Bier saß, war ich gereizt. Ich kratzte mit den Fingernägeln über die Dekke. Das gibt ein widerliches Geräusch, aber es half mir. Manche kneifen sich, wenn der Zahn schmerzt, in den Arm. Plötzlich hörte ich auf zu atmen. Ich hatte etwas Schreckliches entdeckt: Es gab für mich in dieser Sekunde nichts anderes mehr auf der Welt, keinen Vater, keine Schwestern, keine prunkvolle Kette, kein lästiges Kleid. Auch keine Sonne mehr, kein Gesicht bis auf dies eine. Es war dort für mich aufgehängt, freundlich, riesig, lächelnd. Diese Grimasse dahinten und ich, wir existierten allein. Ich konnte nicht weg, ich wurde von ihr festgehalten. Die kleinen Augen über den zur Täuschung gemalten Apfelbacken stachen zu. Aus dem Maul schoß höhnisch eine winzige Zunge. Niemand merkte was, keiner half, es war ein lautloser Kampf zwischen uns beiden. Das Gesicht lächelte, als hätte es längst gewonnen. Ich spürte etwas in mir aufsteigen und quellen, kein Wort wurde gesagt. Ich konnte nicht wegsehen. Plötzlich geschah etwas: Ein Mädchen, jünger als ich, marschierte schnell und fröhlich zu dem Mondsgesicht, hielt eine Münze seitlich, in Höhe der Ohren, die Ohren schluckten, es zog die Zunge, bis sie ans Kinn leckte, und aus der Fratze fiel etwas Gutes, ein dickes Bonbon. Jetzt liefen fast alle Kinder, bis auf mich, zu ihm hin, keins starb an Vergiftung. Doch ich war noch immer in meinen Gegner vertieft, ohne mich zu rühren. Da endlich begriff mein Vater, sagte aber nichts, legte nur eine Münze, sehr nachdrücklich, vor mich hin auf die Decke, die ich mit den Fingernägeln wieder zu kratzen anfing. Ich war nun nicht mehr allein, mein Vater kuckte zu, machte also mit. Er wollte, daß etwas passierte. Der Mond sah weiter in meine Richtung mit seiner teuflischen Freundlichkeit. Es gab keine Wahl mehr und keinen Fluchtweg. Es war ein Geheimnis zwischen dem Vater, dem Mond, der Münze und mir. Ich nahm das Geldstück, ich ging ohne Umweg, langsam aber, langsam natürlich. Ich trat überall auf Bonbonpapiere aus seinem Maul. Die mußten überwunden werden, die hatte er aus seinen Feuerbakken gespuckt. Im Rücken mein Vater, zurück ging es nicht mehr. Die eigenen Augen befanden sich in Höhe der Zunge, das war zwei Meter vor dem Mond. Dann – für was Wichtiges, das wußte auch mein Vater, nehme ich immer die linke Hand – holte ich weit aus, sprang nach vorn mit geschlossenen Augen und: Handrücken, Handfläche, zackzack in das fette Mondhinterngesicht, schlug ich zu. Ich bin sofort zurückgerannt, habe mich zu meinem Vater gesetzt mit meiner Münze, das war an dem Tag meine zweite Trophäe. Die für den Mond? Vonwegen. Da lag sie vor mir. Ringsum an den Tischen lachte man schallend. Mein Vater strich mir über die Hand, eine lag ihm am nächsten, die tapfere Linke. Stolz sahen wir beide dem Blechmond ins Gesicht, diesem Automaten. Das war ein Sieg, der mich festgelegt hat!«

2

Manchmal meint man, sie würde im nächsten Moment einen Blumentopf zu Boden reißen, die Blumen in bemalten Porzellantöpfen, die Pflanzen. Sie sind in der Luft miteinander verästelt, auf der Fensterbank stehen sie dicht gedrängt, sogar über den Rand weg. Unten liegt ein orientalischer Teppich, da sind auch gelbe Blättchen hingefallen. Um den Teppich herum ist brauner Fußboden, Linoleum. An der Wand entlang der Heizung, ein Fernsehapparat, in der anderen Ecke eine Musiktruhe. Sie tritt ab und zu auf vertrocknete Zweige, sie geht hin und her. Einige Blumen sind sehr bekannt, alles Topfpflanzen, hohe und niedrige. Manche haben Blüten, immer rote dann aber. Hinter den Scheiben fängt der Garten an, hinten und an den Seiten mit einer hohen Hecke. Eine der Scheiben ist gekippt, ein Kippflügel. Sie packt mit der freien Hand zwischen die Töpfe und schiebt sie an eine etwas andere Stelle, die Töpfe stoßen mit einem ›Klack‹ aneinander. Sie bohrt die Finger in die Erde und bröckelt sie mit Daumen und Zeigefinger, die Klumpen, sie drückt dann die Erde wieder fest, rund um die Pflanze. Auf der Fensterbank liegen kleine Gegenstände im Gedränge, emaillierte Aschenbecher, eine Lupe, ein Holzstab, Glaskugeln, hölzerne Flötenspieler, ein Dirigent aus Holz, auch Staub. Staub, Erdkrümel besonders in der hinteren Reihe. Man kann mit den Händen schlecht dorthin gelangen, in der anderen Hand hält sie einen Wärmbeutel. Er ist rautenförmig geriffelt, an einem Plastikband hängt der Verschluß herunter, baumelt, schlägt gegen das Gummi. Sie wirft einen vollständig verdorrten Ast auf den Boden, sie hat ihn vorher mit einem schnellen Ruck abgerissen, die Pflanze federt leise zwischen den anderen. Auch eine Blüte, noch frisch, fällt ab, neben die Lupe. Die nimmt sie und hält sie dicht vor ein Auge und dicht vor ein Blatt, dessen Unterseite sie nach oben dreht. Das macht sie bei mehreren. Die Sansevierien haben alle gelbe Ränder, sie sind dort manchmal eingerissen, alle glänzen, wie mit Fett eingerieben. Immerzu raschelt sie zwischen den Blumen und verschiebt die Töpfe. Ein Stück Vorhang bauscht sich und bleibt an der Spitze des Christusdorns hängen. Sie gießt mit dem Wasser aus dem Wärmbeutel die Blumen. Der Topf dreht sich im Schwung und knirschend, sie zieht ja den Vorhang von den Dornen, sie biegt Zweige weit auseinander, sie prüft, sie schüttet Wasser auf beinahe alle Töpfe. Sie gießt und stützt die Schnauze des Wärmbeutels auf die Topfränder. Es klappt aber nicht immer, dann gießt sie von oben durch das Laub. Viel Wasser läuft seitlich ab auf die Fensterbank. Die Blätter sind naß, die Blumenerde bleibt aber noch trocken. Die Scheibe ist in Höhe der Blumen fleckig, manche Pflanzen sind platt dagegen gepreßt, auch die Blüten mit den klebrigen Stempeln und den gelben Staubgefäßen, die gelbe Tupfer an das Glas heften, dann die Wasserspritzer. So entstehen immer mehr kleine Pfützen. Oben, unter dem Rolladenkasten hängen Pflanzen in durchbrochenen Plastiktöpfen an geflochtenen Schnüren, ausnahmslos nach unten rankend. Nie kommt es vor, daß sich Blumen von oben und unten berühren, es gibt immer etwas Zwischenraum zum Durchsehen in den Garten auf den kleinen Rasen und die eng zusammengerückten Tannen am Ende, das ist nicht weit weg. Sie gibt ein Geräusch von sich, einen kurzen Schrei. Sie gießt nicht, sie steht etwas vorgebückt. Manchmal hat die Topferde viel Wasser aufgenommen, sie konnte schütten und schütten, es wurde immer aufgesaugt. Jetzt ist es übergelaufen, unten, bei einem Blumentopf, der in einem Teller steht, über die Fensterbank fließt es und an der Kante entlang, da staut es sich einen Augenblick, biegt sich hoch. Da stürzt es dann auf den Boden und prasselt, sie will es mit den Händen aufhalten. Sie will es aufwischen mit den Fingern und auf dem Marmor verteilen, es quillt ihr aus der Faust. Der Wärmbeutel ist leer und liegt auf dem Linoleum, sie hat den ganzen Rest rausgegossen, jetzt breitet es sich aus, auch Erde wurde mitgeschwemmt, es tropft ihr von den Handgelenken. Die Blumen stehen alle frisch und gesund, grün, straff nach oben wachsend vor dem Fenster. Der Teppich hat nichts abgekriegt. Sie sieht auf die Uhr, rechts an der Wand, es ist zehn. Sie hat die Pfütze aufgewischt mit einem Aufnehmer und die auf der Fensterbank mit Papier von einer Rolle, im Streifen, wie breites Klopapier mit farbigem Rand, eine ganze Menge hat sie aus der Küche mitgebracht, das liegt jetzt als Kloß da, vollgesogen mit Wasser, auf dem Wärmbeutel. Sie reckt sich auf die Zehenspitzen und pflückt ein braunes Blättchen von einem nach unten sich ringelnden Gewächs, unten liegen kleine Abfälle verstreut.

3

»Nehmen Sie vorhin!«

»Ich gehe rein zufällig mal eben vor die Haustür, um die Fensterbank von außen abzuwischen. Wen entdecke ich da pfeifend bei der Arbeit? Meinen Freund, den Straßenkehrer. So ein liebes, altes Männchen.«

»Wenn er hier vor dem Haus an der Bordsteinkante das Laub oder was anderes zusammenfegt, wechseln wir immer ein paar Worte.«

»Er kann mich gut leiden, er bleibt stehen, stützt sich auf seinen Besen und lächelt breit übers Gesicht. Dabei rollt er ein Stück Kautabak im Mund herum und man sieht seinen einzigen, gelben Zahn. Er schielt fürchterlich, sicher nicht der hellste Kopf, aber wir verstehen uns prima.«

»Wenn er mich von weitem sieht, winkt er mit seinem Besen.«

»Heute aber, wir grüßten uns über den Bürgersteig weg und ich ging ein paar Schritte auf ihn zu, lachte er besonders auffällig. Ich denke: Er hat gute Laune, und gleich fällt mir ein, daß wir im Keller noch eine Tonne voller Gartenabfälle haben.«

»Ich drehe ihm manchmal was an. Dann wiegt er seinen Kopf hin und her und tut sehr geheimnisvoll, weil er es eigentlich nicht darf, aber schließlich nimmt er das Zeug doch und packt es in seine Schubkarre.«

»Um die Ecke ist ein großer Behälter, in den er es reinschüttet, oder er kehrt es zu einem Haufen zwischen den Bäumen, der später abgeholt wird. Eigentlich schimpft er auf die unvernünftigen, rücksichtslosen Leute, die ihre Abfälle an die Straßenkante fegen, und er sagt, daß es strafbar ist.«

»Ich habe auch schon gesehen, daß er den Nachbarsfrauen, wenn sie ihm was aufschwatzen wollen, strenge Predigten hält und eisern den Kopf schüttelt. Das Problem ist eben, daß die Aschentonne so schnell voll wird, und die Gärten sind für Komposthaufen zu klein. Ich will ihn natürlich nicht verärgern und frage ihn nur selten und unauffällig, mehr verschwörerhaft. Man muß ihn wichtig nehmen, man muß ihm zeigen, daß man vor seiner Arbeit Respekt wie vor jeder anderen hat. Warum auch nicht, wenn er bei Regen und Kälte dasteht und unverdrossen fegt, so ernsthaft und unbeirrt mit seinem Kautabak zwischen den Backen!«

»Aber heute, als ich näherkomme und ihn grinsen sehe, bemerke ich sofort die große Veränderung. Der gelbe, einsame Zahn ist weg, statt dessen hat er den ganzen Mund voller schneeweißer Zähne! ›Nein‹, sage ich ›das ist doch nicht zu fassen. Also nein, Sie sind ja richtig hübsch geworden. Wirklich, Sie sehen ja jetzt viel jünger aus.‹«

»Meine Güte, hat der mich angestrahlt. Er ist in seinem braunen Gesicht sogar rot geworden und hat regelrecht forsch zurückgekuckt, erst etwas verlegen, aber dann richtig so, als wollte er schäkern. ›Was‹, sagte er, ›das fällt Ihnen auf?‹ Natürlich sprach er jetzt, mit solch einer Menge Zähne, auch ganz anders als sonst. ›Sie finden es gut?‹«

»Er kicherte vor sich hin. ›Bezahlt alles die Krankenkasse, kostet mich keinen Pfennig. Ich hätte das viel früher machen sollen, meinen Sie nicht?‹«

»Also, unter uns: Es sah gräßlich aus, wie das Gebiß aus dem braunen Gesicht hervorstach, der Zahnarzt hat sich keine Mühe mit dem Mann gegeben, man war praktisch geblendet davon. Ein scheußliches Weiß! Aber was für ein Entschluß, sowas machen zu lassen!«

»Ich hatte den Gartenabfall im Keller tatsächlich vergessen. Daran dachte ich erst wieder im Haus. Doch was glauben Sie? Nach kurzer Zeit schellt es.«

»Da steht der Straßenkehrer, zeigt wieder diese Masse weißer Zähne, zwinkert mich keß an und fragt, ob ich nichts wegzukehren hätte. ›Ja, aber macht denn das nichts aus, wo Sie hier schon fertig sind?‹ Ich war ja doch ziemlich verblüfft. ›Ach was, das tu ich schon‹, brummelt er vor sich hin, etwas umständlich noch, und als ich mit dem Eimer hochkomme, nimmt er ihn mir aus der Hand und blitzt und leuchtet mit den Zähnen.«

»Er hat ihn weggeschleppt. Also, das war nun neu. Das hat er noch nie getan. Als er ihn zurückbrachte, schenkte ich ihm eine extra schöne Dose mit selbstgemachten Plätzchen, mit einer Schleife drum. ›Ham‹, sagte er, ›die werden mir jetzt gut schmecken. Kann ich ja nun ohne weiteres beißen.‹«

»Wir verabschiedeten uns mit Handschlag. Ich kuckte noch einen Moment von der Tür aus hinter ihm her. Da drehte er sich herum und zeigte zum letzten Mal stumm und strahlend alle seine Zähne.«

4

Was ist mit meinen Haaren passiert? Auf jedem Buch, jedem Kissen liegen welche. Im Moment, wo ich mich über etwas beuge, fallen sie darauf, auf mein Schreibpapier, auf mein Essen, als säßen sie nur noch ganz lose in der Kopfhaut. Schon beim Abschied hatte ich das Gefühl, mir würden die Haare in Büscheln ausgerissen. Ich mache keine sehr heftigen Bewegungen mehr mit dem Kopf, ich habe Angst, beim Aufstehen könnte ich alle Haare auf dem Bett zurücklassen. Sie sind in den letzten Wochen sehr blond geworden. Eine Nachbarin hat heute ihren kahlen grünen Garten mit Gift einsprengen lassen. Eine dichte Wolke lag über den paar Pflanzen und um die Bäume herum. Der Mann trug das Gift in einem besonderen Rucksack, und es donnerte wie ein Rasenmäher. Jemand holte schnell seine kleinen Kinder rein. Außerhalb der Schule nehme ich von Kindern kaum Notiz. Aber in der Klasse rücken sie einem mit ihrer schwitzenden Nähe so auf den Pelz, man wird angefaßt, sie zerren an mir, sie atmen mir direkt ins Gesicht, und es riecht nicht gut. Da machen sich die wenigsten was draus. Sie pusten einen an, fast immer haben sie hochrote Backen und Augen, die ihnen beinahe aus dem Gesicht platzen. Alles ist exaltiert und laut, es ist dröhnend laut. Das Geschrei in den Pausen ist das Schlimmste. Ein Satz, der normal gesprochen wird, kann mir hinterher im Ohr brennen. Nachmittags, beim Schlafen, muß es warm und still sein. Es ist so gut zu wissen, daß man sich darauf verlassen kann, so, als würde man aufhören zu leben, stumm wie vielleicht in der Tiefsee darf man sich unter der dicken

Bettdecke verästeln. Plötzlich die Abneigung gegen Menschen, wenn sie zu dicht neben mir sitzen, manchmal berührt man ständig ihr Knie oder sie pressen, ohne Schuld zu haben, ihre Oberschenkel an mich. Es ist ganz egal, ob es ein Mann oder eine Frau oder ein Kind tut. Ich kriege einen richtigen Haß auf sie alle in ihrer Dichtheit. Oder auch, wenn ich ihnen gegenübersitze, jetzt im Zug wieder, ich kann mich darein versenken, in dieses Zukucken ohne freundliche Gedanken, wie sie auf ihre lebhafte, unangenehme Art essen und sprechen, da mache ich keine Ausnahme, ich kann da jedes Mitgefühl, jede Liebe ausschalten. Da sehe ich, was übrigbleibt. Ich kann mich darein steigern, ich bin steif innen vor Ablehnung. Es ist bei mir ja nicht besser, es richtet sich auch gegen mich. Er hat es mir noch nie angemerkt. Es ist auch eine Unverschämtheit. Ein kleines Mädchen hatte einen jungen Hund am Strick. Zwischen seiner Faust, die die Leine hielt, und dem Hals des Hundes waren nicht mehr als 30 cm. Das Mädchen quetschte immer den Hund an sich und wollte ihn auf den Arm nehmen. Er sollte auf zwei Beinen gehen in alle Richtungen, die dem Kind einfielen. Ich bin wirklich vom Zusehen aufgeregt geworden. Es ist schlimm, wenn man aufhört, sich bei den Tieren dumm zu stellen. Wie sie gehorchen müssen! Es müßte schön sein, in einen Dämmerschlaf verfallen zu dürfen, in einen gesicherten Winterschlaf oder einfach in eine Kühltruhe gepackt zu werden und dann später aufzuwachen, als wäre nichts gewesen. Man merkt die Kälte ja nicht. Auf Spaziergängen komme ich gut mit den Leuten zurecht. Ich bin ihnen dann gewogen, und das macht mich so zufrieden mit mir selbst. Ich wandere hinter ihnen her, ich überhole sie, ich gehe ihnen entgegen, sie überholen mich. Es gibt etwas zu sehen, ohne daß man sich auf sie einlassen muß. Es ist so eine freundliche Distanz, ich darf sie ohne Folgen ansehen und entdecken. Ich habe dann eine regelrechte Menschenliebe, sie interessieren mich alle, ich kann an ihnen allen was Nettes erkennen. Man hat da einen sehr günstigen Abstand. Ich spüre ihn dann gern bei mir. Es ist entspannend, dann nicht allein zu sein, man fühlt sich stärker, auch unauffälliger, man kann ungenierter kucken. Genauso im Café. Da sitze ich immer wirklich gern mit ihm zusammen, wenn ich nicht zu müde bin, wenn alles ohne Feindseligkeiten läuft. Es sind nie echte Feindseligkeiten, aber genauso schädliche. Was soll ich machen? Oft ist mein Kopf leer, jedenfalls die obere Hälfte, als würden Reiskörner ein- und ausgekippt. Wo ich auch ansetzen will, an keinem Punkt mehr läßt sich etwas konzentrieren. Es ist eine gleichmäßig verteilte Schwäche, die überhaupt nicht wehtut, sie kitzelt eher und surrt. Es macht weiter nichts, aber ich kann mich dann unmöglich mit anderem beschäftigen, auch nicht mit ihm. Ich bin nicht im geringsten aufmerksam und doch so leicht durch etwas zu stören. Es kommen Sätze aus mir raus, das schon. Ich hatte einem Kind, weil es so witzig, so alt nämlich, aussah, vielleicht zugezwinkert, eigentlich kuckte ich nur und verkniff mir ein Lächeln. Wer weiß, was für ein Gesicht dabei entstanden ist. Das Kind aber muß dieses Interesse wie einen Druck oder Ansturm gespürt haben. Es verbog sich in seinem kleinen Wagen und wackelte hin und her, als wollte es ihn umschmeißen oder jedenfalls was Wüstes unternehmen. Wir haben uns aneinander festgekuckt, und dieses ulkige Kind wußte nicht mehr, was es anstellen sollte. Schließlich rief es ›häh, häh‹. Die Mutter machte ihm Kußhände vor. Was sollte das denn? Darum ging es ja gar nicht. Was für schönes Wetter wieder! Es ist mir völlig gleichgültig. Im Bus wird mir manchmal schlecht von der Luft, wenn die Scheiben immer beschlagen, aber erst recht, wenn es heiß ist, am meisten von den Schülern. Wie sie wieder gut gelernt haben! Mit jedem Tag werden sie typischere Schüler, bis sie überhaupt nichts anderes mehr sind. Man sieht sie und denkt sofort: Schüler! In diesem Punkt sind die meisten mustergültig, kreuzbrave Flegel. In jedem Jahrgang die gleichen Sorten. Eine umgängliche Gesellschaft insofern, natürlich. Als ich wirklich jung war, so zwischen 12 und 20, wollte ich immer jung sein, wie man es erwartet vom Jungsein. Ich wußte ja, daß es da bestimmte Vorbilder gab, ich strebte es an, ich hielt es für eine Verpflichtung. Aber ich kapierte einfach nicht, wie ich es anstellen sollte. Ich habe mich noch nicht eine Sekunde nach dieser Zeit zurückgesehnt. Auf den Sommer freue ich mich so, jedes Jahr, weil ich dann ausgestreckt auf einer Wiese oder im Sand liege, auf alle Fälle ausgestreckt auf dem Boden, auf der Erde, man fühlt sie mit dem ganzen Körper. Das ist das Entscheidende, dieses Zurücksacken. Die Unruhe rührt vielleicht daher, daß es diesmal so nicht möglich war. Liebe kann darüber nicht wegtrösten, ein Körper, der auf oder unter einem liegt, ist nicht dasselbe. Das muß er wohl oder übel einsehen. Ich kann es nicht ändern, ich will es nicht, ich will es nicht. Ich möchte mich neben ein paar Gräser hocken und Wache halten, während sie blühen und strohig werden. Ich möchte mich ausruhen. Die Ferien sind halb um, und ich will niemanden eigentlich sehen, oder nur so etwas Vertrautes oder Fremdes wie diese Frau Mühlenbeck. Es ist so, als läge ich nachts wach und könnte weinen, weil ich weiß, daß ich am nächsten Morgen ausgeschlafen sein muß, und in dieser Wut werde ich immer leichter, so daß an Schlaf weniger und weniger zu denken ist und ich Gewichte auf mich packen muß, um nicht wie ein Gummitier in der Badewanne von allein aufzustehen. Ich wollte, das Wetter wäre schlecht, dann könnte ich mich in mein dickes Bett zurückziehen mit gutem Gewissen. Die Anrufe von ihm sind keine Belästigung, um Gottes willen nicht. Sie sind jetzt, egal wann, für mich eine Art Gutenachtsagen. Gut, daß so schöne hundert Kilometer zwischen uns liegen. Es freut mich zur Zeit.

I

»Fast wie Beweisstücke, auf die man in kritischen Situationen zurückkommen kann, vergißt man bestimmte Bilder, Erinnerungen aus der Kindheit sein Leben lang nicht. Jedes Jahr bestand aus gleichmäßig vielen Tagen, es gibt aber Augenblicke, Wendepunkte, die sich später, in ähnlicher Form, wie man dann plötzlich erkennt, wiederholen.«

»Wie ich diesen Julinachmittag behalten habe! Ich würde es immer wieder Wort für Wort genauso erzählen! Ich war sicher nicht länger als ein Meter und kuckte abwechselnd die Gräser, in denen ich lag, und den Himmel an. So hat es sich mir ein für allemal deutlich eingeprägt, wie es anfing mit diesem Hin und Her. Auf und ab sah ich, und mir stieg der Geruch vom Gras so in die Nase, daß die Augen tränten. Alles um mich herum ließ mich in Frieden. Nichts passierte. Ich war für mich und hatte ein Marmeladenbrot. Ich aß die Schnitte auf dem Bauch ausgestreckt, ich erinnere mich an die Kreise beim Abbiß, halbe Kränzchen mit Spitzen, auch die Zahnlücken drückten sich ab. Ich vertiefte mich ins Beobachten und sah auch wieder die Gräser und den Himmel nacheinander an. Das Brot hielt ich kaum über das Gras, aber ohne daß es berührt wurde. Darauf achtete ich wegen der Käfer, die sollten nicht dran. Es ging mir gut, kein Störenfried war in der Nähe. Ich tat keinem was, ich brauchte niemanden. Mittenrein plötzlich der Wespenstich, ein sehr heftiger Schmerz im aufgestützten Arm, und so überraschend, so heimtückisch in meine Arglosigkeit hereingestochen! Da hatte ich was von meiner Vertrauensseligkeit. Und das tat ja lange weh und nahm gar nicht ab. Natürlich, ich wurde getröstet und eingerieben. Dann sollte es gut sein und von neuem friedlich? Nein! Es gab da noch was, das spürte ich in meinen Knochen, das war so nicht fertig, ich mußte was tun, nur, ich wußte nicht was. Ich fühlte eine Energie in mir, die etwas forderte. Was nur? Ich rannte wütend herum, bis ich schließlich begriff. Mir fiel nicht der Spruch meines Vaters ein: ›Hau zurück!‹ Ich handelte einfach danach, es saß schon fest in mir, es war ein Bedürfnis. Ich durfte mir das nicht bieten lassen. Es gab diesen Feind, der mich hinterrücks überrumpelt hatte, unsichtbar, längst entflohen. Gut, das verschlimmerte alles. Mir war das Wort aber eingefallen, ich wußte es hier zum ersten Mal, ich verstand es von innen: Rache also, ich wollte mich rächen. Ich suchte die Wespen, es galt ihnen allen, weil ich ja den Täter nicht finden konnte. Ich bin ihnen nachgerannt, ich verfolgte sie und entdeckte tatsächlich ihr Nest. Da krabbelten sie, summend, ahnungslos und so vertrauensselig wie ich etwas früher. Es waren die Feinde. Die alle hatten mir nichts getan, das machte die Strafe um so gerechter. Ich stellte es klug an, füllte den großen Eimer mit Sand und kippte ihn mit voller Kraft auf die wimmelnde Brut. Ich drückte die Hände gegen den Boden, der Feind saß darunter. Ich dachte nicht an Gefahr dabei, ich war zu zornig und pflichtbewußt. Die Falle habe ich langsam gelüftet, Zentimeter für Zentimeter, nichts rührte sich mehr, alles verschüttet. Ich fühlte mich wieder ruhig und friedlich im selben Moment, dies nämlich war nun ausgeführt, hinterrücks, wie vom Angreifer selbst. Er hatte mich ja herausgefordert!«

»Ich lehnte es bereits damals ab, Dinge einfach nur hinzunehmen. Es gab etwas Kämpferisches in mir, einen Willen, sich gegen Angriffe durchzusetzen. Ich habe die Situationen wie Ermahnungen für mich aufbewahrt, bewahrt habe ich und früh trainiert den Willen zur Selbstbehauptung.«

»Die Volksschule war das schlimmste Gebäude des ganzen Viertels, wie extra erdacht, um den Kindern den ersten Knacks zu verpassen, groß und grau. Dem, der noch nicht hinmußte, machte es Spaß, dem klopfte das Herz ja vielleicht, der konnte sich das Gruseln leisten, wenn er sich, während des Unterrichts, ranschlich, um kreischend, das war der Grund, davonzurennen, wenn sich was an den Fenstern zeigte und drohte aus diesem finstern Haus. Als man es roch, erstmals roch, von innen, in tiefen Zügen, die schwammigen Bretter, die Fettpapiere, die schwitzenden Kinder, es wurden immer und immer noch mehr, die alle in eine Klasse wollten, das aufgequollene Holz der Bänke, es blieb unter den Fingernägeln sitzen, da war das Vergnügen vorbei. Am scheußlichsten stanken die leeren Räume, die leere Schule. Man kriegte die, wenn sie so schweigend dastand, von Grund auf mit, die Türen und Gänge, grau verschwommen an den Enden. Ja, ein Inbegriff ist das düstere Foto, das ich aus dieser Zeit besitze, mit mürrischen Kindern bis an die Ränder zum Brechen gefüllt. Die Lehrerin an einer Ecke, drall, muskulös, durch den schmutzigen Farbton mit uns vermengt, von derselben Sorte. So jedenfalls ist die Schule ausgezeichnet getroffen, obschon man durch die gestaffelten Mädchen nicht mal eine der Wände erkennt. Alle scheinen zu frieren und zu hungern, so bleich sind wir, so verdrossen und wie in feuchter Kellerluft. Wer nicht Bescheid weiß, dem fällt nichts auf, man muß schon sehr gründlich hinsehen, um den Satan zu entdekken, mich nämlich! Es fing damit an, daß verkündet wurde, ein Klassenfoto werde gemacht. So was war damals was Unerhörtes, wirklich noch eine Sensation. Bevor wir aber jubeln konnten, ging es schon ab, in Reihen geordnet, schweigend, in den Hof, wo uns der Fotograf wie steife, stumme Puppen verschob und rumzerrte. Das lief alles geräuschlos ab, als wäre es eine Schulstunde und nicht in Wirklichkeit ein großes Theater. Wer, dachte ich, würde das wohl mehr bestaunen als meine Schwester, die war ja erst vier, und außerdem sollte meine Familie lieber gleich zweimal auf dem wichtigen Foto vertreten sein. Ich bestand darauf, sie hereinzuholen, ich sah einfach keinen Vernunftgrund mehr ein, ich hatte das mit mir abgemacht, kein Einwand drang durch. Wenn alle das täten? Es kam ja gar kein anderer drauf! Die starke Lehrerin blieb wehrlos angesichts dieses Eigensinns. Ein Kleinkind sollte aufs Klassenfoto? Ich aber war längst unterwegs, schnappte die Schwester, die gar nichts begriff, und raste zürück. Wir tauchten zum richtigen Zeitpunkt auf. Man stopfte uns in die fertige Gruppe. Da stehen wir auf einem Mäuerchen, das natürlich verdeckt wurde von den andern, die sprachlose Lehrerin sieht geradeaus, wir beide, mit zerzausten Köpfen, doch ich mit einer besonderen Schleife, die hatte ich noch zu Hause erwischt, meine Schwester ein bißchen an mich geklammert, ich aber kucke ganz selbstverständlich, beinahe gelangweilt. Das spielte ich gut. Wieder etwas, das mir geglückt war. Es klappte, wenn man es wirklich wollte. Hier ist es für immer festgehalten, bezeugt, auf diesem alten Papier.«

2

Auf dem Küchentisch ist die Decke zur Hälfte zurückgeschoben, aber da, zwischen den Falten, liegen jetzt Streichhölzer und andere Sachen verborgen, die Kunststoffläche bleibt frei, bis auf eine Zeitung. Sie hat sie vom Schrank aus hingeworfen, vom Stapel. Ich höre sie auf der Kellertreppe. In der Zeitung steht von einer Frau, die Selbstmord verübt hat, sie sei lautlos an einem Hotelgast, der aus seinem Zimmerfenster sah, vorübergestürzt. In dem Topf auf dem Elektroherd platzt etwas gegen den Deckel. Jetzt springt er vom Rand hoch. Da ist sie, sie schüttelt aus einer Aluminiumschüssel Kartoffeln, seufzt dabei, auf die abgeräumte Seite des Tisches, nicht alle Kartoffeln, und breitet die Arme rasch auseinander, um die Tischkanten herum, der Topfdeckel wackelt. Keine der Kartoffeln stürzt ab, sie waren aber ins Rollen geraten. Auf dem Herd ist es stiller geworden, der Deckel steht schief, die heiße Luft kann vorbeisteigen. Sie dreht obendrein an einem Schaltknopf. Die Kartoffeln sind dreckig. Erde klebt an der Schale. Manche Kartoffeln laufen vorne und hinten spitz zu, und dort sind sie grünlich. Ein Topf, eingedellt und fleckig, steht voll mit Wasser neben dem Kartoffelhaufen, aus dem die Triebe, durchsichtig beinahe und bläulich, wachsen. Sie sitzt auf einem kleinen Plastikstuhl vor dem Tisch und hält ein Messer in der Hand, sie schiebt den Stuhl zurück und geht zu einem grünen Rechteck an der Wand. Durch einen Magneten wird ein Zettel dagegen gepreßt, darauf schreibt sie ein Wort und eine Zahl dahinter, einen Betrag, sie macht hinter die Zahl ein Komma und einen Strich. Der Stapel Zeitungen auf dem Schrank gerät fast ins Rutschen, so schief ist der Packen aufgeschichtet, daneben liegen Tischdecken, vor der Tür zur Terrasse flattert ein Vogel schreiend vorbei, auf dem Zettel an der Wand stehen noch andere Beträge und Wörter ohne Zahlen, mit einem sehr fetten Stift geschrieben, mit einem Augenbrauenstift. Sie hält Messer und Kartoffeln in den Händen, sie wirft schon die dritte geschält ins Wasser, die Schalen sind immer sehr kurz, die Schlangen, die Ringel, es sind gar keine Locken, Scheiben eher. Ihre Hände werden schmierig, die Hand, die schält, nur am Zeigefinger, sie schält schnell, die Schalen sind immer dick. Beim Reinwerfen in den Topf spritzt Wasser hoch. Sie rollt die Kartoffeln im Wasser herum, das Wasser schwappt, sie springt auf. Sie hat die Gabel in der Hand, nein, jetzt, einen Augenblick später statt dessen einen Löffel, und steht vor dem Herd, alle Knöpfe zeigen auf Null bis auf einen. Die Schalen auf dem Tisch bedecken auch die ungeschälten Kartoffeln, sie liegen drauf und drunter, man sieht nicht auf einen Blick, wo noch ungeschälte sind, sie wühlt danach, wenn sie eine neue braucht. Sie hat etwas aus dem dampfenden Topf gegessen, den Deckel dabei in der Hand, dreht den Knopf auf Null, zieht den Topf auf die Herdplatte neben der heißen. Sie schält die Kartoffeln, gräbt zwischen den Schalen, tastet und findet wieder eine, sie rollt die geschälten im Wasser herum, sie kuckt, sie faßt den Wassertopf an beiden Ohren und schwenkt ihn ein bißchen. Aus dem Radio kommt immerzu Musik, Reklame, Musik, alles sehr laut, die Antenne ist weit ausgezogen. Sie schaukelt den Topf und sieht rein, aus dem Waschbecken ragen kleine Türme von Tassen und Tellern, an den Rändern hängen Lappen, sie sieht auf die Uhr an der Wand, auch auf dem Schrank, auf dem Vorsprung in mittlerer Höhe liegt eine Uhr, allerdings eine Damenarmbanduhr. Die restlichen Kartoffeln sortiert sie in die Schüssel zurück. Ihre Hand ist an zwei Stellen noch sehr rot, so hat sie sich beim Anfassen des Topfes auf dem Herd die Finger verbrannt. Nun wird etwas Mehl darauf gestreut, etwas davon ist zu Boden gefallen, ein feiner weißer Staub. Sie zieht die Schalen mit beiden Händen zur Tischkante, dort kippen sie in den Abfalleimer, sie hält ihn so, daß es auf diese Art geschehen muß. Die Kartoffeln sind gewaschen im klaren Wasser, die Augen und dunklen Flecke entfernt. Sie trägt die Schüssel in den Keller, auf dem Tisch bleiben breite Spuren von nasser Erde, die Tischdecke hat was abgekriegt, jetzt öffnet sie die Schranktüren und nimmt ein großes Holzbrett raus. So ein dickes sieht man selten. Der Topf mit den Kartoffeln steht auf dem Herd, doch die Platte ist nicht eingeschaltet. Sie kneift die Augen zusammen, einen Zeigefinger hat sie gegen die Stirnmitte gedrückt, so fest, es bildet sich rundum ein Ring von zur Seite gedrängter Haut.

3

»Oder das: Etwas Typisches, ich muß wohl schon sagen, etwas für mich Typisches ist mal wieder passiert.«

»Hinterher fasse ich mir manchmal an den Kopf. Aber geschehen bleibt geschehen. Außerdem hatte mir die Hitze gleich vom Frühstück an zu schaffen gemacht. Man traute sich ja gar nicht aus dem Haus. Ich trug nur das Notdürftigste: Büstenhalter, Schlüpfer, Kittel, um wenigstens beim Klingeln die Tür aufmachen zu können.«

»Früher brachte ich es fertig, bei solchem Wetter, wenn es sein mußte, zu bügeln. Jetzt bin ich nicht mehr so unvernünftig, mein Gott, jetzt kann ich es mir auch leisten.«

»Also, ich habe den Morgen über darauf geachtet, mich wenig zu bewegen, und ich dachte noch: Wie arm sind jetzt Straßenarbeiter dran, auch für die Briefträger muß es eine Qual sein! Da schellte es.«

»Ich sah schon durch das Glas, daß da jemand etwas verkaufen wollte, er hielt einen Teppich oder was ähnliches in der Hand. Ich war vielleicht geladen, wirklich, gerade in der richtigen Stimmung, um mir was aufschwatzen zu lassen! Und richtig, kaum geht die Tür auf, spricht jemand in einem Singsang auf mich ein und hält mir was Weißes vor die Augen.«

»Mann, ich muß wohl ein furchtbar grimmiges Gesicht geschnitten haben. Jedenfalls wird es plötzlich still, und das Weiße sinkt nach unten. Da konnte ich erst sehen, wer eigentlich auf mich eingeredet hatte. Es war wohl eine Art Zigeunerin, eine junge Frau noch, hochschwanger mit dicken, schwarzen Zöpfen. Der Schweiß lief ihr in Bächen vom Gesicht runter. Sie kuckte mich mit ihren dunklen Augen an, völlig erschöpft natürlich. In dem Zustand! In der Hitze! ›Also‹, sagte ich, ›es ist völlig unmöglich, ich kann keine Decke kaufen. Aber wenn Sie einen Moment reinkommen wollen. Ich gebe Ihnen gern ein Glas Saft.‹«

»Ich weiß gar nicht, ob sie mich verstanden hat. Sie ist aber hinter mir her ins Wohnzimmer gekommen und hat sich gesetzt, genau gesagt, auf den ersten besten Stuhl ist sie gesunken. Die Decke, eine Spitzendecke, wie ich mittlerweile erkennen konnte, rutschte ihr halbwegs vom Bauch über die Knie. Sie sagte gar nichts und keuchte nur still vor sich hin.«

»Kein Theater, glaube ich, die Frau war völlig am Ende. ›Gut‹, sagte ich, ›ich hole einen Schluck zu trinken.‹ Als ich wiederkam, natürlich beeilte ich mich, man weiß ja nie, es ist immer ein verdammter Leichtsinn, aber ein bißchen muß man sich allen Warnungen zum Trotz auch auf seine Menschenkenntnis verlassen, hatte sie die Decke über den Tisch geworfen.«

»Sie kuckte ganz verblüfft, als ich ihr das Glas hinstellte. Sie nahm einen Schluck mit trockenen Lippen und fing an: ›Danke, Frau. 300 Mark kostet die Decke, handgeklöppelt. So schöne Arbeit. Genau richtig für den Tisch.‹ Ich schob die Decke weg, eine hübsche, das sah ich gleich: ›Ich brauche sie nicht und könnte sie gar nicht bezahlen.‹«

»Mein Gott, ich kann doch nicht einfach aus dem Stegreif so eine teure Decke kaufen! Unmöglich, wirklich unmöglich! Nun eisern sein! habe ich mir gesagt.«

»›Doch, Frau!‹ ging es sofort wieder los, und ich mußte diese schwarzen Augen ansehen. Sie machte einen furchtbar traurigen Eindruck, die Augen kuckten einfach vor sich hin, während sie sprach. ›Für Sie billiger. Bitte, ich brauche das Geld. 250 Mark!‹

Für mich sind 250 Mark sehr viel Geld, ja, das versuchte ich ihr auch klar zu machen. Aber sie hat die Decke noch mal ausgebreitet.«

»Wirklich, eine schöne Arbeit und genau passend für den Tisch. Gewünscht hatte ich mir so was schon immer. Eine mühsame Arbeit. Sie zeigte mir die einzelnen Muster und erzählte, wie lange man daran sitzt und wie nötig sie das Geld brauche. Ich war wirklich fest entschlossen, nein zu sagen.«

»Dann fing sie schließlich mit einer schrecklichen Familiengeschichte an. Ich weiß, da vermischt sich natürlich Lüge mit Wahrheit, aber andererseits hatte sie so traurige, ernste Augen. Als sie dann 200 Mark sagte, habe ich es getan.«

»Es ist sicher ein günstiger Kauf, wenn ich auch gar nicht weiß, wie ich das meinem Mann beibringen soll. Vielleicht will er sie mir zu Weihnachten schenken. Ja, ich bin schwach geworden. Ich fragte, wie lange sie schon mit der Decke rumliefe. Sie sagte, seit neun Uhr. Jetzt stand der Zeiger auf zwei. Gott, die war natürlich selig und bedankte sich überschwenglich und häufte Gottes Segen auf mich. Na, wer weiß!«

»Aber wenn ich darüber nachdenke: Ich habe es wegen ihrer ernsten Augen getan, so eine Schwermut war darin, wie sie manchmal in Romanen oder Liedern aus dem Süden vorkommt.«

4

Als ich einmal durch Rom gegangen bin, habe ich mich Zentimeter für Zentimeter vorangekämpft. Jemand begleitete mich, der nur mit dem Verkehr beschäftigt war, er störte ihn, er schimpfte darüber, er hielt sich nicht in der Stadt auf. Es machte ihm überhaupt nichts aus, die Stadt zu sehen, das war ein alter Hut für ihn. Er sah die Straßen liegen und die Autos fahren und redete und bewegte sich kurz und bündig. Allein die Möglichkeit, wie er durch die Stadt zu stapfen, schadete mir sehr. Für mich war alles, als würde ich mich durch einen Urwald schlagen, aber: So mußte das gar nicht sein, man konnte das viel simpler sehen. Ich konzentrierte mich so, um bei meinem kräftigen Gefühl zu bleiben. Es war eine Frechheit, mir meinen Stadtplan so durch eine Gegenansicht zu erschüttern. Schon kann ich mir vorstellen, einen sehr viel Älteren zu lieben. Es gibt wahrscheinlich eine besondere Zärtlichkeit erschlafften Bauchdecken gegenüber. Das ist nur ein Einfall, aber er kommt jetzt öfter. Ich habe das vor kurzer Zeit noch nicht geglaubt. Wenn ich einen Satz sage, bin ich oft beim inhaltlichen Ende erst am Höhepunkt der Satzbetonung, so daß ich noch etwas dazuerfinden muß. Meist fällt mir nur die Wiederholung ein, um bei der passenden Schlußbetonung anzukommen. Ich weiß, das macht einen unsicheren, ungenauen Eindruck. Auch murmle ich unglücklicherweise den Schluß dann, weil ich es ja eigentlich nur ordnungshalber für mich mache, wenn ich diesem Bedürfnis nach Übereinstimmung folge. Ich schäme mich aber gleichzeitig, daß ich soviel Blödsinn rede, nur weil ich es nicht fertigbringe, den Inhalt und die Betonung zu koordinieren oder wenigstens in der Luft abzubrechen. Davor habe ich Angst, als würde ich hinfallen. Plötzlich, weil alles gesagt ist, aufzuhören, gelingt mir nur, wenn ich von jemandem unterbrochen werde, dann ist der Satz ja weitergereicht. Der andere bringt das schon zu Ende. Ich lasse mich ausgesprochen gern unterbrechen. Eigentlich, wenn ich nicht geradezu in Rage bin, hoffe ich bei jedem Satz, daß man mich unterbricht. Jemand saß mir gegenüber und hat mir unentwegt in die Augen gestarrt. Ich hatte in diesem Moment nicht die Energie, zurückzuglotzen. Es ist eine Grobheit, ich meine, es ist eine Körperverletzung, jemanden so prüfend anzusehen, als wolle man den Grund seiner Seele umschaufeln. Niemand hat das Recht dazu. Immer habe ich es in der Schule vermieden, Kinder so in Verlegenheit zu bringen. Ich tu es auch dann nicht, wenn jemand offensichtlich im Unrecht ist, gerade dann nicht. Man sollte diesen Leuten sofort auf die Füße treten. Wenn er mir ins Gesicht gepustet hätte, wäre es weniger schlimm gewesen. Das Blöde: Ich konnte mich nicht durch Gegenblicke wehren. Es gibt Blicke, die sind vor einem da. Man schlägt idiotisch die Augen nieder und übergibt sich fast vor Wut. Noch nie habe ich uns, wenn wir miteinander schlafen, in einem Spiegel gesehen, aber immer, wenn ich an uns denke, an uns zusammen, sehe ich uns entweder, wie wir bei großer Kälte etwas verkrümmt einen Spaziergang machen, oder im Bett, ganz deutlich sehe ich zwei nackte Körper in bewegungsloser Umarmung, es sind unsere, obschon man gar nichts Individuelles an ihnen erkennen kann. Einmal saß ich ihm gegenüber und dachte: Wie hübsch er ist! Er macht alle Gesten, die so gut für das Verliebtsein sind. Aber es war Frieden zwischen uns, alles lief ab wie unter dickem Glas. Ich sah ihm ruhig, erfreut, stolz zu, aber es drang nichts zu mir durch. Es bekümmerte mich nicht. Ich habe ihm auch schon gegenübergesessen und festgestellt, wie er mir gefiel, aber es machte mich nur noch wütender, weil es mich überhaupt nicht rührte, ich fürchtete sehr, ihn nicht mehr zu lieben in meiner Unerschütterlichkeit. Was besser ist? Keine Ahnung! Wenn er schlecht aussieht, ich aber gerade wirklich Lust hätte, auf ihn scharf zu sein? Aber davon bin ich weit entfernt. Er macht es mir an solch einem Tag schwer, es ist nichts an ihm dran, was einen in Stimmung bringen könnte, nur hätte ich eben generell, generell Lust! Ich kucke weg, ich versuche, mich auf ein bestimmtes Bild von ihm zu sammeln. Es nutzt nichts. Was für eine Unzufriedenheit schließlich! Die Blicke, die man mit fremden Männern im Vorübergehen tauscht, ein ganz kurzes Feuer, das aber tatsächlich für eine Sekunde ausbricht, sind vielleicht das Schönste, es ist, als würde man sich Pfeffer in die Augen streuen. Klar, daß man weitergeht, man kann so unverfroren kucken wie man will und wohin. Es tut mir den übrigen Tag lang gut, diese heiße und kalte Dusche, mit der man nicht rechnete. Es passierte nicht oft. Die meisten Männer scheinen gar keinen Körper zu haben, jedenfalls ist es gleichgültig, was ihnen da unter dem Zeug steckt. Ich komme überhaupt nicht auf den Gedanken, mich dafür zu interessieren, aber bei einigen ist es um so begeisternder schon vom Ansehen. Vielleicht bin ich nur in solchen Momenten wirklich anwesend. Man müßte das aber noch steigern können. Ich habe ein paar Topfblumen, von mir aus können sie vertrocknen. Ich zerdrücke kleine Insekten mit dem Zeigefinger ohne irgendwelche Gefühle. Ob die Nächte sternklar sind oder nicht, ist mir weiß der Himmel wurscht, es war gestern sternklar, ich habe kaum hingesehen, ich muß zugeben, daß ich enttäuscht bin von der geringen Wirkung. Aber es macht nichts. Ich frage mich, mit welchen Energien ich in drei Wochen wieder anfangen soll. Aber frage ich mich das ernsthaft? Ernsthaft ist mein Wunsch, mich zu verschleichen in ein überdimensionales Bett. Jemand müßte ab und zu sagen: Du gutes Kind! Du gutes Kind! Ich würde das große Oberbett umarmen, und das reichte mir dicke. Ich habe aus Schüchternheit bei einer Diskussion ›Literatur und Politik‹ nicht mitgemacht. Immer schluckte ich die Sätze, die mir doch auf der Zunge lagen, runter, statt dessen mußte ich das Zeug der anderen widerstandslos anhören. Ich war so zornig auf mich, daß ich es mir gefallen ließ, sie konnten ihren Unsinn ruhig in mein

Gehirn reinschreien, ich ließ es geschehen aus Schüchternheit. Wochenlang formulierte ich noch Antworten, vor dem Einschlafen, auf den Busfahrten, um ihre Sätze wieder aus mir rauszuzwängen. Ich wußte es ja besser, aber was half das! Dabei weiß ich auch etwas anderes: Es ist mir eine Wohltat – es ist verführerisch wie das Einschlafen, wenn ich noch am Schreibtisch sitze –, als Schüchterne ohne Verstellung schüchtern zu sein, eine Erlösung, sich dem hinzugeben, etwas Genießerisches, eine Auflösung, ein Schwäche, eine Lust. In der Schule lasse ich manchmal alles passieren. Eine Klasse verfällt in Raserei, ich merke genau, wie es dazu anschwillt. Ich müßte eingreifen, aber ich rühre keinen Finger. Ich stelle mich an die Seite oder bleibe sogar vor ihnen sitzen und kucke zu, wie es sich anbahnt. Ich vergesse meine Aufgabe und meinen Beruf, ich kann mich nicht zu einer einschreitenden Handlung aufraffen aus meiner Apathie und Schläfrigkeit. Ich will sie nicht stören, etwas kommt da ja in Gang, gleich wird der Teufel los sein. Ich registriere jede Verstärkung und Steigerung genau, gleich schlagen sie aufeinander ein, sie nehmen mich schon längst nicht mehr wahr, und ich stehe doch am Rand und beaufsichtige ihr Toben, damit es ja nicht unterbrochen wird. Es ist selbstmörderisch, und doch kann ich oft nicht anders. Ich bin getrennt von ihnen, ich kann gar nicht zu ihnen rüberlangen, sondern nur hoffen, daß wir allein bleiben, und was ich spüre, ist eine Zuschauerlust, eine Begeisterung.

Kapitel II

I

»Eine wirkliche Schule der Selbstbehauptung war die Beichte. Eine Abgrenzung der eigenen Person und auch das Spannendste in dieser Zeit!«

»Eine gründliche Schule der Selbsterforschung! Es hatte die ganze Klasse wie ein Fieber gepackt, dieses gemeinsame und einzelne Prüfen unserer Seelen. Alles kehrte sich um. Das Unauffälligste wurde wichtig und hinter eine Zahl von 1 bis 10 geschrieben, die Nummer der Sünde. Wir waren neun Jahre alt und fingen schon an, uns mit Spekulationen, die öffentlich verkündet oder der Lehrerin ins Ohr geflüstert wurden, zu übertrumpfen. Sonst hatte sie nie Zeit für Privates, jetzt hörte sie aufmerksam und geduldig zu. Diese uns so überraschend zugesprochene Wichtigkeit spornte uns an, die Lehrerin mit unerhörter Wachsamkeit dem ringsum lauernden Feind gegenüber zu verblüffen. Was bedeuteten Rechnen und Schreiben angesichts einer unerwartet entdeckten Gewissensnot? Zorn und Hochmut, schöne Wörter, ich hätte um keinen Preis auf sie verzichtet. Sie standen allen frei, aber wer wählte die schon! War das nicht hier bereits eine Frage des Geschmacks, der persönlichen Handschrift? Und das sechste Gebot, die Unkeuschheit, das die anderen begeistert, redselig, auch schluchzend nach vorne zur Lehrerin trieb? Nein, da riskierte ich schlimmste Höllenqualen, ein Beschluß für immer, die Entscheidung für alle zukünftigen Fälle: Keine Indiskretion! Das ging Lehrerin, Priester und Gott nichts an. Eine Sache des Stils, nicht darüber zu sprechen. Ich bot denen an, was ich beschloß. Die Unterschlagung bekam mir gut. Der Strich war gezogen, und zwar energisch, für immer, um mich herum, von mir selbst.«

»Immer habe ich die Tatsache, etwas wie eine wehrhafte Burg zu sein, am kräftigsten empfinden können, wenn ich anderen helfen mußte.«

»Besonders verantwortlich fühlte ich mich für meine jüngste Schwester Susanne. Ihre Haare waren noch viel rostiger als meine, ihre Beine rachitisch schief, die Augen schwer kurzsichtig. Sie bestand eigentlich nur aus Angst. Alles, was auf sie zukam, stürzte sie sofort in Verzweiflung. Ich paßte seit jeher gut auf sie auf. Meine Mutter hatte sie mir, wohlweislich, als sie mit ihr aus dem Krankenhaus zurückkehrte – eine äußerst schwierige Geburt, schon die beiden Kinder davor hätten nach dem Urteil der Ärzte nicht mehr geboren werden dürfen, diese letzte Geburt war die erste, die nicht zu Hause stattfand –, auf die Arme gelegt und gesagt: ›Das ist deine kleine Puppe, gib immer auf sie acht!‹ Ich war sechs und habe mich mein Leben lang bis zu ihrem Tod daran gehalten, so gut es eben ging.«

»Als ich zwölf war, lernte sie in der ersten Klasse lesen. So eine rabiate Volksschule konnte für das kleine Jammergeschöpf nichts sein, aber meine Eltern hatten damals gar keine andere Möglichkeit. Eines Tages wurde ich runter ins erste Schuljahr gerufen. Sowas galt immer als beunruhigende Angelegenheit. Man wußte ja nie, ob das Gutes oder Schlechtes bedeuten würde. Man vertiefte sich in seine bösen Ahnungen, während man durch die kahlen Flure marschierte. Es hallte immer schrecklich, man schaffte es nicht, leise zu gehen. Dann das unangenehme Klopfen! Nie sah man voraus, wie es ausgehen würde: War es nicht stark genug, reagierte keiner und es gab schließlich noch einen Anpfiff, daß es solange gedauert hatte, klopfte man zu kräftig, wurde man gleich mit unfreundlichen oder höhnischen Worten als Störer empfangen, und die Klasse grinste dazu. Ich entschied mich immer für das laute Klopfen, ich zwang mich dazu. Kaum ging die Tür auf, präsentierte sich schon die katastrophale Situation. Meine Schwester stand, in Tränen aufgelöst, ich hatte das Gefühl, daß die ganze Gestalt tropfte, vor der alten, schwarzen Lehrerin, die einen großen Stock in der Hand hielt. An einem Ständer hing eine Rolltafel mit den Buchstaben, klein und groß, in Schreibschrift. Es war sofort klar: Das Häufchen Elend kriegte vor Entsetzen, so allein dem alten Drachen gegenüber, den Mund nicht auf. Sie hatte alles vergessen. Ich sollte wohl Zeuge dieses Versagens sein. Richtig, es wurde gleich demonstriert. Die Lehrerin zeigte auf ein großes L mit dem Stock, meine Schwester sah gar nicht hin, sie kuckte mich an mit den vergrößerten, hellblauen Augen hinter der dicken Brille. Sie weinte immer noch, aber sie sah zu mir her, als würde nun alles gut, als ließe sich jetzt der ganze Kummer auf die große Schwester übertragen, die das schon regeln würde. Sie ruhte sich fast schon ein bißchen aus hinter den Tränen von ihrem Schrecken. Ich kannte den Blick, aber er war mir noch nie so deutlich gewesen. Was also tun? Nicht lange gefackelt! Alles auf eine Karte gesetzt! ›Zu Hause konnte sie alles, das weiß ich genau. Sie hat hier nur Angst vor Ihrem Stock, bei uns gibt es keinen. Sie müssen ihn wegtun!‹ sagte ich laut. Ich fand das richtig, doch unverschämt. Ich wartete ab, was passieren würde. Die Lehrerin klappte den Mund einmal auf, stellte den

Stock weg, ich gab meiner Schwester einen Schubs und: sie las mühelos, sie las die Buchstaben wie am Schnürchen. Das grenzte beinahe an Zauberei.«

»Damals habe ich mir gemerkt, wieviel Kraft man anderen geben kann, wenn man sich zu Selbstvertrauen zwingt.«

2

Sie fängt jetzt an. Sie ist die Treppe hochgegangen. Ich habe ihre Schritte über mir, im Schlafzimmer, gehört, dann ist sie wieder herunter – und zur Tür hereingekommen. Dabei stößt sie mit den Rohren, Kabeln, den verschiedenen Saugvorrichtungen und mit dem ganzen Apparat, den sie in der Hand trägt, gegen die Einfassung. Sie sagt: »Verdammt nochmal.« Sie zieht dabei die Lippen einige Male straff und ganz schnell zu den Seiten, sie läßt die Gegenstände aus ihren Armen auf den Teppich rutschen. Sie schlagen fast geräuschlos auf der dicken Unterlage auf. Sie rückt einen Schritt vorwärts und stolpert, das Kabel hat sich um ihren Fuß gerollt, die Tischdecke verschiebt sich. Sie hält sich einen Augenblick lang daran fest, jetzt hängt die Decke schief. Sie bückt sich zum Staubsauger, sucht nach einem Endstück und steckt es auf das Rohr, die übrigen Gegenstände, einen Trichter aus Metall und eine Bürste, stößt sie vom Teppich und legt sich das lange Kabel zurecht, dabei muß sie einige Knoten lösen, und wieder sagt sie leise: »Verdammt! Verdammt!« Während sie die Schnur an einer Stelle strafft, verursacht sie an einer anderen eine neue Verknotung. Sie drückt den Stecker in die Dose, sofort dröhnt es los, sie muß gar nicht erst auf den Knopf treten. Das Saugteil aber liegt noch umgekehrt auf dem Boden und saugt nur Luft. Sie hält das Rohr, jetzt beinahe aufrecht stehend, schräg nach unten, dabei stellt sie einen Fuß vor, die rechte Hand preßt sie in die Kitteltasche, das Kabel schlägt gegen die Stuhlbeine, es dröhnt im ganzen Zimmer. Manchmal führt sie das Rohr flacher. Der Apparat ruckelt voran und folgt ihr. Sie geht auf dem Teppich vor und zurück, von einem Bein auf das andere wiegend oder schwankend. Sie hält den Blick meist auf den Boden gerichtet. Als sie am Schrank mit der Obstschale vorbeikommt, hebt sie aber mit der freien Hand zwei Äpfel hoch und betrachtet die unteren, am Fenster zieht sie, immer das Rohr auf- und abbewegend, die

Gardinen straff nach unten, ein anderes Mal haut sie mit dem Handrücken gegen einen Stoß Zeitschriften. Sie steht jetzt schon eine Weile am selben Fleck und fährt den Saugkopf in kurzen Schüben über einen kleinen Bereich. Das Kabel schlängelt sich hinter ihr, die Stirn ist zusammengezogen über der Nase, sie drückt den Sauger gegen den Teppich, sie bückt sich, sie stößt einen Ton aus, hält die aufgenommenen Fäden vor die Öffnung des Endstücks. Sie verschwinden augenblicklich, sie sausen ihr von der Hand ins Rohr, sie lächelt schnell. Sie knöpft den Kittel auf und schwenkt die rechte Hand, wieder in der Tasche inzwischen, gegen den Körper und von ihm weg. Der Kittel öffnet und schließt sich. Sie trägt darunter einen lila Rock und eine kräftig gemusterte Bluse, hauptsächlich lila, ein Lila, beinahe wie im Rock, aber es gibt auch andere Farben, auch Gelb, gelbe Rauten. Sie schlägt mit den Schuhspitzen überlappende kleinere Teppiche zurück, die wie Brücken, ja, Brücken nennt man sie auch, zwischen den zwei großen liegen. Einer von ihnen ist nun fertig gesaugt, das hat sie geschafft. Auf dem roten Teppich gibt es kaum Hindernisse, die sie anheben oder umfahren muß. Sie bückt sich selten. Aber hier sind wieder Stellen, wo sie sehr gründlich das Rohr hin- und herschiebt und diese zischenden Töne ausstößt. Das Donnern hat in diesem Moment aufgehört. Sie rührt sich nicht, sie öffnet den Mund und legt den Kopf ein bißchen schief, als würde sie angespannt horchen. Dann tritt sie wieder auf den Knopf, der Apparat springt an, und sie schiebt, aber nun ohne richtig hinzusehen, das Rohr über die restlichen Teile des Teppichs, beißt sich auf die Lippen, schlägt gegen ein Sofakissen, tritt auf den Knopf. Sie reißt den Stecker aus der Wand, rafft alles in ihre Arme, stopft die unbenutzten Teile in die Kitteltasche und steigt damit die Treppe hoch. Ich höre dann, wie sie es über mir wegräumt.

3

»Heute hat es mich tatsächlich erwischt.«

»Ich sitze neben meiner vollgepackten Einkaufstasche, froh, daß ich den Bus noch so gerade gekriegt habe, ich mußte ziemlich laufen, ich war noch ganz außer Atem, wahrscheinlich hingen mir die Haare wild im Gesicht herum.«

»Das ist nun wirklich ein Augenblick, wo man keinen Bekannten treffen möchte. Ich hatte mich im Bus bis nach hinten verkrochen. Außerdem war ich beim Rennen mit einem Absatz zwischen den Steinen hängengeblieben, dabei knickte mir ein Bein um und tat weh, kann ich Ihnen sagen.«

»Endlich sitze ich also auf meinem Platz, fluche noch innerlich und will jetzt nur noch zum Fenster rausstarren. Da höre ich eine Stimme, bei der mir sofort die Haare senkrecht stehen. Eine überschwengliche Anrede, alle im Bus hören mit, ob sie wollen oder nicht. Ich brauche gar nicht hochkucken. Ich weiß alles, auch, daß nun jede Flucht unmöglich ist.«

»Da beugt sich das freundliche Pfannkuchengesicht zu mir runter, sagt herzlich: ›Rücken Sie mal?‹ Was sollte ich machen? Kacke mit Ei! Ich habe tief geseufzt, mit zusammengebissenen Zähnen, und mich in mein Schicksal gefügt. Es gab ja keine Wahl.«

»Dann ging es los. Von Haltestelle zu Haltestelle redete sie ununterbrochen auf mich ein, ich mußte nur manchmal ›Aha‹ oder ›Nein‹ oder ›Meine Güte‹ sagen, höchstens zwei Wörter hintereinander. Ihr Mund stand keinen Moment still. Dabei ließ sie auch die anderen Businsassen nicht aus den Augen, entdeckte zwischendurch Bekannte, die sie von ihrem Platz aus grüßte, und zischte mir, aber immer geheimniskrämerisch, den Namen zu und ein Schnalzen und Augenverdrehen dabei! Ich machte mich klein hinter meiner Tasche, die auf meinen Knien stand, sonst würde Frau Stein mit ihrem dicken Hintern auch gar nicht neben mich gepaßt haben. Einmal spielte ich einen Hustenanfall, aber der brachte sie auch nicht zum Schweigen. Sie wurde nur noch lauter, nichts als Gerede von Mann, Mutter, Schwestern, Kindern, von Ohrfeigen im Familienkreis und Kämpfen um die Rente.«

»Dabei tat mein Fußgelenk so weh, und obenher mußte ich freundlich grinsen. Das ist mir zum Schluß nicht mehr gelungen. Als sie kurz vor dem Aussteigen sagte: ›Schön, daß wir denselben Weg haben, ich muß Ihnen noch von Tante Kitty erzählen, die hat jetzt wieder alle Zähne, großartig gemacht, tief in die Tasche gegriffen‹, kniff ich kurzentschlossen die Augen zu und tippte mir so vor die Stirn: Ich hätte was vergessen und würde nun ausnahmsweise bis zur Drogerie an der Ecke fahren.«

»Was glauben Sie? Die ist mitgekommen, die ließ sich nicht abschütteln. Ich kaufte irgendwas pro forma, Tuba Trockenschaum, glaube ich. Also die Geschichte von Tante Kitty. Auf dem Weg nach Hause hatte ich nur eines im Auge: Wenn ich an der Haustür nur eine Sekunde stehenbliebe, würde eine halbe

Stunde daraus. ›Wiedersehen! Wiedersehen! Ich muß schleunigst Kartoffeln aufsetzen!‹ rief ich schon zehn Meter im voraus, mitten in die Zahnsache rein. Ich bin einfach getürmt.«

»Ha, ganz strahlend winkte ich nochmal feste an der Tür, zu ihrem verdutzten alten Kindergesicht. Mein winziger Vorsprung reichte gerade.«

»Wirklich, wenn man mich braucht, ist auf mich Verlaß. Was ich nicht ausstehen kann, ist dieses Drauflosquatschen, dieses Anderen-die-Zeit-Stehlen von Leuten, die sich für den Mittelpunkt der Welt halten. Ich frage mich manchmal: Wie kann diese Frau annehmen, nur weil sie ein paar Häuser weiter wohnt, mich interessierte, ob bei ihrer Tochter die Periode klappt oder wann bei der anderen die Fruchtblase gesprungen ist und was ihr Sohn für Blumen schenkt!«

»Aber solche Leute setzen sich durch, die erreichen, was sie wollen. Wenn ich schon dieses feiste, zufriedene Gesicht sehe! Hier vorn ist für sie die Welt zu Ende. Ihr Horizont reicht bis dahin, wo sich die letzten Familienmitglieder aufhalten.«

»Zuerst dachte ich: Eine neugierige Klatschtante, die überall ihre Nase reinsteckt und dann tratscht. Frau Stein ist schlimmer, aufreizender: Sie setzt, ohne eine Spur von Diskretion, voraus, daß alle Welt glücklich aufhorcht, um das Neueste aus Nummer 36 zu erfahren. Wenn sie noch – mein Gott, Sie wissen, ich würde mich hüten, der was zu erzählen – das gleiche Interesse für andere an den Tag legte. Kommt der nicht in den Sinn! Die hockt auf ihrem Nest und hält es für das schönste.«

»Sicher, wenn sie mal nach meiner Familie fragt, kriegt sie eine trockene Antwort. Aber das macht nichts. Die denkt dann bloß: Ach je, die hat wohl nichts zu erzählen, bei denen passiert eben nichts!«

»Wenn ich von weitem das freundliche Vollmondgesicht sehe, mache ich, daß ich schnell um die nächste Ecke komme. Aber manchmal, wie heute, läuft man in die Falle.«

»Was ich sagen will: Eine Frau, die unerschütterlich im Leben thront! Solche Leute wirft nichts aus der Bahn, wenn es sie nicht direkt angeht. Unmöglich, sie sich mit einem Buch oder nur aufmerksam bei der Tagesschau vorzustellen. Sie schwimmen wie das Fett auf der Suppe, sie sind dicke, runde Fettaugen, in die man reinstechen möchte.«

»Und was sagt die dann noch zum Abschied, bei einer anderen Gelegenheit?: ›Sie haben da so ein Fleckchen am Kragen. Ich mußte bei der ganzen Busfahrt hinkucken.‹«

4

Wenn ich mit ihm telefoniere, kucke ich die Topfblumen an. Wenn ich ihm zuhöre, beobachte ich den Mund, wie er sich bewegt: ein Sprechender. Was ist, wenn er sich 100 km von mir entfernt aufhält oder in einem Zimmer mit mir? Nichts außer ein paar Worten zu Anfang prägt sich ein. Ich denke fast an nichts anderes, aber ich sehe ihn so als jemanden, der auf mich einredet, daß ich nur Geräusche höre. Es ist unbemerkbar, es ist nicht unangenehm. Ich bin gern still, wenn er spricht, ich höre ihm nicht zu, wie man es verlangt, trotzdem entgeht mir nichts Wesentliches. Werde ich die Wirtschaftswissenschaft eines Tages noch lieben? Wir sind eingespielt? Das kann man nicht sagen. Ich kenne seinen Geruch, aber der ist nichts Besonderes. Ab und zu fällt mir ein, daß früher in manchen ländlichen Gegenden Deutschlands die jungen Männer beim Tanzen für ihre Freundinnen ihr Taschentuch unter die Achselhöhlen klemmten, um sie durch die fremde, starke Ausdünstung zu erregen, um sie an sich zu gewöhnen. Die Mädchen steckten es nachts unter ihr Kopfkissen. Die Chinesinnen trugen Mandarinen an dieser Stelle, um gut zu duften. Beides gefällt mir. Ich rieche, wenn er vor Ärger aus seiner weißen Haut heraus schwitzt. In der Sonne wird sie rot im Handumdrehen. Eins ist sicher. Ich freu mich immer zu Beginn, wenn wir uns treffen. Nie stelle ich mir die Zukunft vor. Wenn ich rieche, daß er wütend wird, gelingt es mir nur selten, ihn nicht weiter zu reizen. Hat es damit erst einmal angefangen, muß es immer noch weitergehen, bis zum Knall. Es ist etwas wie ein Behagen dabei. Nie bin ich es, die nach dem Streit den ersten Schritt macht, das verstieße schon gegen die gute, die eingebürgerte Sitte. Ich bin aber die, die mitten auf der Straße sich seine großen Hände in die Luft wirft und sie mit dem Kopf auffängt. Dieser Urlaub hat uns angestrengt. Was war dabei, daß er immer im Haus und im Schatten sitzen wollte? Keine Ahnung, aber ich selbst bin ja schon so hitzeempfindlich, und doch wollte ich es nicht wahrhaben und wagte mich oft raus an den kahlen Strand. Man muß sich in die Sachen reinstürzen, dachte ich. Oft fühlte ich mich betäubt. Eine Ameisenstraße entdeckten wir nachmittags. Sie reichte die Steintreppe hoch, unter der Tür her bis zu seinem Kopfkissen. Als wir es hochhoben, stellten wir fest, wofür sie sich so sehr interessierten: Sein Taschentuch, das er schon einige Male gebraucht hatte, wimmelte von ihnen. Wir mußten es sofort wegschmeißen, wir sprühten die Tiere ein und kehrten sie weg. Warum dieser Ekel, ich konnte ja kaum essen an dem Abend, es war doch seins!

Was soll ich tun gegen meine Erwartungen? Wenn mir die Jahreszeiten vorenthalten werden, mache ich mich auf die Suche nach ihnen. Es liegt mir daran, ich kann mich auf den Kopf stellen. Es läuft vieles darauf hinaus: die grünen Blätter, die blanken Äste, die Äste mit Knospen, die gelben Blätter. Ich sehe ja jetzt kaum nach draußen, ich sehe eine große Kreuzung und flache, kriechende Gebüsche, die nicht die Sicht nehmen, wenn man hier im Auto hockt. Straßenlaternen sind hoch über die Fahrbahn gebogen. Man ist überrascht, wenn man plötzlich leichtere oder wärmere Kleidung anziehen muß. Die Monate unterscheiden sich viel weniger, als es in den Büchern steht. Es ist mir ja recht, es gefällt mir, durch nichts aufgeregt zu werden. Was mich sehr beunruhigt, ist, wenn er länger anhält, starker Regen. Ich spüre mit einem Mal die Unstabilität des Hauses unter der Wucht des Wassers, ich ducke mich unter der Bettdecke mit dem wehrlosen Haus um mich herum und halte Wache, während der Regen versucht, den Putz von den Steinen zu spülen und in die Ritzen zu dringen. Als ich ein Kind war, hörte ich eines Abends, als ich aufwachte, im dunklen Zimmer ein stürmisches Rauschen und viele Stimmen. Ich lief in die Küche, wo die Erwachsenen standen. Mein kräftiger Onkel riß die Tischdecke an sich, und aus der Wand stürzte ein mächtiger Strahl Wasser ungehindert ins Freie. Der Hahn war aus der Mauer geflogen. Mein Onkel kämpfte mit seiner Faust, um die er das Tuch gewickelt hatte, dagegen an. Das Wasser fuhr ihm ins Gesicht und über den Körper, die frisch tapezierten Wände waren grau vor Nässe, und das Wasser brach weiter aus der Wand. Wie gern ging ich einmal in Berlin über die Straßen, von denen ich schon viel gehört hatte, sie gefielen mir alle. Das Berühmte an ihnen sagte mir so zu. Las ich etwas über die ›Provinz‹, mußte ich mir eingestehen: Das ist dort, wo ich wohne! Las ich: Der Mann, die Frau auf der Straße sagt, meint usw., war ich das. Nach drei Wochen Ferien glaubte ich, das Wichtigste versäumt zu haben, ich hatte keine Ahnung, was. Ich ging in Gedanken alles durch, es war tadellos für meine Verhältnisse, ich hatte viel aufs Meer gekuckt und geschwommen, ich hatte oft ›Ah, wie schön‹ gerufen aus Überzeugung und als Ansporn, wie immer. Trotzdem kostete mich die Begeisterung Konzentration und Willen. Bei dem Geruch der Nadelhölzer, auf das kommt es mir sehr an, ging alles von allein ohne mein Zutun. Ich stellte mich unter die Bäume, machte die Augen zu, zog die Luft ein und mußte mir nichts anderes dazu vorstellen. Es fand alles statt in der Gegenwart und reichte bis in die Endpunkte meines Körpers.

Am Pausenende, wenn die Klingel losgeht, letzten Endes immer überraschend, zucke ich zusammen, als wäre ich der Schüler, der im folgenden was zu befürchten hat. Wie unverändert fallenartig die leeren Schulflure drohen, hinter deren Front doch die lebendigen Schüler sitzen und ihren Schweiß durch die Türritzen strömen lassen. Es riecht nach Körpern auf den Gängen, und es ist nicht stumm hinter den Mauern und den fröhlich verputzten Wänden, aber man wird ungläubig, daß es von diesen Fluren erreichbar ist, das Freie und Lebhafte. Man befindet sich in einer Ausgeschlossenheit, die noch kleiner macht. Wenn man eine Klassentür öffnet, platzt man ganz unvermittelt wie durch ein Butterbrotpapier unter Menschen. Meine Mutter holte mich, als ich in die vierte Klasse ging, eines Nachmittags, als wir nachsitzen mußten und stickten, aus dem Unterricht für eine dringende Sache. In Wirklichkeit wollte sie mit mir in die Stadt spazieren und mir eine Jacke kaufen. Wie war das möglich, daß sie so einfach mit fröhlichem, lachendem, zwinkerndem Gesicht in der Tür stehen konnte und mit ihrem Anliegen der Lehrerin gar keine Wahl ließ. Die schickte daraufhin alle Kinder nach Hause, und sie verdankten es einzig und allein meiner Mutter, die ihr schönstes Kostüm trug. Ich habe ihr nie erzählt, wie schrecklich es wirklich in der Schule war. Vieles brockte ich mir selbst ein. Ein Mädchen, das größte in meiner Klasse, mit Hausnamen Philipp, ›Zappelphilipp‹ (die), über die wir schon unsere Köpfe schüttelten wie Erwachsene, warf sich eines Tages, als es hitzefrei gab, auf den Schulhof mit beiden Beinen hoch in der Luft und nicht zusammen. Da war sie abgestempelt als unanständiger Dummkopf. Sie konnte sich noch so anstrengen, aus war es für sie, keiner wollte mit ihr befreundet sein, ein Schaf war sie mit ihren langen Beinen, und kein Lehrer half ihr. Sie kam immer an, und nichts machte Eindruck auf sie. Einmal, während des Praktikums in einer Stadtschule, wies man mich darauf hin, daß ich immer ›Nech?‹ sagte und wer weiß was für Gesten dazu machte. Das mußte ich ab da immer kontrollieren. Nie wußte ich in dieser Zeit, was richtig oder falsch sein würde. Die merkwürdigsten Stellen fielen den Beurteilern auf und erbosten sie, Worte, an die ich mich gar nicht erinnerte. Ärger zog man sich zu durch Haltungen, die man schon immer eingenommen hatte, auch das Lob schoß unberechenbar auf einen herab, und alles hing jedesmal an einem seidenen Faden. Niemand konnte sagen, wie es diesmal ausgehen würde, man befand sich in einer Fraglichkeit und Verantwortlichkeit für sein ganzes Wesen.

I

»Ja, meine Mutter war eine weichherzige, geduldige Frau mit einem genauen Sinn für entscheidende Situationen. Sie konnte sehr schön weinen, aber verstand es ausgezeichnet, Tränen nicht für ein Argument zu halten. Sie hätte ein leichteres Leben verdient, sie war so für den Fortschritt und voller Wißbegierde.«

»Unsere Mutter mußte sich vervielfältigen, sie mußte soundsoviele Köpfe, soundsoviele Hände haben. Keiner wünschte sich eine andere Mutter. Wie es ihr gelungen ist, bei all der Arbeit für uns Zeit zu haben, uns zuzuhören und vor allem: jedem von uns das Gefühl zu geben, ihr liebstes Kind zu sein! Es erzeugt ein Gefühl der Sicherheit und Kostbarkeit, eine gewisse Unerschütterlichkeit der Außenwelt gegenüber. Trotzdem glaube ich, daß zwischen meiner Mutter und mir die engste Verbindung bestand. Wir waren uns am ähnlichsten. Gerade auf dem Gebiet der Neugier nach allem Wissenswerten entdeckte ich in meiner Mutter eine Gleichgesinnte. Es war ein Geben und Nehmen auf beiden Seiten, obschon ich meine Mutter nie als junge Frau empfand, immer nur als alte, erschöpfte, dunkle, so, wie man heute allenfalls eine Großmutter ansehen würde.«

»Meine Mutter war eine bescheidene Frau und doch von einer großen Ungenügsamkeit, für die ich sie heute noch bewundere und liebe. Sie hat es sehr geschickt angestellt, absichtlich oder unbewußt, ihre Pläne und geheimen Hoffnungen auf mich zu übertragen. Sie machte mich einfach zu ihrer Verbündeten, die dort kämpfen und lernen mußte, wo sie es aufgrund ihrer Lebensumstände nicht konnte. Das wesentliche Ereignis, der eigentliche Ursprung dieser Beziehung lag in der Zeit, als ich die sechste Volksschulklasse beinahe hinter mir hatte. Alle Mädchen aus unserer Schicht blieben selbstverständlich dort. Plötzlich erfuhr meine Mutter von einer Möglichkeit. Bei Intelligenz und Fleiß gab es noch einen neuen Weg zum Gymnasium: Spezielle Förderklassen. Ich wollte nicht! Ich wollte nicht aus meiner Umgebung weg! Meine Mutter aber, ohne ein Wort zu meinem Vater – der springende Punkt! –, nahm mich an die Hand. Ich sträubte mich aus allen Kräften. Sie meldete mich an, redete mir schließlich ein, daß ich es tun müsse, mir, sagte sie, sei ich das schuldig, mir und ihr. Ich müsse diese Chance ergreifen, sie könne mein ganzes Leben entscheiden. Eine Kleinigkeit war das nicht gerade. Immer im Rücken die Hoffnung der Mutter, nicht erschütterbar, aber sie brauchte für ihren rasanten Akt, den Alleingang gegen ihren Mann und meine älteren Geschwister, die Rechtfertigung. Das stieß mich vorwärts. Man mußte drei Jahre in einem schaffen. Ich schaffte das, ein Jahr nichts als Arbeit, unter den schiefen Blicken der anderen, die in uns Asoziale sahen. In der Volksschule hatte ich zu den Vornehmsten gehört. Einmal brachte ich einer kranken Mitschülerin sogar ein Cremeschnittchen ins Krankenhaus! Aber es ging eben alles immer durch sechs bzw. acht. Man konnte etwas in unserer Straße gut erkennen: Die katholischen Familien hatten fünf bis sieben Kinder, die evangelischen zwei. Die Isolation hörte erst recht nicht im zweiten Jahr auf, dem schlimmen, normalen, hier mußte sich erweisen, ob das Experiment geglückt war. Wir steckten mit Schülerinnen zusammen, die drei Gymnasialklassen hinter sich hatten, Töchtern von Ärzten, Rechtsanwälten, reichen Kaufleuten. Auch zeigten manche Lehrer ihr Mißtrauen offen. Und doch: Ich genoß es von Anfang an! Klos, die nicht stanken, helle Flure, viele Fenster, die Anspannung, die Spannung der Stunden. An allem nahm meine Mutter teil, das war jetzt das Wesentliche für uns beide. Ich hob in der ersten Zeit auf dem Schulhof sogar fremdes Papier auf, so lag mir an der freundlichen Ordnung, der viel menschlicheren, menschenwürdigeren. Ich erlebte es stellvertretend für sie als Befreiung. Ich achtete eifersüchtig darauf, daß man nichts zerstörte. Ich haßte Kinder, die Tische verschmierten. Was diese Umgebung betraf, betraf, natürlich nur in der ersten Zeit, auch sie. Ich hörte das makellose Deutsch und verbesserte an mir selbst und an ihr alle Schlampigkeiten, die ich nun bemerkte.«

»Ja, diese Zeit war eine entscheidende Phase, gegenseitig stützten wir uns, ich las meiner Mutter alles vor, sie hörte mir die Vokabeln ab, sie lernte mit, fast war es eine Identifikation. Die hatten in diesem gesteigerten Maße keines meiner Geschwister mit ihr, diese Ähnlichkeit. Erkannten wir uns nicht als Gleichartige, als im Charakter Verwandte? In Abschwächung ging mir das später mit anderen Menschen, gelegentlich diese Stärkung, Ermutigung, so, als wäre man eine Rasse für sich.«

»Ein gegenseitiges Geben und Nehmen, einer bestärkte den anderen, eine Verschwörung innerhalb der Familie, so kommt es mir noch immer vor. Zu glauben, daß sie ja auch die Mutter der anderen war, fiel mir schwer, eine Rasse für sich waren wir doch! Ich kannte sie gut, und andererseits machte die ebenbürtige Zugehörigkeit zu meinem Bruder und den vier Schwestern sie so geheimnisvoll, so distanziert. Nie begriff ich, wie der Kontakt zwischen ihr und ihnen vonstatten ging. Alle fühlten sich ja bestens bei ihr aufgehoben. Meine Mutter hatte ein großes Herz und stellte es, wie mir scheint, auf jede erdenkliche Enge oder Weite ein. Sie lachte so gern. Sie konnte kräftig und tröstlich schimpfen mit einem zusammen, bis das Schlimmste vorbei war.«

»Einmal, im ersten Jahr auf dem Gymnasium, hatte Ella Spitz in der Klasse verkündet, morgen ginge die Welt unter, ernsthaft und triumphierend. Ohne Widerstand ließ ich mich überzeugen. Auf dem Nachhauseweg kam ich immer an einem schönen, verwilderten Garten vorbei. Diesmal stand ich lange am Zaun und sah alle Blumen einzeln an, das letzte Mal. Jeden Schritt auf unser Haus zu tat ich das allerletzte Mal. Mit sehr schwerem Herzen traf ich dann bei meiner Mutter ein. Sie merkte gleich an meinem Gesicht, das etwas Besonderes vorgefallen war, sagte aber nichts. Sie wird eine schlechte Note vermutet haben und rührte stumm ihre Brotsuppe weiter. Mir stellte sie zwischendurch ein Schüsselchen mit Schmant hin und die Brotrinden. Das war sonst meine Lieblingsspeise. Diesmal kriegte ich keinen Bissen runter. Ich starrte den Schmant und die Rinden tief bekümmert an: auch zum letzten Mal! Zwar wollte ich nicht auch meiner Mutter Angst einjagen, aber am Ende hielt ich es nicht mehr aus. Ich erzählte von Ella Spitz und ihrem niederschmetternden Wissen. Dabei schämte ich mich schon, daß ich ihr das antun mußte. Ohne mit der Wimper zu zucken, ohne zu lächeln, rührte sie weiter die Brotsuppe. Erst nach einer Weile sagte sie ohne aufzusehen: ›Sieh dir die alten Bäume an, es gibt sie länger als dich und mich. Sie wachsen noch immer: Und das soll ausgerechnet morgen alles zu Ende sein? Wann die Welt untergeht, weiß niemand auf der ganzen Erde. Und da will ausgerechnet Ella Spitz sich so genau auskennen? Dein Schmant wird kalt!‹ Mann, hat es mir geschmeckt!«

2

Zuerst breitet sie eine Zeitung anstelle der Decke, die jetzt zusammengefaltet auf einem Stuhl liegt, auf den Tisch. Dann zieht sie die Schuhe aus. Sie steht auf dem Papier, dabei achtet sie darauf, nicht an die Lampe zu stoßen. Sie kann oben auf einzelne Birnen kucken. Die Lampe besteht aus einem Metallgerüst, von der Decke hängt ein Stab runter, aus dem doppelstöckig kurze Stäbe ragen. Die unteren sind länger als die oberen und auch mehr, nämlich acht, darüber sind es nur vier. An den Ecken der waagerechten Stäbe befinden sich aufrecht stehend die Birnen, jeweils von einer durchsichtigen, oben offenen Glaskugel umgeben. Zwischen ihren Füßen erkenne ich ein Zeitungsfoto, Pinguine auf einer leicht ansteigenden Schneefläche. Sie greift nach einer Kugel aus dem oberen Kranz, steckt die Finger durch die Öffnung und schraubt die Birne heraus, die sie, während die Lampe schaukelt, sofort in eine Kitteltasche gleiten läßt. Jetzt dreht sie mit gespreizten Fingern die Kugel ab und holt sie enger an ihren Körper heran. Mit einem Lappen reibt sie das Glas ein wenig von innen durch ein Umherschwenken des Tuchs und von außen durch nachdrückliches Polieren sauber. Das Zeitungsfoto wird, als sie einmal die Füße bewegt, ganz sichtbar. In Wirklichkeit, sehe ich nun, handelt es sich um Menschen, die in mehreren Räumen hintereinander lange Gräben in eine Schneeschicht graben. Die Füße heben sich an den Fersen, oben liegt die Glaskugel wieder auf dem kleinen Metallteller, und gerade hat sie die Birne aus der Kitteltasche durch die Öffnung in das Innere der Kugel eingeführt und schraubt sie fest. Das Gestänge schwankt, sie greift mit beiden Händen danach. Unten wäre das Papier beinahe zwischen ihren Füßen gerissen. Sie hält jetzt still und betrachtet kurz die fertiggeputzte Kugel. Ja, jetzt fällt der Unterschied richtig ins Auge. Die übrigen Kugeln sehen im Vergleich zu dieser grau aus. Sie sagt: Pff! und stellt den linken Fuß auf den rechten, sie greift nach der nächsten Birne und macht es wie zu Anfang, steckt sie in die Tasche, nimmt das Glas, putzt es, greift nach der Birne, um sie einzuschrauben, schüttelt den Kopf, läßt sie in die Tasche zurückfallen, setzt die Kugel auf und senkt die Birne in das Innere. Diesmal gibt es keine Pause, sie langt gleich nach der nächsten Kugel, dabei dreht sie das Gestänge. Bei der vierten wechselt sie ihren Standort. Ich kann jetzt die Bildunterschrift lesen. Es geht um eine Rettungsmannschaft, die nach einem von einer Lawine verschütteten Skifahrer sucht. Auch der Ausgang dieses alten Unternehmens wird berichtet. Der Mann konnte nur noch tot geborgen werden. Auf dem Foto gibt es soviele schwarze Punkte, zu denen nämlich die Helfer in der rechten oberen Bildecke werden, daß ich gar nicht schätzen kann, wieviele sich an der Suche beteiligten. Auf dem Foto sind sie noch ganz in ihre

Arbeit vertieft. Ob sie wohl zu diesem Zeitpunkt hoffen, den Verunglückten noch lebend bergen zu können? Die Sonne scheint, einige haben ihre Jacken über die aufgeschaufelten Schneewälle geworfen. Der kleine obere Kranz ist nun fertiggeputzt und schwebt glänzend über den staubigen Gläsern darunter. Sie macht die Knie krumm, als sie nach der ersten unteren Birne greift. Aber natürlich, wenn sie wieder auf den Boden kletterte, wäre sie zu kurz. Wenn sie eine Kugel putzt, richtet sie sich sofort auf und seufzt und reißt die Ellenbogen nach hinten. Je mehr sie sich dem Ende nähert, desto öfter stöhnt sie leise auf, aber jedesmal danach kneift sie die Lippen zusammen und macht ein frisches Gesicht. Die Zeitung ist mittlerweile geplatzt, die Füße stehen einmal so nah an der Kante, daß sie fast vom Tisch geglitten wären. Zum Schluß fährt sie mit dem Lappen über alle horizontal stehenden Messingstäbe und kuckt die Stelle des Tuches an, mit der sie gewischt hat. Sie zieht die Mundwinkel blitzartig nach unten und steigt vom Tisch. Sie fährt eilig in die Schuhe mit den hohen Absätzen. Jetzt sieht sie aus wie immer, sie geht ein paar Schritte und strafft sich, sie geht nur so hin und her, jetzt aber zum Schalter und knipst das Licht am hellen Tage an für einen Moment. Sie lächelt dabei zu den blanken Kugeln. Dann zuckt sie die Schultern, knüllt mit Krachen die Zeitung zusammen, schleudert die Decke auf die Tischplatte und wirft keinen Blick mehr nach oben.

3

»Haben Sie das mitgekriegt, heute nachmittag?«

»Bis zwei Uhr strahlender Sonnenschein, die Leute zogen in Scharen die Straße zum Wald hoch, vor allem Mütter, die Kinderwagen vor sich herschoben. Kein Mensch dachte an Regen.«

»Plötzlich, ich hatte einen Moment die Augen zugemacht, geht es los. Es prasselte und rauschte auf die Bäume und von den Bäumen auf das Pflaster und gegen die Scheiben, so unerwartet, daß ich dachte, als ich etwas durcheinander vom Schlafen hochschoß: Das kann doch nicht aus diesem blauen Himmel kommen! Draußen war es weiß und durchsichtig, vom Himmel keine Spur, es schüttete herunter, nur noch Wasser überall.«

»Ich wollte eigentlich in die Stadt, zwanzig Minuten wäre ich unterwegs gewesen, ohne Schirm! Jetzt hätte ich gar nicht mehr über die Straße gekonnt, es floß in Bächen. Kein Mensch draußen, alles geflüchtet. Aber, fragte ich mich, wo sind die Spaziergänger geblieben? Jetzt werden die Waldcafés voll sein, jetzt haben sie dort zu tun, das ist das Beste, was denen passieren kann!«

»Bei solchem Wetter sitzt man gern zu Hause und freut sich, daß man trockene Füße hat. Mir gefällt es, wenn es ordentlich tobt und prasselt. Da verschiebt man, wenn möglich, seine Erledigungen und kocht sich eine Tasse Kaffee. Es ist ja gemütlich, wenn der Regen so runtersaust.«

»Auch gut so, habe ich gesagt und will gerade in die Küche und Wasser aufsetzen, da sehe ich eine Frau mit Kinderwagen und Kind in einem dünnen Fähnchen die Allee in wildem Galopp runterrennen. Die Kleider klebten ihr klitschnaß am Leib, die hat nicht mehr nach links und nicht mehr nach rechts gekuckt, der Wagen fuhr nur noch auf zwei Rädern, so ist sie vorwärtsgestürmt bis zum ersten großen Baum.«

»Das Wasser lief an ihr runter, das Kind schrie natürlich, und der Regen wurde noch wilder. Sie kuckte nach oben, nein, da half das Laub auch nicht mehr. Sie stand vor den Häusern auf der gegenüberliegenden Straßenseite, kein Mensch weit und breit, alle Häuser zu.«

»Ich weiß ja, wie man sich da fühlt. Mir ist das auch schon einige Male passiert. Man stellt sich alle Leute in trockenen Zimmern vor, wie sie durch die Gardinen nach draußen schielen und sich nicht rühren. Ich machte also die Haustür weit auf und winkte rüber.«

»Da wurde aber keinen Augenblick gezögert! Sicher hat sie auf sowas gewartet. Wir redeten erst gar nicht. Sie ist mit dem ganzen Kinderwagen in den Hausflur gebraust! Als wäre nun gar keine Zeit mehr zu verlieren! Eine junge, vollkommen struppige Frau, gelbes Haar, im Gesicht und am Hals schwarze Flecken, es kam von den Augen runter. Ich konnte nicht unterscheiden, ob Tränen oder Regentropfen ihre Schminke aufgelöst hatten. Das Kind brüllte in den nassen Kissen. Aber wir machten erstmal die Haustür zu, und hier war es trocken.«

»Sicher, noch heute morgen hatte ich alles sauber geputzt. Das ist ja nun verflixt keine schöne Arbeit, und der Dreck, das sah ich natürlich, saß jetzt schon im Teppich, und die Kacheln waren verschmiert. Ich konnte aber das heulende Elend deshalb nicht draußen lassen.«

»Ich holte also Handtücher, die Frau zog die Schuhe aus, und ich brachte ihr Zeitungen zum Ausstopfen. ›Ach‹, sagte sie, ›das ist aber nett, das ist aber nett!‹ War auch nett. Ich habe eine Stunde an dem Teppich gesessen, und ich weiß nun wirklich bessere Beschäftigungen. Die Nachbarschaft hat sich mal wieder taub gestellt oder blind oder weiß der Teufel. Ich ziehe sowas anscheinend auf mich.«

»Wie das Mädchen da so rührend und klapprig stand: Vielleicht dachte sie ja: Die spinnt! ›Wollen Sie nicht mal in den Spiegel kucken?‹ fragte ich sie dann schließlich, als sie sich im Gesicht rumfühlte, wohl weil sie merkte, daß sie da jämmerlich aussah, war ohnehin keine Schönheit. Das lag ihr offenbar auf der Seele, jedenfalls hat sie erleichtert genickt, und dann sind die beiden, das Kind mit einem Keks in der Faust und mit einer tüchtigen Schnoddernase, das war aber nun nicht meine Sache, ganz vergnügt abgezogen.«

»Ich würde auch lieber bei solchen Sachen wegkucken, aber dann bringe ich es doch nicht übers Herz. Will ich auch gar nicht. Große Taten, ja, davon träumte ich früher mal, ich bin aber wohl mehr für die kleinen zuständig.«

»Als ich dann über dem Teppich kniete und den Schlamm rausbürstete, dachte ich allerdings: Verdammt, warum mit dem ganzen Wagen! Das sieht dir wieder ähnlich, das ist mal wieder typisch Margarete!«

4

Wir gingen nachts durch die leeren kalten Straßen. Immer verstehen wir uns so gut, wenn wir ganz für uns sind und wenn es dabei kalt ist. Er wärmt mich mit seinem dicken Mantelärmel, er hat rote Ohren, er reibt mir die eisigen Finger. Wir kämpfen gegen die Kälte an und reden nicht viel. Wir fühlen uns umzingelt und haben keine weiteren Gedanken. Ich bin stehengeblieben, weil mir die Füße so weh taten. Ich lehnte mich an ein Kirchenportal, und er hat mir nacheinander die Schuhe ausgezogen und die verkrampften Zehen massiert. Das tut auch weh, aber auch gut. Wenn man sich küßt, sind die Lippen so kühl, und der Atem des anderen ist freundlich warm, man küßt sich nie lange, aber meist plötzlich. Wir wohnen nicht zusammen, wir küssen uns oft draußen. Wir sagen immer noch ›miteinander schlafen‹, ›sich lieben‹ und im Spaß ›es treiben‹, auch er sagt nie, auf uns bezogen, ›vögeln‹ oder ›ficken‹. Aber kürzlich habe ich ein Gedicht aus einem Buch abgetippt, und es war ein sehr merkwürdiges Gefühl in den Fingern, das Wort ›ficken‹ zu schreiben. Wenn er im Restaurant mit dem Kellner spricht, spüre ich genau, wie er sich verstellt. Es ist ihm nicht natürlich zumute, auch der Kellner merkt es. Ich habe in einem Lokal in Berlin gesehen, wie ein etwa 17jähriger Junge, der mit seiner Freundin an unserem Tisch saß, versuchte, der Bedienung klarzumachen, daß er zahlen wollte. Die Frau kuckte jedesmal weg. Seine Freundin kriegte genau mit, wie er immer nervöser wurde, es war eine richtige Bewährungsprobe für ihn, man fühlte, wie er sich das einredete. Die Freundin saß wie auf glühenden Kohlen. Sie hatten die ganze Zeit laut über Politik gesprochen, und jetzt passierte ihm das! Aber so geht es uns sogar im Grunde jetzt noch. Ich spüre seine Aufregung und werde verdrießlich, obwohl ich ihn verstehe. Diese Künstlichkeit der Haltung, der angespannte Tonfall erzeugt in mir eine Bösartigkeit, eine ebenfalls geheuchelte Neutralität. Ich bin zu ihm gefahren, wir hatten uns damals lange Zeit nicht gesehen. Ich konzentrierte mich während der Reise so sehr auf ihn, ich dachte, ich würde das Gepäck stehenlassen und auf ihn zurennen, und wir würden uns zwischen den Leuten so fest und heftig wie nur möglich umarmen. Genau vor ihm machte ich die Tür auf, er hob mir die Koffer raus. Ich glaubte, er klopfte mir dann wahrhaftig auf die Schulter wie einem alten Bekannten.

Man hat ein lebendiges Schwein auf den Gepäckträger eines Fahrrads gelegt wie einen Wäschesack. Es hing vorne an den gefesselten Beinen und hinten an den gefesselten Beinen herunter, und man fuhr es verschmitzt durch den Großstadtverkehr. Ich kenne einen Friedhof mit strengen, schnurgeraden Wegen und dunklen Zypressen und Buchsbaumhecken um manche Gruften. Es wachsen dort auch dicke Kürbisse auf einem hochaufgeschütteten Beet, und es gibt Apfelbäume dort, unter denen, wie auf einem Dorf, Holzbänke stehen für schöne Nachmittage im Herbst. In einem zoologischen Garten warf ein Tiger, in seinem Freigehege wie auf einer Tribüne, einen Gegenstand, der ihm aus der Luft immer schlaff entgegenfiel, mit dem Maul nach oben. Er wälzte sich auch damit auf den Rücken und umarmte es wie sein Liebstes in rührender Zärtlichkeit. Was er da hochschleuderte, war ein kranichähnlicher Vogel, der ihm aus Versehen zugeflogen war. Wie die Federn wirbelten! Sie machten ihn ratlos, so sah es aus. Es fesselte die Zuschauer, er trennte sich nicht von seiner Beute und leckte an ihr mit der großen Zunge, daß es wie ein vorsichtiges Striegeln wirkte. In den Ferien ging ich zum ersten Mal durch eine richtige Mimosenallee. Ich wußte nicht, daß sie sich zu so dicken Bäumen entwickeln können. Ich schrieb es in meiner Verblüffung auf alle Karten, die ich in die Bundesrepublik schickte. Ich hielt es tatsächlich für so erwähnenswert. Wer aber hier ist, interessiert sich für anderes. Den gesamten Urlaub habe ich durch die Sonnenbrille gesehen. Wie sich die Landschaft intensivierte, und es war auch eine Trennung von ihr. Ich fühlte mich, als hätte ich um den Kopf herum eine Plexiglashaube. Am Strand sah ich viele junge Frauen mit schönen Brüsten, fast nackt und sorgfältig gebräunt, ohne Männer alle. Sie schienen die nicht zu benötigen. Nie lagen sie im Sand. Ab und zu richteten sie sich auf aus ihrem Liegestuhl, um ihre Schenkel einzucremen oder einen kleinen Jungen, ein kleines Mädchen, immer nur eins, aber das fehlte nie. Selten hörte ich sie sprechen. Sie lasen auch nicht. Sie sahen nicht auf das Wasser. Sie hielten die Augen geschlossen, in allen Liegestühlen diese hübschen, gleichgroßen, gleichschlanken Frauen. Was wollten wir an der Côte d'Azur? Die Straße, die dicht am Meer entlangführt, gilt als eine der prächtigsten der Welt. Wenn wir auf dieser Straße fuhren, dachte ich immer daran. Auch hier ist der Himmel jetzt blau, aber nur im Herbst wird er wirklich extrem wie im Süden, und dann muß man sich platt hinwerfen können und sehr viel von ihm über sich haben und sehen, wie er sich wölbt in seiner Höhe um alles herum. Man muß ihn dröhnen hören, daß es beinahe furchtbar ist. Man muß so liegen wie die Alpenjungen unter dem Sommerhimmel auf den Kalendern der Feinkostgeschäfte.

Wenn der Krach in der Klasse zu laut wird, wenn sie einfach nur noch machen, was sie wollen, stecke ich meine Hände gefaltet zwischen die Beine, um zu verhindern, daß ich mich körperlich gegen sie wehre und auf sie einschlage. Ich presse die Knie fest gegen die Handrücken, um einen Gegenschmerz zu fühlen. Wenn man mich fragt, wie mir mein Beruf gefällt, sage ich immer: ›Gut! Gut!‹, und ich dachte nur in den ersten Monaten etwas anderes. Als ich mir ein Konto einrichten mußte, am zweiten Schultag, sah ich die Sparkassenangestellte, die gerade Kaffee getrunken hatte, so daß ihr die Backen noch glühten vor Zufriedenheit, an wie den Inbegriff einer glücklichen Existenz.

Die Tage, an denen ich während des Studiums von fertigen Lehrern und Dozenten, die hinten saßen, beobachtet wurde, enthielten ihr Gutes: Es war ja etwas Frisches, Neues, eine Spannung bis zum Schluß, was sie wieder herausfinden würden über mich. Sie strengten sich doch so an, dies und das zu bemerken und mir brühwarm aufzutischen. Ich staunte oft, ich erschrak auch, einmal weinte ich vor Enttäuschung über ihren Eigensinn, aber schön war es, in der Beachtung mehrerer Menschen zu handeln und dabei hoffen zu können, daß sie vielleicht manches, das man sich extra für sie zu Hause ausgedacht hatte, eine Wendung, eine geschickte Position, durch die man Klasse und Tafel im Auge behielt, mit Überraschung zur Kenntnis nähmen. Auch mein damaliger Freund schien sehr verblüfft zu sein über ihre Entdeckungen an mir. Da stand ich in neuem Licht vor uns allen. Es zerrte aber an den Nerven. Nichts war natürlich, eine Mühe war es. Etwas ist für mich ein Vergnügen, bei dem ich immer leicht übers Ziel hinausschieße: Wenn es mir gelingt, eine Geschichte, eine Episode aus der Vergangenheit spannend zu erzählen, sieht man den Schülern, natürlich den kleinsten am deutlichsten, ihre Empfindungen an, als wäre es eine Ausstellung von Seelenregungen. Sie fühlen sich unbeobachtet und vergessen sich. Vorn sitze ich, und alle Gesichter sind mir in ihrer Unverhohlenheit zugewandt, und es liegt ganz an mir, die Schwächsten einem Tränenausbruch zuzutreiben, sie werden mir sogar dankbar dafür sein. Ich habe es in der Hand bei dreißig Menschen in diesem Augenblick, die Gefühle nach meinen Absichten zu lenken. Es fällt mir manchmal schwer, dem zu widerstehen und nicht zu lachen, wenn sie die Fassung verlieren, vor Peinlichkeit, und ich bücke mich schnell, um mich nicht zu verraten. Das Beste ist, Ausflüge in den Wald zu machen unter dem Vorwand der Naturbetrachtung, damit man es eintragen kann als Unterrichtsgang.

I

»Ist es nicht eine Frage der Wachsamkeit, des Fingerspitzengefühls, in bestimmten Ereignissen Stationen eines einmal beschrittenen Weges zu erkennen? Oft scheint nichts in dieser Hinsicht zu passieren. Dann zeigt sich plötzlich die Verbindung, der Zusammenhang. Was für eine Ermutigung!«

»Ich hatte überall Sommersprossen, weiße Haut, grellrote Haare, ich fiel gleich auf. Ich gehörte nicht zu den Wohlhabenden und war von daher fehl am Platze. Hier gab es mich, da die anderen. Das sagt das Wichtigste mit einem Schlag, etwas Grundsätzliches obendrein.«

»Richtig los ging es in Musik, da spann es sich an. Ja, dort war der Einschnitt. Der Lehrer arroganter als alle, nicht alt, ganz hübsch, mit sehr hellen, immer etwas spöttischen Augen. Insgeheim seufzte man und sah weg. Er wußte das, die Klasse kuschte. Eines Morgens befand ich mich in Alarmbereitschaft. Gab es Signale, was in der Art? Etwas spitzte sich zu. In der Stunde kriegte ich seinen Blick ab, strafend. Ich quatschte weiter, bewegte den Mund aber kaum dabei. Das ging nicht lange. Er staunte nicht, kein Zögern kam von seiner Seite. Er ließ eine Spannung, die hätte doch nun, als wir uns fixierten, sich steigern können, gar nicht erst wachsen. So offene Frechheit war nicht üblich. Er traute seinen Augen wohl nicht, handelte aber. Er griff hinter sich, hielt den triefenden Schwamm, da war er nun, um ihn würde es gehen, einer der roten, stinkenden Schwämme, von ihnen wurde einer wichtig und unvergeßlich: ein Geschoß! Der Lehrer peilte kurz mein Gesicht an und warf blitzschnell, nicht etwa im Bogen, geradeaus, in kleinster Entfernung. Auf der Bank lagen friedlich meine Hände, dann aber nicht mehr, es war eine klare Reaktion. Ich fing den Schwamm mit allen Fingern. Meine Gefühle? Sicher Wut, auch Freude über unsern Kontakt, so einzeln, aus der Masse heraus, auch Schreck über das, was ich kommen fühlte. Wieviel Zeit verging? Nicht viel. Ich packte den Schwamm fest mit der Linken, es sprühte im Umkreis wie beim Hinflug, und warf ihn zurück, nicht im Bogen, natürlich, ich zielte, wie er, aufs Gesicht. Er fing den Schwamm, er war so nett und schlau, wie ich dicht vor der Nasenspitze. Die Klasse machte von ferne Geräusche. Einverständnis? Schadenfreude? Er legte ihn ruhig hinter sich und sagte mit einem Lächeln: ›Sieh an, das steckt in ihr!‹, nichts weiter. Ich meine immer, er hätte mir heimlich zugeblinzelt.

Wir kannten uns jetzt. Es entstand zwischen uns fast etwas wie Freundschaft über die Köpfe der Klasse weg, bis zum Abitur. Wir hatten uns durch dieses Ereignis im wesentlichen bekanntgemacht, zu erkennen gegeben, wir schätzten uns.«

»Später fällt es leicht, die Vorkommnisse in ihrer regelrechten Anordnung zu überschauen. Gewisse Eigenschaften verfestigten sich, es gibt Wiederholungen, die den Charakter immer deutlicher hervortreten lassen. Aber sieht man das so im Augenblick der Handlung? Mut zu beweisen und auf Gerechtigkeit zu beharren ist sicher jedesmal von neuem schwer, aber es bedeutet eine große Hilfe, wenn man sich auf frühere Male berufen kann. Man hat es sich aus eigener Kraft vorgemacht. Man weiß, wozu man fähig und was man sich schuldig ist.«

»Ich gab einem von diesen reichen Dingern Nachhilfeunterricht. Sie war elf Jahre und hatte es in allen Fächern nötig. Damit war es für mich dann erledigt, wenn ich hinging, nach der Schule, mit hungrigem Magen. Ein verwöhntes, dummes, kleines Ding, wirklich, ich verschwendete keine Gefühle an so was. Ich übte im protzigen Luxus Latein mit ihr und war froh, wenn es wieder hinter mir lag. Ich brauchte das Geld für Bücher und Hefte. Ich besaß ein einziges Sommerkleid, schwarz, wie alles geerbt natürlich. Zum Sommerkleid wurde es, weil es dünn war. Alle heißen Tage ging ich schwarz, mit siebzehn Jahren. Nachträglich verkörpert es etwas für mich, dieses ewige, dunkle, scheußliche Kleid. Gott, wie ich es haßte, mit dem ganzen Sommer zusammen, der lang war. Beklagen durfte ich mich nicht. Meine älteren Schwestern verdienten schon Geld, ich kostete welches. Mein Kleid für die kühlen Tage? Ein knallrotes, geerbtes Tanzstundenkleid, und das zu meinen roten Haaren, aus Samt, mit goldenem Troddel auf Rücken und Brust!«

»Meine jüngste Schwester hatte sich nicht geändert im Laufe der Jahre, ein dünnes, fast knotiges Geschöpfchen. Die ganze Person bestand wie früher aus Angst und Erschrecken, auch die grausam dicken Gläser dehnten weiterhin die Augenpartie ins Riesenhafte, der entsetzte Ausdruck wurde unbarmherzig, für alle sichtbar, zur Schau gestellt. Nur die rachitischen Beine besserten sich. Meine Mutter, ohne Kraft für die Geburt dieses sechsten Kindes, empfand sie so sehr als Vorwurf und Beschämung. Niemand konnte es da für Zufall halten, eher für eine notwendige Folge, daß es in der ganzen Klasse keine Freundin für sie gab. Das spricht Bände, ich weiß. Gut, sie folgte mir, nachdem der Bann durch mich einmal gebrochen war, aufs

Gymnasium, wie die beiden Geschwister davor. Nur: Im Gegensatz zu mir profitierte sie überhaupt nicht davon. Allerdings brauchte sie keine Nachhilfe wie das feiste, kleine Ding, mit dem sie dieselbe Klasse besuchte. Also nicht aus heiterem Himmel kam sie eines Tages wie geschrumpft nach Hause mit verweinten Augen hinter den gigantischen Gläsern. Das reiche Glückskind hatte zum Geburtstag die ganze Klasse eingeladen, nur nicht die Kleine mit der Brille. Zum ersten Mal begriff meine Schwester ihre Lage, sie stand allen 39 Mitschülerinnen allein gegenüber, schwach und komisch, angeblich unliebenswert. Ich wollte nicht, daß sie dieses Kräfteverhältnis von Grund auf verstand. Kurzum: Es mußte gehandelt werden. Natürlich, rückgängig zu machen war die Sache, um den Pummel vor sich selbst zu täuschen, nur über die Eltern. Suggeriert werden mußte statt Absicht Versehen, sonst wären die Folgen noch schlimmer gewesen. Ich war also siebzehn. Meine Gegner: erstens Erwachsene, zweitens reiche Leute, also fremd, entfernt in ihren Gebräuchen und Manieren. Was half mir da mein erzwungenes Selbstbewußtsein bei diesem neuen Kontakt oder Zusammenprall? Ich wollte sie immerhin erpressen. Das sollten sie spüren, aber keinesfalls beim Namen nennen, beweisen können. Die Erpressung mußte als düstere Aussicht, als bewölkter Horizont mehr atmosphärisch auftauchen, nämlich: wichtige Klassenarbeiten in nächster Zeit, dann der Donnerschlag: Entzug meiner Hilfe! So stand ich vor ihnen, an einem zufällig kühlen Tag, trotzig, mit Absicht in meinem schwarzen Kleid, damit sie die Unverschämtheit der sorglosen Tochter besser erfaßten. Ich hatte mir vorgenommen zu lächeln, böse und zugleich überlegen. Ich weiß nicht, ob man das erkannte, sehr fest bohrte ich die Daumennägel in die Mittelfinger. Ich legte ihnen die Sache bequem als Irrtum nahe, als Nachlässigkeit. Und ihr ›Ja‹ kam glatt, sie kapierten im Nu, was auf dem Spiel stand. Außerdem gefiel ihnen wohl der Gedanke, mal richtig Gutes zu tun. Sie wollten nach Kräften behutsam vermitteln. Es schmeichelte ihnen, das kleine Schicksal zum Guten zu lenken. Sollte es doch! Meine Mutter haute Susanne noch schnell ein Kleidchen zusammen, auch sie, die Kleine, glaubte die Lüge, ging selig aufs Fest und kam strahlend zurück. Ein Erfolg! Die Gefahr war fürs erste gebannt. Hier also die Durchsetzung, die Erhärtung eines Charakterzuges: Mut und Gerechtigkeitssinn, auch wenn die Knie ins Zittern gerieten.«

2

Es fing damit an, daß sie eine Schublade, die neben der mit den Bestecken, zur Hälfte aufriß, einen Moment lang bewegungslos hineinstarrte und sie mit einem Ruck ganz aus der Fassung zog, wobei sie die rechte Hand zur Unterstützung darunter stemmte. Sie ging zum Küchentisch und kippte den Inhalt mit einer schnellen Drehung auf die Platte. Da ist nun alles Mögliche verstreut und in Klumpen, etwas ist abgestürzt, sie bückt sich und wirft einen Lippenstift und eine Garnrolle auf den Haufen. Sie setzt sich und stützt das Kinn in beide Fäuste. So bleibt sie eine Weile und rührt sich nicht. Sie verzieht das Gesicht so, daß sich ihre Backen plustrig zwischen Mundwinkeln und Ohren stauen. Sie spreizt die Finger und läßt das Gesicht darin verschwinden, dann schiebt sie die Schultern zurück und löst das fleckige Papier aus der Schublade. Sie schneidet von einer Rolle, nachdem sie diese über die Schublade gewickelt hat, ein neues Stück Papier. So erhält sie ein ungefähr passendes Stück, rot mit braunen Ornamenten drauf. Sie schnuppert ein bißchen daran und faltet es an den Kanten um. Sie befestigt es, indem sie vier Heftzwecken an den Ecken mit einem einzigen Druck des Daumens jeweils durch das Papier in den Boden der Lade stößt. Sie sitzt nun aufrecht und pfeift ein paar Töne, nun noch einmal aufspringend, das Radio anstellend, aus dem augenblicklich laute Schlagermusik zur Verfügung steht. Jetzt ist alles vorbereitet. Sie reißt einige Schachteln und Metalldosen aus dem Knäuel, wischt sie mit dem Papiertuch sauber und stellt sie nebeneinander in die leere Schublade, die sie etwa zu dreiviertel füllen. Sie singt manchmal bei den Schlagern Anfang oder Ende mit. Für den ersten Behälter sucht sie kleine Metallstücke: Nadeln, Nägel, Schrauben, der Haufen bewegt sich auf dem Tisch hin und her, sie packt mit beiden Händen zu. Die zweite Schachtel braucht sie für rote und grüne Gummibänder, da liegen jetzt aber erst vier. In die nächste kommen Lippenstifte und Cremetöpfchen, auch eine Puderdose, die aufgesprungen ist und alles rosa bestäubt hat. Sie räumt keineswegs erst eine Dose voll und dann die nächste, bis der Vorrat erschöpft ist, sie kennzeichnet die einzelnen Schachteln und ordnet, wie es anfällt, ein. Jedenfalls hat sie es offenbar so geplant: ein Behälter für Knöpfe, einer für Bindfäden, einer für Papiere und Notizbücher, von denen es eine Menge gibt, und eine Ecke für Füllhalter und Kulis, für Scheren und für Kämme. Sie reißt die Gegenstände, die allmählich weniger werden, aus dem immer dichteren Knäuel der Bindfäden. Das ist das hartnäckigste Problem, und mittlerweile greift sie oft zur Schere und schneidet verwickelte Tuben und Kämme einfach los. Sie zieht an einem Fadenende, solange es geht, und trennt ihn dann einfach von dem ganzen Wirrwarr ab. Den Faden aber wickelt sie ordentlich auf und legt die Röllchen, eins nach dem anderen, in den entsprechenden Kasten. Manchmal sieht sie in die aufgeräumte, akkurat sich füllende Schublade und schiebt die Lippen spitz nach vorn und hält den Kopf schräg, als würde sie das vorläufige Ergebnis begutachten. Sie stößt auch häufiger auf Tubenreste, Verschlüsse und abgebrochene Stifte. Sie sammelt sie alle in einer Ecke der Tischplatte, und diese Aufschichtung, dieser Winkel wird rasch größer. Sie sortiert von Mal zu Mal großzügiger aus. Einmal, als sie einen Tubenrest findet, rollt sie das Ende zur Öffnung hin auf und preßt sich den verbliebenen Inhalt, eine etwa zwei Zentimeter lange Wurst, auf den Handrücken, wo sie fett und glänzend steht. Die Lippenstifte dreht sie alle auf. Die meisten sind fast aufgebraucht. Andererseits hat sie auch drei bis vier unbenutzte von einer einzigen Farbtönung dabei. Es scheint sie zu überraschen. Auch Tages- und Nachtcremes gibt es in mehreren Exemplaren von unterschiedlichen Firmen. Es kommt vor, daß sie halbvolle Tuben auf den zweiten Haufen wirft, auch Knöpfe und verknotete Gummis, auch zwei kleine Notizbücher, in einem dritten liest sie einen Augenblick und legt es dann doch in die Schublade, lächelnd. Plötzlich, als die Hülsen und Stifte und Zettel und Kämme keineswegs alle geprüft sind, scheint sie entschlossen zu sein, das Ende gewaltsam herbeizuführen. Sie packt das Paket der ineinander verschlungenen Bindfäden, schiebt es mit den als Abfall bestimmten Gegenständen zur Tischkante, langt mit einer Hand zum Eimer und läßt alles, weiter unbesehen, ich entdecke Pfennigstücke darunter, einen Würfel, ein eingewickeltes Zuckerstück, hineinsacken. Auf dem Tisch bleibt nur eine breite Spur des rosa Puders. Aus dem Radio kommt das Zeitzeichen, sie sieht sofort zur Uhr, faßt die Schublade mit angewinkelten Armen, hängt sie ein, es klappt erst beim dritten Anlauf, und haut sie mit einem Knall zu. Die Uhrzeit ist angesagt. Auf der Kante des Küchenschranks liegt noch ein Stift. Sie reißt die Schublade auf, wirft ihn hinein, hat sie schon wieder zugeschoben, der Nachrichtensprecher spricht, da atmet sie einmal kräftig durch, beißt die Zähne zusammen, zieht die Schublade nun doch wieder ordentlich auf, tastet nach dem Stift und legt ihn an die neuerdings dafür vorgesehene Stelle. Sie stemmt die Hände in die Seiten und lauscht. Ein Schlag ihrer Hüften drückt die Schublade nun endgültig, sie schnaubt dazu, ins Fach.

3

»Kennen Sie eigentlich unseren Briefträger?«

»Ein richtig hübscher Mann, Ende 20 vielleicht. Man meint immer, er käme direkt aus dem Urlaub, so gebräunt und kräftig ist er. Zuerst nahm ich an, er wäre Student und mache das aushilfsweise. Stimmt aber nicht.«

»Er ist überhaupt nicht abgenutzt, verstehen Sie, von diesem ewigen Brieferumtragen, nichts Resigniertes, sondern etwas so Frisches, als hätte er gerade etwas Tollkühnes hinter sich, er lacht so nett, mit so lustigen Augen, als würde es ihm jeden Tag einen speziellen Spaß machen, bei den Leuten zu klingeln und Post abzuliefern.«

»Er scheint sich was Besonderes zu diesem Beruf, den er, wie er mir sagte, nicht als vorläufigen ansieht, ausgedacht zu haben. Als Reklamemann bei den wilden Burschen auf Tabakplantagen könnte er auftreten. Das würde mich weniger überraschen. Und glauben Sie mir: Jeden Tag die gleiche Vergnügtheit und Pfiffigkeit!«

»Ich vermute, daß er die Postkarten und Absender der Briefe liest. Er kuckt so entsprechend.«

»Etwas allerdings gefiel mir nicht. Seit einiger Zeit hatte ich schon bemerkt, daß im Vorgarten, zum Nachbarhaus hin, die kleinen Büsche runtergedrückt sind, manchmal waren auch Äste abgebrochen, als würde jemand zwischen den Häusern hin- und herlaufen. Das ist zwar kein Beinbruch, aber die paar Schritte um die Pflanzen herum über den Bürgersteig sind nicht zuviel verlangt. Zuerst hatte ich Hausierer oder was in der Art in Verdacht. Es mußte aber jemand regelmäßig rüberstapfen, es bildete sich ja ein Pfad! Da habe ich dann mal aufgepaßt, und wer war der Übeltäter? Mein netter Briefträger!«

»Er geht zwei Schritte von der Haustür weg über den Plattenweg und macht dann den Satz zum Nachbarn. Ich wollte ihn nicht draufansprechen und setzte einen dicken Blumentopf an die Stelle, als Hindernis. Pustekuchen! Er lachte mich beim

Postabliefern wieder freundlich an, der wußte genau, was los war, und durch das Glas beobachtete ich, wie er mit seinen langen Beinen drüberstieg. Natürlich gehen dabei Blüten ab. Da reichte es mir mit der Verschmitztheit auf beiden Seiten. Ich habe Klartext geredet.«

»Er grinste ein bißchen schuldbewußt, stritt gar nichts ab und versprach, sich zu bessern. Das sagte er wirklich: ›Aber sicher, das sehe ich ein. Ist gut. Ich bessere mich!‹ Für zwei oder drei Tage! Danach machte er doch wieder seine Sprünge. Ich kuckte dieses schlitzohrige Bürschchen streng an und starrte auf den betreffenden Punkt, als er so fidel mit seinen Briefen an der Tür stand. Er tat, als begriffe er nicht, sagte ganz harmlos: ›Bitte sehr!‹, und als die Tür zu war, drehte er sich kurz und zack! ging es über den Blumenpott weg.«

»Auf frischer Tat ertappen wollte ich ihn nicht, das wäre albern für uns beide gewesen. Aber der kannte mich schlecht! So leicht hält man mich nicht mit ein bißchen Charme zum Narren! Ich ließ mir nichts anmerken, aber am folgenden Morgen waren plötzlich zwei Schnüre gespannt, unauffällig, die sieht keiner, der nicht extra die Stelle bekuckt. Hinter der Haustür griemelte ich mir eins, als ich sah, wie er stutzte und dann schnell den Bogen, so, wie er soll, gegangen ist.«

»Gestern hat er, wohl aus Trotz, nicht geschellt, nur die Briefe in den Kasten gesteckt, obschon eine Zeitung dabei war, und das ist umständlich für ihn. Jedenfalls machte er sich auf dem ordentlichen Weg aus dem Staub.«

»Heute schellte er wieder, wir verloren kein Wort über die Sache, alles war wie immer, im Gegenteil, noch liebenswürdiger. Meine Güte, lachte ich ihn an, er gab sich wohl geschlagen. Wir funkelten uns kurz an und verstanden uns vollkommen. Jeder amüsierte sich einen Moment auf seine Weise.

»Jetzt wissen wir, was wir voneinander zu halten haben.«

4

Ich sah ihn meinetwegen in der Sonne leiden, er wurde erschöpft davon, daß er an dem Tag nicht an seiner Arbeit sitzen konnte, ich hatte kein Mitleid. Es war auch für mich eine Anstrengung. Ich kuckte eine Zeitung an. Seine Schwächen rühren mich immer erst, wenn die Situation vorbei ist, im akuten Augenblick finde ich meine Fehler wesentlich attraktiver und kann über seine nicht hinwegsehen. Unser Verhältnis ist nicht kindischer als die meisten anderen Sachen auch. Es geht schon. Er behauptet, nicht oft an den Tod zu denken, er sagt, daß er deutliche Ziele hat, denen er entgegenarbeitet. Ich weiß, daß er damit etwas aufrechterhalten will. Manche Männer gehen wie Fackeln durch die Stadt, man sieht, daß ihre Wollust eine instinktive Wildheit ist, sie sind nicht Leute, die hochrot aus den Fugen geraten. Sie wiegen, sie rollen sich in den Schultern, in den Hüften, in ihren Augen liegt eine götzenhafte Ruhe und Kraft. Ich habe noch nie mit ihnen gesprochen. Wenn ich sie ansehe, fürchte ich nichts, ich habe große Angst zu sterben, aber nicht in diesen Augenblicken. Es ist ein kurzes Fortreißen, und ich lache, wenn sie vorbei sind, vor Freude. Es ist immer ein zufälliges Treffen. Es hat keinen Zweck, deshalb in der Stadt herumzulungern. Ich wünsche mir die freundschaftliche Nähe zu vielen Leuten, aber oft ertrage ich schon einen einzigen, mir nicht vertrauten Menschen kaum. Er bringt nicht genug Einsatz, nicht genug Herzlichkeit. Seine Zurückhaltung kränkt und beleidigt mich. Ich will aber, daß er noch bleibt, weil ich hoffe, es könne eine Besserung eintreten. Mein Bedürfnis, allein zu sein, läßt sich allerdings kaum noch vertuschen. Wenn jemand weg ist, denke ich an den Abend mit seinen vielen kleinen, verletzenden Vorfällen. Ich will mich gar nicht nur auf einen Menschen konzentrieren, ich will sie in ihren Häusern kennen, ich möchte sie alle leicht berühren. Manchmal umarmt er mich so heftig und macht so ein Gesicht dazu, daß ich verlegen werde und versuche, so zurückzukucken. Ich weiß gar nicht, was ich dann einer solchen Inbrunst bieten soll, und schäme mich. Ich fühle mich dann so federleicht, als würde ich, sobald er mich losläßt, wie ein Flaschenteufel an die Decke stoßen. Bei manchen Leuten treten wir immer gemeinsam auf. Sie nennen uns Scheffels, weil er Jürgen Scheffel heißt. Sie sagen: »Scheffels meinen, daß«, »Typisch für Scheffels!« Ihm macht das nichts aus, ich würde am liebsten gleich nach Hause gehen. Ich will nicht mit einer Person, und wenn es mir auch die liebste wäre, in einen Topf geworfen werden. Auf dem Heimweg lege ich extra einen Abstand zwischen uns, ohne Erklärung, und er wundert sich, kriegt aber nichts aus mir raus.

Immer ist es ein Vergnügen, eine Erleichterung, wenn eine

neue Jahreszeit endlich in aller Deutlichkeit beginnt. Das Einschneidende ist so schön, und wenn man es sich auch nur erzählt. Plötzlich erkennt man ein bestimmtes Wetter, ein Licht, einen Geruch wieder, besonders im Herbst den Rauch in der Kälte, das merkt auch der Dickfelligste und freut sich. Warum? Was ist Gutes daran? In der ersten Zeit habe ich die Gegend in den Ferien gelähmt, bei glasiertem Verstand erlebt. Es wimmelte um mich herum, ohne mich zu verwirren. Im Gegenteil, sobald ich einen auffallenden Menschen sah, habe ich ihm meine Aufmerksamkeit uneingeschränkt zugewandt, als wäre er eine ersehnte Abwechslung in einer Langeweile. So meinte ich es aber nicht. Es war Mangel an Hingabe. Früher hörte ich stundenlang darauf, wie das Wasser an Felsen schlug, oder ich sah von einer Luftmatratze auf den Meeresboden, der von der Sonne aufleuchtete, auch jetzt wieder, nur nicht so gesammelt, diesmal immer auf der Lauer nach etwas. Ein Bekannter sagte mir im April allen Ernstes: »Meine Prüfungsarbeit ist fertig. Die Sonne scheint. Es ist Frühling. Jetzt werde ich mich erstmal in ein schönes Mädchen verlieben!« Und er hat es auf der Stelle getan. Das Mädchen war häßlich, aber er merkte es nicht. Das abstoßend schnelle Blühen im Frühling ist unverzeihlich. Häuser aber sind gegen die Vergänglichkeit gebaut, jedenfalls sollten sie so aussehen. Wenn Efeu daran wächst, begütigen sie mich in meiner Angst durch den Trotz und Mut ihrer Beständigkeit. In einem Park sah ich etwas Merkwürdiges: Zwischen den Bäumen, auf einer Lichtung, stand ein Haus, ich befand mich an der Vorderseite mit einer großen Eingangstür. Es fehlten aber die Fenster. Etwas beunruhigte mich. Wenn man sich schräg stellte, sah man keine Längsseite, das konnte am dichten Bewuchs liegen. Es hielt mich etwas fest, etwas Unechtes steckte in der Situation, ich hatte einen Verdacht. Die Tür ließ sich öffnen, man stand im Freien, die Vorderfront war nur eine Fassade. Dahinter, etwa 50 Meter entfernt, stand das wirkliche Haus, genauso gebaut, aber mit Fenstern. Hier sah man im richtigen Winkel auch die Seitenwände. Es war aber niemand da für eine Erklärung. Der ganze Park erhielt für mich dadurch etwas Zweideutiges in meiner Erinnerung, ich sah ihn nicht wieder. Der neue Ort an der Riviera: aus dem Boden gestampft, und doch fing schon das an: es gab einige Stellen, die mir gefielen. Sofort fürchtete ich in meiner Anhänglichkeit, sie könnten verändert werden.

Jetzt, im ersten Schuljahr, bin ich auf nichts vorbereitet. Ein

Junge, der auch Jürgen heißt, ist sechs Jahre alt und schämt sich, sobald er den Mund aufmacht. Er verdreht die Augen und will mich nicht ansehen, wütend vor Verlegenheit. Wenn er zur Tafel geht, klammert er sich auf dem gesamten Weg, hin und zurück, mit beiden Händen an den glühenden Ohren fest. Die Mädchen in den neunten Klassen haben so große Busen, daß sie mir wie meine eigenen Mütter vorkommen. Sie sind träge und vernünftig und bereit, einem vieles zu verzeihen. Sie gehen schaukelnd, sie handeln selten. Oft lächeln sie schläfrig, als wüßten sie mit dem ganzen Körper, was allein im Leben zählt. In der Schulzeit hingen Regeln unausgesprochen in der Luft. Es war sehr ratsam, sie zu befolgen. Wer sie so gern befolgt hätte, sie aber trotzdem nicht entziffern konnte, vergaß das sein Leben lang nicht. Immer gibt es Kinder, die sich so anstrengen, beliebt zu sein, freiwillig dienen sie den anderen in ihrer maßlosen Nachgiebigkeit, sie umschmeicheln die Lehrer und sind doch jederzeit, um der Klasse zu gefallen, zu bösartigen Exzentrizitäten bereit. Wie sie sich selbst dabei ins Fleisch schneiden und nichts anderes. Jeder erkennt sie auf Anhieb, und selbst wenn man alles durchschaut, ist es schwierig, sie gern zu haben. Mir fällt auf, wie oft ihre Hände feucht sind, ihnen fehlt jedes Empfinden für Distanz, es ist eine große Ungerechtigkeit. Alles, was sie unternehmen, um ihren Zustand zu bessern, schlägt ihnen zum Schlechten aus. Wie früh sie alle gelernt haben, ihre Verletzlichkeit nicht wahrhaben zu wollen. Ich warf aus dem obersten Stockwerk der Schule, im ersten Jahr auf dem Gymnasium, durch das Treppenhaus meine Schultasche. Sie war sehr schwer, und ich hätte jemandem einen großen Schaden zufügen können. Nichts hatte ich mir dabei gedacht, überhaupt nichts, und wurde ertappt von einer alten Biologielehrerin, mit einem Gesicht, blau und rot vor Zorn. Fast wäre ich zum Totschläger geworden, hörte ich da, und es war nur ein Einfall gewesen, so eine Idee aus einer guten Stimmung heraus. Die Folgen standen schrecklich vor mir, was für ein abscheuliches Wunder, daß sie mir zugeordnet wurden. Schon verlor ich den Mut, in die Schule zu gehen. Als ich auf dem Land unterrichtete, in der Eifel, fünf Wochen lang, im kalten Oktober/November, kaufte ich als erstes eine Flasche Zinn 40 mit einer Bekannten zusammen und zwei Schnapsgläser. Wir wollten nichts an uns heranlassen in dieser Einöde mit den Tüchtigen, die sich jeden Nachmittag trafen und die Verläufe der Stunden besprachen beim Tee und kleinen Plätzchen. Wir redeten mit ihnen, sie machten alles so gut, diese Lehrerinnen, nie war man zartfühlend genug, sie lächelten, und wir rätselten noch im Dunkeln vor dem Einschlafen, woher unser schlechtes Gewissen rührte.

Kapitel III

I

»Ach, die Siege, die Niederlagen! Ich habe immer auch Niederlagen eingesteckt, aber wenn, dann nur so lange, wie ich sie unbedingt hinnehmen mußte. Ja, Sieg oder Niederlage, eins von beiden traf immer auf alle Situationen, an die ich mich erinnere, zu. Unentschieden ging es nie letzten Endes, aus. An klaren Schlüssen lag mir von Kind an.«

»Hinnehmen mußte ich, daß ich auf der großen Schülerflanierstraße in Bochum zum neuen Schuljahr gebraucht gekaufte Schülermützen trug. Die Farbe war natürlich nach 12 Monaten verschossen, und es sah dann so aus, als müsse ich das Jahr wiederholen. Während die Wohlhabenden, oft selbst dann, wenn es mit der Versetzung nicht geklappt hatte, ihre neue Mütze vorzeigten, ging ich in der gebleichten, unverdienten Sitzenbleibermütze. Mir half nur ein möglichst selbstbewußtes Gesicht. Sobald ich ein paar Mark zusammengekratzt hatte, die ich von den Ausgaben für Bücher abzweigen konnte, kaufte ich natürlich eine neue. Aber der Lack, der Glanz der ersten Tage im Schuljahr, wo man sich Veilchensträuße schenkte, war ab. Niemand soll mir sagen, Geld hätte nichts mit Glücklichsein zu tun. Ich weiß, was die Extrapfennige in der Tasche wert sind.«

»Nie habe ich Treulosigkeit verzeihen können! Auch das mußte ich einige Male hinnehmen. Man kann aber, durch Mut zur Konsequenz, eine Niederlage manchmal sehr wohl in einen Sieg ummünzen. Obschon die endgültige Enttäuschung natürlich bleibt. Mit sechzehn, siebzehn Jahren war ich gut befreundet mit einem netten Jungen, Gisbert Krause, ein bißchen ein Hans Dampf in allen Gassen, immer voller Einfälle, frech, wir haben wunderschöne Ausflüge gemacht. Und: Wir konnten so ausgezeichnet zusammen tanzen, besonders schnellen Walzer, stundenlang. Dazu wurde ein Glas Limonade getrunken. Man umarmte sich beim Nachhausegehen und beim Tanzen, es gab freundschaftliche Küsse. Immer hatte ich meinen Bruder und Gisbert Krause als meine treuen Begleiter bei mir, jede Sensation wurde sofort mit ihnen beredet. Er gehörte mit zur Familie. Jeder wußte, daß wir Freund und Freundin waren, keiner kam auf den Gedanken, sich dazwischendrängen zu wollen, es wäre zwecklos gewesen. Geheiratet hätte ich ihn nie, dazu erschien er mir etwas zu wirr im Kopf, er blieb auch einmal sitzen, so daß er nur eine Klasse über mir war, aber damals komplizierte das unser Verhältnis kaum. Die Zeit mit ihm und meinem Bruder empfand ich als die schönste in all den Schülerjahren. Eines Tages erfuhr ich auf ziemlich hämische Weise von einer besonders doofen Mitschülerin, daß er schon seit Monaten eine kleine Nutte für die sexuellen Bedürfnisse hatte. Er besuchte sie ganz regelmäßig. Ich krallte ihn mir noch am selben Tag. Er gab es sofort zu, wobei er versuchte, die Sache als Bagatelle hinzustellen, die unsere Freundschaft gar nicht berühre. Er versprach auch, das Verhältnis mit dem anderen Mädchen augenblicklich abzubrechen. So ein Quatsch! Als hätte das noch was genutzt! Er begriff meine Wut überhaupt nicht. Mich die ganze Zeit über als Heilige Jungfrau zu verehren und sich hinterrücks auf diese Art zu verlustieren! Dieser Tag beendete die Sache ein für allemal. Er schlug ein Rad nach dem anderen, um meinen Entschluß rückgängig zu machen. Zwecklos! Ein hübscher, lustiger Junge, aber nach dieser Heuchelei nicht mehr für mich. Ich kam mir sehr verspottet vor, ich war unglücklich, aber unerschütterlich, ich grüßte ihn weiterhin freundlich. Aus!«

»Hinnehmen mußte ich ebenfalls – und das beeinflußte mein folgendes Leben grundsätzlich, lenkte es in eine Bahn, die ich mir nicht gewünscht hatte –, hinnehmen mußte ich, daß ich nach dem Abitur keinen Studienplatz bekam. Ich wollte so gern Medizin studieren, das wäre aus finanziellen Gründen nicht gegangen, aber gut, wenigstens Lehrerin hätte es ja sein können. Es war die Zeit der großen Arbeitslosigkeit, der unvorstellbaren Arbeitslosigkeit. Nur um etwas zu tun, arbeitete ich dann zwei Jahre im Krankenhaus ohne einen Pfennig Gehalt. Wieder besaß ich zu der Zeit nur ein einziges, geerbtes schwarzes Sommerkleid. Ich ging den langen Weg morgens, mittags hin und zurück, nicht mal das Essen gab es für den kostenlosen Dienst, und abends. Die Schuhsohlen mußten meine Eltern bezahlen.«

»Ich lernte in dieser Zeit vielleicht am meisten in meinem Leben überhaupt. Ich habe Männer, Frauen, Alte, Kinder, Arme und Reiche kennengelernt, Nonnen und Ärzte. Mein Blick für Situationen und Menschen schärfte sich in diesen 24 Monaten außerordentlich. Vor allem: Ich spürte noch einmal sehr deutlich, was in mir selbst an Fähigkeiten, Möglichkeiten steckte. Ich glaube – eine Niederlage –, ich konnte sie dann später nicht wirklich entfalten. Immer tat ich aber, was ich tun konnte, in entscheidenden Situationen versagten mir die Knie erst immer hinterher, als die Sache überstanden war.«

»Auch im Krankenhaus fiel ich schnell durch meine roten Haare auf. Die Ärzte, mit denen ich zu tun hatte, spürten mein

Interesse, meine Neugier. Wie deutlich wurde hier, daß ich Ärztin hätte werden sollen! Gleich zu Anfang fragte man mich, ob ich einer Beinamputation zusehen wolle oder ob es mir schlecht würde. Ich sagte natürlich zu und kämpfte meine Anfälle von Übelkeit erfolgreich nieder, auch, als das Bein abgesägt wurde, auch, als ich es halten mußte. Eine hervorragende und schlaue Abhärtung. Als ich schließlich doch zusammenklappte, richtete es keinen Schaden mehr an. Nicht vergessen darf man, daß ich ja damals ein völlig ahnungsloses Mädchen war, behütet, frisch aus der Schule entlassen.«

»Ich lernte auch die jungen, reichen Männer der Stadt plötzlich unter anderem Aspekt kennen. Ins Krankenhaus, zur ärztlichen Untersuchung kamen sie mit ihren diversen, scheußlichen Geschlechtskrankheiten. Eine verblüffende Kehrseite dieser unverschämt auftretenden Lackaffen. Eine Erfahrung, die mir einen ziemlich kritischen Blick machte, sicher, sie hat mich auf eine derbe Art entromantisiert. Ich bin aber ganz gut damit fertig geworden. Im Krankenhaus dachte natürlich niemand über die Schocks, die mir verpaßt wurden, nach. Ich tat das ja freiwillig und hatte obendrein einen Kampf gegen die Nonnen zu bestehen, die mich von allem Männlichen aussperren wollten. Gottseidank hielten die Ärzte zu mir und meiner Wißbegierde, aber ich durfte mir keine Schwäche erlauben. Ich mußte alles allein verkraften.«

»Unter den Nonnen lernte ich die aufopferungsvollsten kennen, z. B. die junge Schwester Mathilda, unheilbar krank und von unfaßbarer Geduld und Freundlichkeit, sie brannte ihrem Tod, ich muß es bei ihr so sagen, heiter entgegen, und die bösesten, machtbesessensten. Besonders die Oberschwester Anastasia haßte mich, glaube ich, weil ich den forschen, unnahbaren Ton den Patienten gegenüber, der bei leidenden Menschen sehr grausam ist, nicht mitmachte. Zur Strafe beschäftigte sie mich wochenlang mit Kotuntersuchungen. Ich hielt es eine Weile durch, wie sie mich jeden Morgen mit ihrem kühlen, arroganten Gesicht unter der blendend weißen, gestärkten Haube zu den Haufen schickte. Bis mir die Geduld riß: Eines Morgens nahm ich einen ganzen Topf voll, knallte ihn ihr vor die Nase und sagte: ›Und jetzt untersuchen Sie die Kacke mal selbst!‹ Dann machte ich auf der Hacke kehrt und rannte nach Hause. Es fiel mir nicht gerade leicht, denen zu gestehen: Ich bin entlassen! Es gab ja keine Aussicht auf irgendeine andere Arbeitsmöglichkeit, und ich hoffte noch immer auf einen Studienplatz, auf ein Wunder. Wieder war es meine Mutter, die mich überredete, am nächsten Morgen noch mal hinzugehen. Eine niederschmetternde Situation! Lieber wäre ich in dem Augenblick putzen gegangen. Aber ich wußte natürlich, daß ich es meiner Mutter schuldig war. Wir hatten unsere Pläne gehegt, und es kam darauf an, auch die Spur einer Chance festzuhalten. Ich zog mir extra den Kragen um den Hals, damit man meine roten Erregungsflecken nicht sah. Was passierte? Die Oberschwester Anastasia sagte mir ganz normal ›Guten Tag‹ und ›Ah, da sind Sie ja wieder‹. Dann fragte sie mich, ob sie mir das Spritzen beibringen solle. Das haute mich um: ein Exklusivangebot! Ich hustete kräftig, um nicht die Fassung zu verlieren.«

»Wenn ich aber zurückdenke, fällt mir am deutlichsten die alte Frau Budnikowski ein. Sie hatte neun erwachsene Söhne, alle ohne Arbeit. Und diese kleine, magere Frau, vom vielen Arbeiten ganz krumm, daß man sie wie ein kleines Kind heben konnte, mit verkrümmten Händen und Beinen, steif wie Vogelklauen, kämpfte um ihren Krankenhausplatz, kämpfte um ihre Ration Essen. Warum? Alle wußten es, drohten ihr und duldeten es doch alle: Sie selbst aß eigentlich nichts, nur soviel, daß sie gerade am Leben blieb. Alles Essen bewahrte und stapelte sie, ich mußte es für sie tun, und die großen Söhne holten es jeden Tag ab. Ich badete oft diesen kleinen, runzligen Körper, kein Wort konnte sie richtig aussprechen. Aber ich behielt, was sie manchmal sagte, wenn die Ärzte und Schwestern wieder mit ihr geschimpft hatten, und ich die Schnitten dann doch für sie versteckte: ›Du guter Mensch! Du guter Mensch!‹ Immer bestärkte es mein Lebensgefühl, wenn ich Menschen, die meine Hilfe benötigten, unterstützen konnte.«

»Wem soll ich es ankreiden, daß ich nicht Ärztin werden durfte? Mein Leben wäre in anderen Bahnen verlaufen. An diesem Punkt fiel eine endgültige, die wichtigste Entscheidung überhaupt.«

2

Ganz plötzlich, aus heiterem Himmel, am Nachmittag, als sie sich eine Tasse Kaffee und zwei Seiten Kriminalroman gönnt, am Küchentisch, mit übereinandergeschlagenen Beinen, zwei Seiten, die erste und die letzte unmittelbar hintereinander, springt sie auf, kippt den Kaffeerest in den Ausguß, klappt Buch und Brille zu, schon sind beide verschwunden, blindlings in die Schublade reingesteckt, schon ist der Tisch frei, ein Perlonkittel angezogen, während sie sich zu hohen und tiefen Schranktüren streckt und bückt, knallend hin- und hergeht, die kurzen Strecken in der Küche. Im Nu hat sie den Tisch unter klappernden und knallenden Bewegungen vollgepackt mit Gefäßen, Tüten, alles aber um die große Schüssel in der Mitte angeordnet. Sie mißt Mehl ab und kippt den Inhalt in das Sieb, das in der Schüssel hängt. Danach füllt sie den Becher nochmal bis zur Hälfte, sachte mit lockerem Klopfen die Tüte auf die Kante des Trichters stoßend, und fügt es der ersten Abmessung mit kräftigem Schwung bei. Sie macht ein zufriedenes Gesicht, ein konzentriertes Gesicht, sie zieht den Mund etwas breit, es ist ein interessiertes, aufmerksames Lächeln, ja, sie lächelt, aber sie ist zu aufmerksam, um wirklich stark oder strahlend zu lächeln. Als sie das Mehl mit festen Hieben gegen den Siebrand in den Topf schüttelt, streckt sie die Zungenspitze vor, sie beißt von oben und unten mit den Zähnen darauf. Von einem Würfel Hefe bricht sie mehr als die Hälfte ab, steckt sich die abstürzenden Brösel in den Mund, wirft das Stück in eine Tasse Wasser, dessen Temperatur sie aber vorher mit dem Finger prüft, und löst die Hefe durch Drücken und Rühren rasch auf. Als sie aber den Tasseninhalt zum Mehl kippt, sieht sie selbst, daß sie zu flott und wild war. Das Wasser ist zwar trübe geworden, aber die Hefe sitzt schleimig auf dem Grund, und nun muß sie mit dem Zeigefinger mühsam das matschige Zeug aus dem Gefäß lösen. Dann reicht es ihr wohl, obschon die Tasse noch nicht leer ist, wird sie zum Abwasch gepackt und der Finger mit rausgereckter Zunge abgeleckt. Mit dem Ellenbogen zielt sie auf die Taste des Radios, sie singt jetzt tadadi zu den Operettenmelodien, während sie mit wirbelnden Fingern, als müsse eine bestimmte Zeitgrenze eingehalten werden, das Mehl und die flüssige Hefe vermengt, immer wieder Teigfetzen von den Fingern zerrt, mit klebrigen Händen ein Paket Schmalz aufreißt, Flöckchen davon in den Teig schleudert und ein bißchen Salz. Sie bearbeitet die Teigmasse nachdrücklich, kraftvoll und in erstaunlichem Tempo, schließlich trennt sie die Kugel grob vom Schüsselboden, wirft sie in die Luft und legt sie bedächtiger zurück, deckt sie, sanft plötzlich, mit einem Tuch zu, stellt den Topf auf die Heizung und läßt ihn in Frieden. Am Küchentisch allerdings geht es in alter Eile weiter. Nach einer winzigen Pause nur, als müsse sie sich auf etwas besinnen, als habe sie für Sekunden die Übersicht verloren, als müsse sie sich durch Überprüfen der Zutaten Klarheit über den Plan und Verlauf verschaffen, nach einem unbedeutenden Zaudern ein neuer Anlauf. Sie packt Schinkenscheiben auf ein Brett und zerschneidet sie in Streifen, was wieder so hastig geschieht, daß trotz der Kräftigkeit des Aufdrucks und der Schärfe des Messers der Schinken nun in unregelmäßigen Fetzen zusammenhängt. Sie zerpflückt ihn ungeduldig in kleinere Stücke. Sie öffnet eine Dose Tomaten mit einem elektrischen Öffner, der ungeheuren Lärm verursacht und nun wieder mit aufgerolltem Kabel in den Schrank zurückgeordnet werden muß. Der Krach des sausenden Gerätes scheint ihr ein gewisses Vergnügen bereitet zu haben. Sie holt sich aus einer Zellophanhülse, die sie mit einem Ratsch aufschneidet, ein Stück Käse, schnippelt spielerisch, trödelnd beinahe, an den Seiten die Rinde ab und fährt mit dem Käse über eine Metallreibe, die sie schräg auf einen Teller stemmt, atemlos, ohne aufzusehen schabt sie ihn zu Flocken, die sich zu einem gelben Berg häufen. Ihre Finger geraten in Gefahr, abzurutschen und von der Reibe aufgerissen zu werden. Sie scheut den möglichen Schmerz aber nicht, auch als das Stück sehr klein geworden ist, fährt sie mit unverminderter Heftigkeit über die Vorsprünge. Schließlich wirft sie den Kopf in den Nacken, gerötet im Gesicht, und mit einem kleinen, stolzen Lächeln läßt sie die Arme einen Moment runterschlenkern. Mit frischer Kraft also nun, mit neuer Energie nimmt sie die Teigkugel, betastet sie sachte, so daß auf der gespannten Oberfläche die Eindrücke ihrer Fingerkuppe sichtbar werden, rollt und reckt sie, repariert die Teigfläche mit Resten, wo sie gerissen ist unter dem Druck des Nudelholzes, stellt den Ofen an mit einer Hand, ohne die Arbeit zu unterbrechen, geschickt, geübt, ohne hinzusehen, läßt das vorsichtig hochgehobene Teigrechteck auf ein mit Mehl bestäubtes Blech sinken, renkt es zurecht, stopft die Lücken unbedenklich. Nun träufelt sie Öl, schichtet die Zutaten, würzt üppig und betrachtet am Ende ihr Werk erfreut, gut gestimmt, zupft die gekreuzten Sardellen obendrauf noch etwas zurecht, schiebt das Blech in den Ofen, nickt leicht, als sie durch die Scheibe in das erleuchtete Innere, auf das prangende, bestrahlte Blech sieht, ja, heiter und verblüfft gleichzeitig angesichts des Ereignisses, wendet sich dann ab. Als ihr Blick auf die Arbeitsplatte fällt, zieht sie die Lippen eng zusammen und schief, läßt den

Kopf dann wie ergeben, wie resigniert ruckartig nach vorn fallen.

3

»Vorhin, als ich ziemlich eilig, sozusagen im Sturmschritt die Straße runterging, um noch ein paar Kleinigkeiten einzukaufen, sah ich hinten, unter den Bäumen, einen merkwürdigen Apparat!«

»Er bewegte sich nach vorn, aber gleichzeitig auch zur Seite. Es wackelte oder watschelte bei jedem Schritt hinter einem großen, leuchtendroten Kinderwagen. Deshalb wirkte das Ganze auch wie ein Ungetüm.«

»Über den Wagen weg entdeckte ich einen Kopf. Er ragte, das ist nicht übertrieben, kaum drüber weg, und daneben lief ein kleines Kind. Ich kuckte noch ganz gebannt hin, um daraus schlau zu werden, es war monströs, wie es so viereckig und schwankend die Straße hochkam. Da entdeckte ich, daß es das bucklige Mädchen aus der etwas entfernteren Nachbarschaft war, einige Häuserecken weiter, jetzt also mittlerweile eine junge Frau, klein allerdings wie ein Kind, mit verbogenem Rücken und Wackelhüften.«

»Ich sah sie einige Jahre heranwachsen und verlor sie dann aus den Augen. Sie hatte auch leicht mongoloide Gesichtszüge, ich hörte aber, daß sie vernünftig und geistig ganz gesund sein soll. Eine Zeitlang ging sie oft an unserem Fenster vorbei zur Kirche.«

»Ja, ich erinnere mich, plötzlich schminkte sie sich, und es war ein schrecklich rührender Anblick, dieser Körper mit dem feurig bemalten Kopf darauf. Es wurde dadurch nur noch schlimmer! Wem wird das wohl gefallen, fragte sich vermutlich damals jeder. Und nun diese Überraschung! Da ging sie also mit zwei Kindern spazieren, und sie strahlte schon von weitem so grüßend zu mir über die breite Straße weg, daß es gar keinen Zweifel gab: Die Mutter war sie!«

»Sie lachte so glücklich, daß ich es über die Straße weg spürte, und dann winkte sie sogar, als wären wir gute Bekannte. Was sollte ich machen! Eine Sekunde habe ich überlegt. Ich wollte mich nicht gern aufhalten lassen, die Zeit bis zum Geschäftsschluß war knapp. Ich wurde fast etwas ärgerlich, jetzt bloß keine Verzögerung! Aber dann sah ich wieder dieses kleine, kurze, breite Wesen, das sein Glück vorweisen wollte.«

»›Ach was‹, habe ich mir da gesagt, ›dann schaffst du eben nur die Hälfte. Tu ihr doch den Gefallen! Soviel Glück muß man bewundern.‹ Ich bewundere es übrigens tatsächlich, ich empfinde es bei einem so stark benachteiligten Geschöpf als Leistung. Sie hat doch anscheinend aus ihrem Leben das Beste gemacht.«

»Ich bin also zu ihr rübergegangen. Sie streckte mir die Hand hin, und natürlich sah ich den dicken, goldenen Ring, wie ich sollte. Sie war nicht mehr geschminkt, aber strahlend vor Selbstbewußtsein oder was ähnlichem, und die beiden Kinder sahen rund und hübsch wie ganz normale Kleinkinder aus.«

»Sie kuckte die beiden an und dann mich wieder und wieder die Kinder, als könne sie noch immer nicht fassen, daß es wirklich ihre eigenen sind, daß sie das erreicht hat. Sie machte Bewegungen mit dem Kopf und den Händen, als wollte sie nur auf diese bewunderungswürdigen Kinder hinweisen, die so natürlich gewachsen waren, mit Gesichtern und Körpern, an denen es nichts, überhaupt nichts zu beanstanden gab.«

»Sie zeigte ihren Triumph so offen, daß ich ihr fest die Hände drücken mußte und sie beglückwünschen und diese teuer und tadellos gekleideten Wesen wie etwas unglaublich Seltenes bestaunte und doch natürlich auch wieder so, als hätte ich es im Traum nicht anders erwartet. Wie sie meine Verblüffung genoß, und wie sie die schönen Haare und den netten Charakter der Kleinen erwähnte! Ich lobte und nickte in einem fort. Es war fast so, als wären ihr die Kinder im wörtlichen Sinne geschenkt und nicht von ihr geboren worden. Sie kuckte sie selig und ungläubig an, wie schöne, unverdiente Gaben. Dabei lief eins schon. Sie konnte sich offenbar an ihr Glück nicht gewöhnen.«

»Schließlich drückte ich ihr nochmal die Hände, und sie schwankte weiter, schwerfällig von einem Bein auf das andere, die Straße hoch, den unübersehbaren Kinderwagen vor sich herschiebend, ein Kind an der Seite.«

»Ich sah ihr nach, wie sie sich so allmählich entfernte.«

»Ihr Mann, etwas jünger als sie, war als Tischler in die Schreinerei ihrer Eltern eingetreten, eine gutgehende Firma, hatte sie erzählt. ›Ich habe solches Glück gehabt!‹ sagte sie ein paar Mal. Plötzlich merkte ich, daß ich ganz langsam ging, in Gedanken versunken, traurig, ja, ich glaube, in traurige Gedanken versunken, zumindest besorgt. Enden solche Geschichten jemals gut? Wird sie damit fertig werden, wenn ihr das Glück stiften geht? Sicher, sie hat die Kinder. Was sagen die mal zu ihrer Mutter?«

»Jedenfalls, als ich vor der Schusterei stand, war schon geschlossen.«

4

Der Hunger, wenn man mehrere Mahlzeiten überschlagen hat bei zugezogenen Vorhängen und krumm vor Schwäche in eine Küche mit Steinfußboden und grellem Licht geht und alles Eßbare im Kühlschrank anstaunt und in den tiefsten Ecken kleine, sehr alte Lebensmittel findet, ist ein wunderbarer Hunger. Wie man nach der Wärme im Bett jetzt friert und langsam, wenn der großartige, alte, heiße Tee, der etwas nach Kamille und Kümmel schmeckt, getrunken und das gute, gekochte Ei und das Knäppchen mit einer Haselnußpaste von früher, aus dem Reformhaus, als es Jürgen von einer Prüfung her so schlecht ging, gegessen ist, wie dann langsam eine neue Wärme, in jedem Körper für sich, entsteht und wie sie beide, unsere Körper, wieder ihren eigenen Schwerpunkt zurückfinden! Und dann wird noch ein Gang gemacht in der feindseligen Nachtluft um die zugigen Ecken, aber sie kommt nicht an uns ran.

Wir sind am Ufer entlanggegangen. Er stapfte mit großen Schritten vor mir her, als würde er einen vertrauten Weg durch die Stadt machen, ohne hochzusehen. Manchmal trat er vor Steine, aber nicht spielerisch, sondern in ziemlicher Wut. Es war unser Ankunftstag, er kannte noch gar nichts von der Gegend. Er sah am Ende der Bucht, als er stehenbleiben mußte, mit zornigen Augen herum und sah auch mich so an. Es war eine Gemeinheit. Ich sagte auf dem Weg in unser gemietetes Haus kein Wort, nur in mir, für mich: Ein toller Anfang! Ein toller Anfang!

Einmal, nachdem er mich bei sehr schlechtem Wetter vom Zug abgeholt hatte, gingen wir in ein großes Kaufhaus. Alle Leute kuckten aneinander vorbei. Es war ansteckend. Plötzlich küßte er mich an der Kehre, wo man von einer Rolltreppe auf die zum zweiten Stock umsteigen muß, auf den Mund und sagte: »Schon ist Frühling!« Und es stimmte! Schlagartig hatte sich alles geändert. Es ist schön, sich in einer unangenehmen Öffentlichkeit zu küssen. Man ist sofort gerettet und uneinnehmbar. Wir sind wie zwei Krieger aus der Legende weitergegangen.

Heute rief er zu einer ungewöhnlichen Zeit an. Ich war gar nicht konzentriert auf ihn. Ich konnte nicht selbstverständlich antworten. Ich redete wie mit dem Debekavertreter, der zwei Stunden vorher angerufen hatte. An Gefühle war nicht zu denken. Kein Beinbruch.

Wenn man die Hänge hinaufstieg, konnte man gut in die üppigen Gärten der reichen Leute kucken: Sie waren voller Blumen, voller Kinder, voller Hunde und Katzen. Man sah direkt das blühende Leben an, wie es sich unbedenklich ausbreitete. Viele Häuser hatte man gebaut wie etwas Altes, wie Schlößchen, wie Bauernhöfe. Verschiedene Stile wurden nachgeahmt, auch Tropisches, Brasilianisches und kleine japanische Gottheiten waren aufgestellt, dann wieder sah man die provençalischen Dächer. Man konnte offen mitansehen, wie die Leute geträumt hatten.

In dieser Prächtigkeit meinte ich immer, ich müsse unbedingt glücklich sein. Wir spürten beide den Zwang schon am ersten Tag. »Es ist eine der schönsten Gegenden der Welt«, sagte man, hier durften wir keine schlechte Laune haben. Über manches, was den Eindruck störte, mußte man hinwegsehen. Wer sich richtig hinstellte, sah schon die Schönheit.

Nirgendwo gab es mehr kandierte Früchte, aber auch Fische, Nüsse, Steine konnte man in den Konditoreien kaufen, alle aus Zucker, der Natur nachgebildet und sehr teuer. Einmal pro Woche fand in unserem kleinen, neuen Ort ein Markt statt. Es wurden angeboten korsischer Käse und ganze Säcke verschiedenster Oliven und Nüsse, Sandalen, Hemden, Fische, Knoblauchzöpfe mit eingeflochtenen Lorbeerblättern. Wie gern wollte man da eine Handvoll von allem kaufen. Die Menschen hinter den aufgebundenen Säcken wirkten sehr ländlich, natürlich, echt, aber es war so teuer, daß wir die paar Nüsse, die wir uns leisteten, ganz ungläubig aßen. Die Leute drängten sich um die Verkäufer und die Stände, als würde hier gar kein Theater aufgeführt. Gar nicht so leicht, sich auf das Meer nun wieder einzustellen! Ich kuckte es an, und mir wurde ausgesprochen trocken zumute. Ich wußte überhaupt nicht, was ich sagen sollte. Es war ja viel einfacher, zu Hause zu denken:

Wenn du nur erst das Meer wiedersiehst! Jetzt hatte ich, was ich wollte. Mir schoß zuviel anderes durch den Kopf. Wie unangenehm plötzlich, mich davon sonderlich aufregen zu lassen. Ich wollte Bequemlichkeit. Und was für Erwartungen auch!

Ich hospitierte in einer der schwierigen achten Klassen. Hier fürchteten sich die meisten Lehrerinnen, aber neuerdings auch die jungen Lehrer vor den Schülern. Ich sah den Physikunterricht des Konrektors an. Herr Geßler, ein leiser Mann, er lächelt so oft, er flüstert, wer ihn verstehen will, muß ihm sehr nahe kommen. Auch hier sprach er kaum lauter. Er mußte es nicht. Die großen, kräftigen Jungen saßen still, wie im Traum, wie in einen lähmenden Schrecken verfallen, die ganze Stunde. Manchmal, wenn einer von ihnen auf eine Frage keine Antwort wußte, ging Herr Geßler ruhig zur Tafel und schrieb hinter den Namen des Schülers ein Kreuzchen. Das bedeutete: eine Viertelstunde Nachsitzen am Ende der Woche. Da sagte niemand was gegen. Manche hatten sieben, acht Kreuzchen.

»Nur nicht auffallen, das merken Sie sich! Nur nicht auffallen!« sagte mir mit harter Stimme Herr Sadow. Er stammt aus der DDR. Alle amüsieren sich über ihn, weil er so spartanisch wirkt. Er meinte es ernst und gut. Er ist der einzige, der sich wirklich für Politik interessiert, aber er äußert sich so fragmentarisch und verschlüsselt, daß man ihn nie festlegen kann. Er erweckt den Eindruck, als rechne er ständig mit Verfolgern hinter der Tür. Diese Wachsamkeit hat etwas Lächerliches. Er riskiert ja überhaupt nichts. Die Kinder behandelt er so, als ständen ihnen augenblicklich schwere Zeiten bevor und es gelte sie dafür zu trainieren.

Ein Junge in einer siebten Klasse, der als geistig beschränkt angesehen wird, hat in einem Aufsatz geschrieben: »Der Regen beweinte den Zaun.« Mir gefiel das nicht, aber er hatte sich so angestrengt, mir einen Gefallen zu tun, und ich lobte ihn. Er lachte sich, vor allen anderen Schülern, beinahe tot über mich. Es sollte ein Witz sein.

Eine Lehrerin, die in allem wirklich tadellos ist, außerdem energisch, kerngesund und so zupackend und schick, hat kürzlich auch nicht gefehlt, als sie krank wurde. Sie verfiel vor unseren Augen. Es freute uns so, es war ein Entzücken für uns, sie in ihrer Schwäche zu betrachten. Sie sagte uns aber auch etwas sehr Strenges ins Gesicht: »Ich lasse mir meine Klasse von keinem kaputtmachen!« Die Zigarette in der Pause ist mein einziger Trost. Dann entfernt sich der Lärm, dann steige ich aus dem Beruf wie aus einem Arbeitskittel, und wie in einem Bett rolle ich mich zusammen. Diese Apathie ist etwas Köstliches. Am Tisch des Lehrerzimmers sitzen wir, noch ein, zwei andere und ich, ohne ein Wort und atmen und seufzen.

I

»Kämpfen ist von klein auf meine Sache gewesen. Immer neu gab es in meinem Leben Momente, wo ich das unter Beweis zu stellen hatte. Wie wichtig, darin im entscheidenden Augenblick bestärkt zu werden!«

»Nach dem Dienst im Krankenhaus, das ich verließ, um endlich etwas Geld zu verdienen, arbeitete ich eine Weile in einer Praxis. Für die letzten zwanzig Mark, die ich von dieser Tätigkeit sparen konnte, belegte ich einen Stenografie- und Schreibmaschinenkursus. Die Träume waren aufgegeben, zwangsläufig. Nachmittags tippte ich in der Schule kostenlos Adressen, um die Gelegenheit zu nutzen, auf einer Maschine das Schreiben zu üben.«

»Die Arbeitslosigkeit, die damals herrschte, ist heute unvorstellbar. Schließlich hörte ich, daß in einem Essener Büro eine Stelle frei sei. Ich hatte keine genaue Vorstellung, wie weit es eigentlich bis Essen war, ich dachte: Wo Bochum aufhört, wird Essen anfangen. Ich stand dort zwei Männern gegenüber, die mich offensichtlich begutachteten, einschließlich der Figur. Das Gespräch zog sich in die Länge, die beiden wollten nicht mit der Entscheidung rausrücken. Ich war damals nur knapp über zwanzig und unerfahren in solchen Situationen. Schließlich meinten sie, ich solle in den nächsten Tagen wiederkommen, dann würde mir Bescheid gegeben. Hier war nun für mich der Punkt, nicht länger stillzuhalten, sondern lieber einen, wenn auch vielleicht riskanten Eingriff zu wagen. Wer von den beiden denn eigentlich die Sache zu entscheiden habe? Ich besäße nicht das Geld für eine zweite, möglicherweise vergebliche Fahrt nach Essen. Ich müsse um eine Zu- oder Absage hier augenblicklich bitten. Das löste, weiß Gott, kurzfristige Verblüffung aus! Der, der sich als Holzmann vorgestellt hatte, meldete sich als der Verantwortliche. Er sagte zu! Plötzlich ging es also. Ich fuhr nach Hause, sehr stolz und nicht mehr arbeitslos. Was ich damals nicht ahnte: Ich erhielt die Stelle, weil meine Vorgängerin von einem Juden ein Kind kriegte und deshalb gehen mußte.«

»Der darauffolgende Montag, wie unvergeßlich mir das geblieben ist, war mein erster Arbeitstag. Dr. Holzmann diktierte mir eine Reihe von Briefen, die ich – natürlich versteckte ich meine Aufregung beim Mitstenografieren, so gut es ging, ich sah ganz routiniert auf meinen Block – am Nachmittag fertigmachen sollte. Dieser Nachmittag wurde einer der schlimmsten in meinem bisherigen Leben! Noch nie war ich so mutlos gewesen. Ich saß vor meinem Stenoblock und konnte keine der diktierten Adressen mehr entziffern. Da standen nur sinnlose Zeichen, alles Eigennamen, für die ich keine Kürzel hatte. Ich schämte mich so schrecklich und erinnerte mich nur noch mühsam an mein Selbstbewußtsein einige Tage vorher in diesem Büro. Ich war wirklich auf die Nase gefallen und kannte nur noch ein Ziel: ohne daß einer bis zum Dienstschluß etwas merkte, hier wieder rauszukommen und zu heulen. Tatsächlich fiel niemandem etwas auf, und ich habe während der Zugfahrt mein Gesicht tief zwischen die Hände und den Kragen gesteckt und geweint. Diese einmalige Chance, auf so jämmerliche Weise vertan! Wenn ich nicht bis dahin bei meinen Eltern immer Ermutigung erfahren hätte, wäre ich aus gekränktem Stolz an diesem Abend sicher nicht nach Hause gekommen. Ich hätte mich irgendwo verkrochen. ›Du willst aufgeben?‹ fragte mich mein Vater mit, wie ich vermute, gespielter Fassungslosigkeit. Zwischen meinem Vater und mir hatte es ja seit der Sache mit dem Blechmond die stille Verabredung gegeben, daß man Dingen ins Gesicht sehen muß. Diesmal aber ließ ich mich fallen. ›Hör zu‹, sagte mein Vater, ›versuch noch eines. Du wirst dich anders nicht wohlfühlen. Fahr morgen hin, sag ihnen, was passiert ist und daß sie es dir noch einmal diktieren sollen. Wenn dein Chef ein Maul zieht, sage: Gut, dann lecken Sie mich am Arsch!‹ Die Worte meines Vaters! Und er meinte es auch so! ›Dann nimm deine Sachen und geh! Dann wird eben weiter nach einer Stelle gesucht!‹ Das war leichter gesagt als getan, aber was für eine frohe Perspektive für mich, zu denken und zu wissen, daß die eigene Person in solchen Situationen wichtiger als die Sache ist. Ich fuhr am nächsten Morgen los. Es lief ganz undramatisch ab. Die schwangere Frau, die alle Adressen natürlich kannte, half mir sehr freundlich. Es fiel gar nicht auf. Noch das ganze Vierteljahr bis zu ihrem Weggehen verstanden wir uns sehr gut.«

»Wenn ich in diesem Fall weggerannt wäre, hätte es meinem Selbstvertrauen sicher geschadet. Ich kämpfte ja immer! Ich rannte ja nie weg! Wie wichtig ist es aber, in entscheidenden Augenblicken so bestärkt zu werden, daß man einer plötzlichen Schwäche nicht nachgibt. Es endete also nicht mit einer Niederlage. Ich konnte mich also wieder auf mich verlassen. Ach, mein Vater war bestimmt kein Psychologe, aber diese Dinge wußte er.«

»Kämpfen, etwas durchfechten, ist mein ganzes Leben lang meine Sache gewesen. Richtig gut und begeistert war ich aber erst dann, wenn es galt, die Rechte anderer durchzusetzen. Durch mein ganzes Leben zurückverfolgen kann ich mein starkes Bedürfnis nach Gerechtigkeit.«

»Einmal wurde im Büro in Essen die Stelle des ersten Buchhalters frei. Sie stand einem jungen Mann zu, mit dem mich eine lockere Freundschaft verband. Das Problem tauchte auf, als jemand die Stelle bekam, der sich schon als Parteimitglied ausweisen konnte. Daraufhin protestierte mein Bekannter so kräftig, daß man ihm nahelegte, die Stelle zu kündigen. Nach vielem Herumtelefonieren und Briefeschreiben fand er eine Möglichkeit in Münster. Da ich im Vorzimmer des Chefs, immer noch dieses Dr. Holzmann, saß, mußte ich das Zeugnis tippen. Unverschämterweise diktierte er mir den Satz: ›...war hier als zweiter Buchhalter tätig‹, eine diskriminierende, überhaupt nicht den Tatsachen entsprechende Formulierung. Als ich an meinem Schreibtisch das Zeugnis ins Reine schrieb, ließ ich diesen Satz einfach weg. Ich fand die Bezeichnung in diesem Fall ungerecht und boshaft. Ich kannte den Mann gar nicht näher, aber ich wollte so meine Empörung zum Ausdruck bringen. Das war auch für mich gewagt, ich konnte ja jeden Moment meine Stellung verlieren und hätte wieder auf der Straße gestanden. Es gab ein großes Theater, ich habe es aber mit Wonne getan! Allerdings mußte ich den Satz wieder ins Zeugnis reinschreiben. Der Brief ging ab.«

»Eines Tages flog die Bürotür auf, und was sah ich: Mit wehendem Mantel stürzte Paul Mühlenbeck ins Zimmer, an mir vorbei. Er warf mir nur einen kurzen Blick zu und stürmte ohne Anmeldung zu Dr. Holzmann rein. Ich saß auf meinem Stuhl und hörte, wie hinter der Wand die Fetzen flogen. Das krachte und donnerte. Schließlich wurde ich hereingerufen, ich solle das Zeugnis noch mal schreiben, diesmal wieder ohne den Satz! Wir alle drei machten Gesichter, als wäre das die größte Selbstverständlichkeit von der Welt. Das gefiel mir, das brachte mich in Hochstimmung!«

»Es wurden dann Briefe aus Münster geschrieben. Paul Mühlenbeck besuchte seine Familie über die Wochenenden in Essen. Ich hatte da inzwischen ein kleines Zimmer gemietet. Wir heirateten. Ich kündigte meine Stellung. Wir zogen nach Münster.«

2

Sie hat sich auf eine neue Tätigkeit eingestellt und alles dafür auf dem Küchentisch vorbereitet, auf dem jetzt eine wollige, bunt bedruckte Decke liegt. Die Küche ist gut gelüftet, die Gerüche des Mittagessens sind längst verflogen, aus dem Radio kommt ein sanftes, unauffälliges Konzert. Sie sitzt am Tisch vor einem geöffneten Nähkasten, aus dem das Innere so üppig hervorquillt, daß man sich schlecht vorstellen kann, wie man ihn schließen sollte. Daneben liegen Socken, Hemden, Unterhosen, Tücher. Sie trägt eine Brille, mit dem rechten Unterarm hält sie ein aufgeschlagenes Taschentuch fest. Sie sieht aber nicht hin, sondern wickelt von einem Stück Pappe Gummiband, schlingt es um ihre Taille, ohne jedoch das Buch loszulassen, stülpt die Lippen einen Moment, wie überlegend, wie abschätzend nach vorn, gibt ein beträchtliches Stück Band dazu, als handelte es sich um eine wesentlich dickere Frau als sie selbst, und schneidet es ab. Sie findet in dem Kasten eine Sicherheitsnadel, die sie durch ein Ende des Gummis sticht und dann zuklemmt. Jetzt greift sie eine weiße Männerunterhose aus dem Bündel, das alles ohne Zaudern, emsig und flüssig, eins nach dem anderen, tastet den Bund ab, macht einen kleinen Schnitt, zieht das alte Gummi raus und führt das neue, elastische ohne aufzusehen in die Öffnung. Aber jetzt, während sie die Nadel mit dem Band in den Tunnel schiebt, in einer mechanischen Bewegung, wirft sie zum ersten Mal einen Blick auf die Zeilen. Sie zuckt mit den Augen über die Seite weg, in großer Schnelligkeit, ohne jedoch irgendwo einen Anhaltspunkt zu finden. Also blättert sie um, wobei sie den rechten Arm etwas verschiebt, ganz kurz anhebt, die Seiten mit der beschäftigten Hand umklappt und gleich wieder den Arm runterfallen läßt. Diesmal stößt sie gleich auf die richtige Stelle, sie zieht die Augenbrauen zusammen, der Blick wird fester, sie nähert das Gesicht dem Buch, sie wendet sich vollkommen von ihren Händen ab, die, nun verlangsamt, ihre Aufgabe unbeholfener erfüllen. Sie liest entspannt, ohne frische Falten, ohne Regung in ihrem Gesicht, ruhig und ruhiger werden auch die Finger. Sie liest mit einer stillen Konzentration, nicht gerade fasziniert, aber mit stetigem Interesse, das sie der Unterhose nun ganz und gar entzogen hat. Plötzlich erinnert sie sich, sie sieht zu ihren Händen hin, sofort bewegen sich die Finger rascher, und gleichzeitig zu ihrem wieder aufgenommenen Lesen stauchen sie den gekräuselten Stoff über das Gummiband, das um Haaresbreite in der Öffnung verschwindet. Im letzten Moment kuckt sie hoch und packt zu. Dabei allerdings, durch das heftige Hochreißen des Armes, verschlägt sie die Seite. Sie beachtet es nicht, der kleine Schrecken hilft ihr, dem Vernähen des Bandes jetzt größte Aufmerksamkeit zu widmen. Schnell folgen die Gesten aufeinander, die Vielzahl winziger, notwendiger Aktionen, Abrollen, Abschneiden, Fädeln, Knoten, dies alles in so angespannter Exaktheit, daß sie bald die Hose gefaltet auf die hintere Hälfte des Tisches legen kann. Im Nu hält sie eine zweite Hose in der Hand, und da es sich um den gleichen Schaden handelt, sind die Vorbereitungen noch zügiger erledigt, und wieder, beim Einführen der Nadel in den Stofftunnel, dreht sie den Kopf weg, in plötzlicher Gleichgültigkeit, schafft es, mit dem Ellenbogen ein Bündel Seiten umzuschlagen, so daß sie die richtige Stelle vor sich hat, und vertieft sich, der Geschicklichkeit ihrer Finger vertrauend, in das Buch. Wieder auch bleibt ihre Haltung gelassen, aber nun nähert sie dem Buch die Schultern, den Oberkörper, preßt die Lippen fest aufeinander, dabei entsteht zwischen Oberlippe und Nase eine Ausbeulung, wobei sich die Haut gegen den Mund hin kräuselt, die Hände liegen still auf der Hose, beides beinahe nun hinter ihrer linken Schulter, also fast in ihrem Rücken, so verdreht ist ihre Haltung mittlerweile. Durch die Verkrampfung des Kinns ergibt sich, unterstützt durch die tief nach unten gedrückten Mundwinkel, eine verkniffene, wenn nicht gar bösartige Miene, natürlich nur, wenn man den Ausdruck, die Lebhaftigkeit, das sich intensivierende Leuchten ihrer Augen außer acht läßt. Sie scheint sich jetzt sogar von dem Buch wegzustemmen, von einer sich verstärkenden Faszination, nun doch, ja, sie ist gepackt, gefesselt, sie schiebt das Nähzeug fort und das Buch an sich ran, da ihr die Loslösung ja doch nicht gelingt. Nun blättert sie in den Seiten, hastig aber, offenbar um die Erregung abzukürzen, um ein vorläufiges Ergebnis zu finden, gibt wieder auf, liest an der alten Stelle weiter. Lächelt plötzlich, holt Luft, sieht hoch, fährt sich durchs Haar, schiebt das Buch weit von sich, wirft einen Blick auf die Uhr, auf Hose und Gummiband, wie schuldbewußt nun, duckt sich wie ertappt, als hätte sie einen Vorsatz gefaßt, führt sie mit doppelter Geschwindigkeit die angefangene Arbeit zu Ende, näht in einem Zug drei Aufhänger an Handtücher, als gelte es ohne Widerspruch eine Pflicht zu erfüllen, und doch nun allmählich wieder abgelenkt, zum Buch schielend, unauffällig, als müsse ein Beobachter getäuscht werden, nervöser, ungeduldiger beim Einflechten der Querfäden, so daß sich Lükken ergeben, und jetzt ist sie wohl bereit, zu pfuschen in dem so präzise angelegten Muster beim Sockenstopfen, sie zieht und zerrt, sie macht einen langen Hals, sie liest einen Satz und sieht die Socke an, und so hin und her, und was sie liest, elektrisiert sie, schockiert sie, begeistert sie zweifellos, und was sie stopft, verlangt Sammlung und Geduld, und sie schwankt also zwischen Gebanntsein und Anstrengung, zwischen Unterhaltung und Arbeit und schneidet ein Gesicht, als erschliche sie sich etwas. Dann wieder kuckt sie wie eine akkurate Schülerin, einmal strahlen ihre Augen, einmal zieht sie sie zusammen, und schon beim Abschneiden des Fadens bereitet sie sich vor, mit erwartungsvollem, gierigem Lächeln, ohne Einschränkung endlich hingerissen zu werden.

3

»Warum, frage ich mich, und heute habe ich mich wieder gefragt, kommen Zeitungsvertreter immer um die Mittagszeit?«

»Inzwischen glaube ich, daß auch dahinter Absicht steckt. Sie wissen genau, daß die Hausfrauen entweder sehr eilig sind und sie um jeden Preis schnell wieder loswerden wollen oder erschöpft in einem Sessel sitzen, in jedem Fall aber nicht recht Herr ihrer Sinne sind.«

»Gerade das hasse ich so: Diese jungen Schnösel meinen, wenn sie da an der Tür lehnen und einen mit Namen oder ›gnädige Frau‹ anreden, sie könnten einen für dumm verkaufen, nur weil man Hausfrau ist, und sich hinterher ins Fäustchen lachen!«

»Es gibt zwei Sorten, solche, die gleich forsch auftreten und bevor noch die Tür ganz geöffnet ist im Hausflur stehen, und die andere Sorte.«

»Von denen war heute einer da: Punkt halb eins, ich hatte die Kartoffeln zum Ausschütten von der Platte genommen und mich bei dem wilden Klingeln so erschreckt, daß ich mir kochendes Wasser über die Finger gegossen habe. Dadurch war ich natürlich schon in der richtigen Verfassung. Ich riß die Tür auf und sagte wütend: »Ja, Herrgott, was ist denn!« Schon hatte ich eine Illustrierte vor der Nase, dahinter ein junger Mann, irgendwas murmelnd.«

»Das bringt mich sowieso zur Weißglut, wenn Leute so flüstern, daß man ihnen regelrecht das Ohr an den Mund halten muß. Auch so eine Masche, man soll die Leute verstehen wollen und deshalb länger die Tür auflassen, obschon man sie gleich, wenn man dieses idiotische angebliche Gratisgeschenk sieht, zuschmeißen möchte.«

»Er kuckte mit Hundeaugen und holte gleich so einen Ausweis raus und nuschelt weiter, so daß ich, eben doch wieder draufreingefallen, den Kopf vorstrecke. Er tat vollkommen aufgelöst, als könnte er aus Enttäuschung oder Krankheit oder weiß der Teufel was nicht ordentlich die Zähne auseinanderkriegen. Den habe ich angefahren: ›Sperren Sie nun den Mund auf oder nicht?‹ Da sah man schon, daß alles Heuchelei war. Er ist nicht etwa zusammengezuckt oder eingeschüchtert gewesen. Er bequemte sich lediglich, ohne sonstige Veränderung in Gesichtsausdruck oder Körperhaltung, etwas lauter zu sprechen. Ich verstand also wenigstens Wortfetzen: Interview, Spende, Jugendliche, Unterstützung, Haftanstalt. Augenscheinlich warf er alles durcheinander, weil er alles auf einmal bringen wollte. Ein, zwei dieser Wörter würden bei der dösigen Hausfrau schon zünden!«

»Aber da war er an der falschen Adresse! ›So‹, sagte ich. ›Sie sind also ein ganz gewöhnlicher Zeitschriftenvertreter. Ich kenne alle Tricks. Damit taucht alle zwei Wochen einer auf. Sie können sich die rührselige Masche sparen. Es nutzt überhaupt nichts. Ich habe genug Zeitungen im Haus, und selbst wenn es anders wäre, reicht es mir mit diesen verfluchten Abonnements und erschlichenen Unterschriften. Jetzt versuchen Sie es meinetwegen beim nächsten oder halten Sie nach einer besseren Beschäftigung Ausschau!‹«

»Gut, das war nicht nett, aber ich bin schon so oft übers Ohr gehauen worden. Man muß sich von vornherein wappnen, sonst wird man doch wieder schwach und glaubt ihre Geschichten. Gar nicht erst hinhören!«

»Also, ich dachte, nach dieser Gardinenpredigt wäre der Fall erledigt, und bewegte die Tür schon, da bemerkte ich seinen Fuß, sein Gesicht, von einem Augenblick zum andern verwandelt, finster, funkelnde Augen und auf einen Schlag eine laute, giftige Stimme. Laut vielleicht nicht, aber absolut verständlich zischte er: ›Bei Leuten wie Ihnen, da geht mir das Messer in der Tasche los!‹«

»Ich glaube, ich vergaß das Luftholen. Tatsächlich, er hatte eine Hand vorsorglich in der Hosentasche vergraben.«

»Da standen wir uns gegenüber, auf gleicher Höhe, und starrten uns an, daß uns beinahe die Augen aus den Köpfen sprangen. Nicht, daß ich erschrocken war. Sowas erschreckt mich höchstens hinterher. Außerdem erwartete ich ja meinen Mann.«

»Geglaubt habe ich ihm das Messer nicht. Aber was für eine Unverschämtheit! Er drohte mir also in dieser massiven Form. Es verschlug mir wahrhaftig einen Moment so den Atem, daß ich nur kuckte, ich habe ihn von oben bis unten angeglotzt. Das kam ganz von allein, einfach aus reiner Fassungslosigkeit.«

»Dabei überlegte ich mir natürlich, wie ich wohl am besten reagieren würde. Ich hatte mich nach dieser Frechheit noch nicht wieder im Griff, um gezielt zurückzuschlagen. Da merkte ich aber, wie ihn dieser Blick, dieses ungläubige Staunen von seinem hohen Roß herunterholte. Er wurde klein ohne Anstrengung meinerseits, ohne Worte. ›So‹, sagte ich nur noch, ›und jetzt nehmen Sie schleunigst den Fuß da weg und sich selbst nicht so fürchterlich wichtig!‹ Das war doch ein guter Satz? Wenn man mich grimmig macht, komme ich erst recht in Form.«

»Na, jedenfalls: Der zog mit roten Ohren ab.«

4

Heute, um mich besser an ihn zu erinnern, aber noch immer bin ich im Augenblick gegen einen Besuch, habe ich mir die Sonnencreme, die wir im Urlaub benutzten, auf die Haut geschmiert. So roch er, aber ich roch auch so. Ich merkte sofort, daß es mir unangenehm war, ich erinnerte mich an nichts Bestimmtes, aber ich versuchte, es schleunigst von mir abzuwaschen. Als Test meinte ich es aber nicht.

Ich kann mir nicht vorstellen, daß wir einmal immer zusammen sind. Es verschwimmt, ich kann mir auch die nächsten zehn Jahre nicht ausmalen. Ich weiß ja, daß er annimmt, noch immer, wir würden beieinander bleiben. Der Gedanke, daß er vielleicht unser weiteres Leben insgeheim sich schon komplett ausphantasiert hat, macht mich ärgerlich, als ginge davon ein drängelnder Einfluß auf mich über. Ich will mir die Tage freihalten.

An einem Abend leisteten wir uns eins der besseren französischen Essen. Es war so teuer, daß es gar keinen Spaß mehr machte, wir sprachen beide nicht, nur zu Anfang ein bißchen. Da behaupteten wir, einfach um in Stimmung zu kommen, das Essen wäre großartig, da hätten wir aber eine feine Nase gehabt. Wir brauchten uns nur zufällig in die Augen zu sehen, um voreinander verlegen zu werden. Man behandelte uns so schlecht, daß wir langsam vereisten. Ich sah uns da sitzen, so stumm, so verbissen, daß ich einen Schrecken vor meiner schlechten Laune kriegte. Wie mich das aufgemuntert hat!

Manchmal, auf einem Spaziergang, oder wenn wir irgendwo sitzen, gibt er mir von der Seite einen Kuß oder faßt mich etwas fester an. Ich bin doch mit meinen Gedanken ganz woanders gewesen. Es gelingt mir dann kaum, meinen Ärger zu verbergen. Ich empfinde es als Belästigung, ja, das ist wirklich der treffende Ausdruck. Es ist, als würde mich jemand böswillig anrempeln, mir, meinetwegen aus Versehen, auf die Füße treten, aus heiterem Himmel.

Wir übernachteten einmal in der Wohnung eines Freundes, der sie radikal auf seine Liebesverhältnisse eingestellt hatte. Sie war einzig nach dem Gesichtspunkt, daß man es in ihr schön beim Lieben haben sollte, eingerichtet worden. Wir lagen still, fast atemlos in einem merkwürdigen Wildlederbett und rührten uns nicht.

Ich bin aber doch geübter geworden! Früher dachte ich immer: Wie kann man nur die Mittelmeerstrände, wenn man nicht unbedingt muß, wieder verlassen! Mir graute vor dem Abschied. Die Ferien waren meine einzige Rettung. Jetzt habe ich von vornherein begriffen, daß drei und vier Wochen rasch verstreichen. Das ist praktischer, man lernt, mit seinen Eindrücken und der Landschaft umzugehen.

Nachts waren die Hänge ganz schwarz, man sah die Häuser nicht mehr, aber man hörte noch lange die Familien auf ihren Terrassen sitzen und wie sie die Gläser auf Steinplatten setzten und Stühle verrückten, das Zögern in ihren Stimmen und die unterschiedlichen Arten ihres Lachens. Diese Nähe und Vertrautheit und Intimität gefiel mir so sehr, wenn ich mir vorstellte, es wäre eine Wildnis, in der freundliche Gemeinschaften hausen. In der Dunkelheit konnte man es sich so gut einbilden.

Abends gingen auf den Straßen sehr übertrieben geschminkte ältere Frauen, manchmal mit jungen Männern, oft auch mit einem noch viel älteren Mann in einem weißen Anzug und hellen Sportschuhen. Von hinten wirkten sie jung mit ihren Haarmähnen. Blüten und glitzernde Kämme steckten darin. Mir fielen immer die ungeheuer wachsamen Augen in den bemalten, faltigen Gesichtern auf, als würde balanciert und nicht geschlendert. Die rundbackigen, rotbraunen Familienväter aus Deutschland, strotzend in ihrer Gesundheit, blieben oft stehen und starrten den zerbrechlichen Figuren kopfschüttelnd, mit offenem Mund nach.

Es gab ein verfallenes Freilichtkino direkt am Strand. Wir rätselten darüber, wie es da so verwahrlosen und verwittern konnte in diesem aus dem Boden gepreßten, in die Felsen geschabten Ort, dessen einzige Geschichte sichtbar wurde in ein paar Villen, die vielleicht drei, vier Jahrzehnte alt sein mochten. Oder täuschten wir uns? Ich wußte ja nicht, wieviele Jahre Mimosen brauchen, um dicke Bäume zu werden. Vielleicht hatte man sie auch in fast ausgewachsenem Zustand angeliefert.

Mir gefiel gut, daß wir im Ausland waren, und daß ich die Leute nur mit Anstrengung halbwegs verstehen konnte. Ich sah sie als Oberflächen, ich mißverstand sie oft. Es war eine anhaltende Fremde.

Sie lachen, wenn sie mir einen beschwichtigenden Witz glauben, aber sie lachen auch – und ihre Gesichter können eine so raffinierte Verzerrung annehmen –, als durchschauten sie, daß ich den Witz zur Ablenkung mache, und als amüsierte sie meine Lage. Wie soll ich das unterscheiden? Alles, was ich mir ausdenke im Umgang mit ihnen, kann möglicherweise von ihnen erkannt werden. Wer so tut, als könnte die Beziehung zwischen einem Einzelnen und einer festen Gruppe tatsächlich offen sein, betrügt sich. Es ist eine Spielerei, aber auch ein Kampf, und sie sind in ihren Instinkten schlau. Nichts lieben sie außerdem mehr als die Verstellung, und sie schätzen die Spannung wesentlich höher ein als den Frieden. Sie wollen ihr Vergnügen in der Schule.

Ich glaube, trotz allem, daß es kaum noch einen Beruf in der Öffentlichkeit gibt, in dem man, wenn man die Tür seines Arbeitszimmers hinter sich schließt, soviel Freiheit hat, wie in der Volksschule hinter der geschlossenen Klassentür. Ich begeistere mich manchmal daran. Dann wünsche ich mir, daß es draußen in Strömen regnen soll, die Fenster sind geschlossen, und die Tür ist zu. Wir sind abgetrennt von der Außenwelt, und so könnte es sein auf einem großen Floß oder in einem riesigen Bett.

Noch immer spüre ich an jedem Sonntagabend Magenschmerzen. Es ist nur ein Druck, eine kleine Unbequemlichkeit, sobald ich an die Schule denke. Ich weiß nicht, was ich ganz genau fürchte, aber die gesamte Einrichtung ist dann für mich, für einen Menschen und für jeden etwas Unzumutbares und ohne die geringste Freundlichkeit und finster, ein Unglück.

Auf dem Schulhof geht manchmal ein Junge neben mir. Er ist erst elf Jahre alt und ein schlechter Schüler. Er redet aber immer in Sprüchen zu mir, in Volksweisheiten und Wetterregeln. Seine kleine Schwester ist überfahren worden. Er erzählte es mir nicht, sondern sagte nur am nächsten Morgen: »Ja, so ist das Leben!« Ich sah auch, daß unter seinem Aufsatz oft steht: »Erzähle das doch mit Deinen eigenen Worten!«

An einem Elternsprechtag hat eine Mutter angefangen zu weinen, sobald sie auf dem Stuhl saß, und weinte während der ganzen zehn Minuten. Ich verlängerte noch fünf Minuten, um mit ihr zu sprechen, aber sie nutzte diese Zeit und auch die zweite Verlängerung, um sich auszuweinen. »Über alles«, sagte sie zum Schluß.

I

»Schon immer, soweit ich zurückdenken kann, hatte ich eine genaue Vorstellung davon, wie nah ich Menschen an mich heranlassen wollte. Zu den wichtigsten Dingen im alltäglichen Umgang gehören für mich Takt, Diskretion. Entscheidend ist, jedem zu ermöglichen, sein Gesicht zu wahren.«

»Schon immer wollte ich selbst bestimmen, in welcher Haltung ich der Welt gegenübertrat. Stundenlang übte ich als Kind vor dem Spiegel das ausdrucksvolle Klavierspiel mit gerecktem Schwanenhals. Ich versuchte, ein Bild aus einer Illustrierten, die meine Mutter bezog: ›Sonntags-Zeitung fürs Deutsche Haus‹, nachzustellen. Natürlich war ich nie so schön, so elegisch wie auf dem Gemälde, natürlich kann man darüber lächeln. Und doch: Zeigt sich nicht hier bereits eine Liebe zur Form?«

»Nach der schwierigen Geburt meines ersten Kindes, eines Sohnes, wurde ich sehr krank. Immer habe ich, da mir die Rolle des Patienten zuwider war, versucht, Krankheiten selbst zu bekämpfen. Als ich damals, mit hohem Fieber, Schüttelfrost und gelb glänzenden Augen endlich zum Arzt ging, stellte er eine Gallenblasenentzündung fest, die eine sofortige Operation – damals noch eine riskante Sache – nötig machte. Ich hatte danach, in meinem Krankenhausbett, weiter steigendes Fieber und starke Schmerzen. Ich hörte selber das Eisenbett von meinem Zittern klappern. Vor der ganzen Welt fühlte ich einen tiefen körperlichen Ekel. Wenn jemand mein Bett berührte, schien es zu dröhnen und zu schwanken. Es machte mir nichts mehr aus, zu sterben, und ich war auch überzeugt, es zu müssen. Das einzige, das mich wirklich noch ängstigte, war der Gedanke, im Schlafen zu sterben, den Tod gar nicht zu bemerken, in einer abstoßenden Schlafposition den Ärzten und Schwestern ausgeliefert zu sein. Deshalb sammelte ich alle Schlaftabletten, statt sie zu schlucken, heimlich in der Nachttischschublade und hielt mich die Nacht durch wach. Erst gegen Morgen, weil ich dachte, am Tag stürbe ich nicht, dämmerte ich langsam ein. Die ganze schwarze Nacht hindurch lag ich auf dem Rücken, ich hielt das für die angemessenste Sterbehaltung. So sollte man mich finden. Seit dieser Zeit schlafe ich immer so.«

»Heute wünsche ich mir, vom Tod irgendwann überrascht zu werden. Hätte ich eine unheilbare Krankheit, möchte ich, daß es mir verschwiegen wird. Was ich aber, als Abrundung meines Lebens, erwarte, ist eine ernste Beerdigung, ein wirklicher Trauergottesdienst. Wem an mir liegt, der soll trauern und weinen zum Abschluß meines Daseins. Es soll nicht die Heiterkeit der Frommen, diese gläubige Fröhlichkeit moderner Beerdigungsmessen herrschen. Für mich ist das die falsche Form. Ich käme mir verraten und verlassen vor!«

»Ich würde dann gern unter einem sehr alten, mächtigen Baum liegen, am liebsten unter einer großen Linde. Immer hat mich dieser Duft ganz schwach, froh und traurig gemacht. Nein, es ist mir nicht gleichgültig, wo man mich einmal beerdigen wird. Schon oft, wenn ich an einem schönen, schattigen Friedhof vorbeigekommen bin, dachte ich: Hier wäre es sicher nicht ganz so schlimm! Denn schlimm, unverzeihlich schlimm, das war mir schon früh bewußt, ist der Tod, und empörend fand ich es lange Zeit, daß viele Bäume und manche Häuser sehr viel länger existieren dürfen als ein Mensch. Mir schien das nicht statthaft, nicht passend in der Ordnung und Reihenfolge. Immer liebte ich die altmodischen, berankten Häuser und die riesigen Bäume, aber ich sah auch Konkurrenten in ihnen, die mich mutlos und im September schwermütig machten.«

»Als es in Münster zu den schweren Bombenangriffen kam, war mein zweites Kind, eine Tochter, rund zwei Jahre alt. Mein Mann hielt sich als Soldat in Frankreich auf, ich lebte ganz allein in der Stadt. Doch auch hier zeigte sich eines deutlich: Beim ersten Sirenenton sprang ich aus dem Bett, zog den Kindern die immer bereitliegenden Sachen an, packte den Koffer, in dem die nötigsten Dinge und die wichtigsten Papiere lagen, und raste, das Mädchen auf dem Arm, den Koffer in der Hand – vor mir lief der kleine Junge her –, aus dem 4. Stock in den Keller. Bevor die anderen überhaupt begriffen, was los war, saß ich auf meinem Platz direkt hinter der Tür, und wenn ich Glück hatte, schlief das Jüngste schon wieder. Während der schrecklichen Angriffe habe ich nie geschrien oder geschluchzt, oft war ein furchtbares Gekreisch im Keller, viele verloren die Fassung. Ich auch, aber nur nach innen. Eine Hausbewohnerin, die jedesmal völlig in Auflösung geriet, fragte mich einmal laut, daß es alle hörten, ob ich nicht wenigstens um meine Brut Angst hätte, mir schiene das ja alles gleichgültig zu sein. Ich habe die beiden Kinder gegen meinen Mantel gedrückt, damit sie nicht soviel mitkriegten. So, dachte ich dann, wird man dich eines Tages, gleich beim Hereinkommen mit deinen Kindern und dem Koffer auffinden. Wenn es wieder mal überstanden war, kochte ich mir eine große Tasse Kaffee, das half mir, lebendig zu werden.«

»Zu den wesentlichen Dingen gehört für mich, daß man, allem Elend zum Trotz, eine Tabuzone um sich behalten, sein Gesicht wahren kann. Der gute Bohnenkaffee hat da oft eine entscheidende Rolle gespielt. Er gab mir Mut, Gelassenheit, Vertrauen. Wenn ich Kaffee trank, war ich bei mir selbst. Auf ihn konnte ich von allen Lebensnotwendigkeiten am schlechtesten verzichten. Auch meiner Mutter ging es so. Nichts konnte ganz schlimm sein, wenn man noch ein Restchen schwarzen Kaffee besaß. Er gab uns, gerade im Krieg, Charakterfestigkeit. Für meine Mutter war er, in den schwierigen Situationen ihres Lebens, der beste Trost. Ihm widmete sie morgens, bevor ihr eigentlicher Tag begann, eine halbe Stunde. Da sammelte und rüstete sie sich für alles Kommende. Diese dreißig Minuten verteidigte sie, bei aller Sanftheit, wie eine Löwin. Auch für mich ist dann später das Kaffeetrinken eine lebensgeisterrettende Zeremonie gewesen. Schon der Duft machte mich unabhängiger von der Misere um mich herum.«

»Ich habe in meinem Leben begriffen, wie die ganze Person, ihre Zuversicht und Intaktheit, an solchen Winzigkeiten hängt, die man ihr deshalb, wie ein Geheimnis, unbedingt zugestehen muß. Kurz vor ihrem Tod, in den ersten Kriegsjahren, erzählte mir eine meiner Schwestern, habe meine Mutter, nach ihrer letzten Operation im Krankenhaus, als ihr die sonst freundliche Schwester Edwiga eine Hühnerbrühe brachte, abgelehnt und statt dessen um ein Täßchen Bohnenkaffee gebeten. Sie hatte sich immer so vor Hühnerbrühe geekelt, erst recht in ihrer schweren Krankheit. Bohnenkaffee gebe es nur für Genesende, wurde ihr erklärt, und damit war die Bitte abgeschlagen. Selten habe sie sich, daraufhin, so im Stich gelassen gefühlt und sehr, sehr geweint. Ausgerechnet in diesem Moment sei die Tür noch einmal aufgegangen. Die Schwester Edwiga habe schnüffelnd einen Umschlag geschwenkt und gerufen: ›Was weinen Sie denn, es ist doch gerade Kaffee von Ihrer Tochter aus Münster gekommen!‹ Wieder sei meine Mutter in Tränen ausgebrochen, erzählte sie meiner Schwester, aber diesmal vor Glück über das unverhoffte, kleine Wunder. Ich hatte übrigens zum ersten Mal was geschickt. Als ich meine Mutter wiedersah, war sie tot. Noch immer bin ich froh, wenn ich zurückdenke, daß ich aus einem sechsten Sinn, einer lebenslangen stillen Verbundenheit heraus ihr diese letzte Zeremonie, dieses Behagen mit dem aufgesparten Kaffee ermöglichte.«

2

Schon bevor sie die Tür öffnet, nehme ich deutlich eine Veränderung wahr, etwas Überraschendes, beinahe Schwerfälliges, ein lastendes, von ungewohnten Pausen unterbrochenes Aufsetzen der Füße. Sie schleppt eine Plastikwanne mit getrockneter Wäsche herein und läßt sie nun, wie erschöpft bereits, als hätte sie es bis hierher nur mit letzter Kraft geschafft, auf den Boden sacken. Sie hält die Wanne an beiden Griffen, stößt sich ab, so daß sie aufrecht steht, und preßt die Hände ins Kreuz. Sie kuckt mißmutig, lustlos, sie verläßt auch die Küche wieder mit dieser Lustlosigkeit, diesem Mißmut. Sie geht also, ohne etwas zu tragen, rascher und rhythmischer als eben noch kommen die einzelnen Schläge der Absätze, hochhackig wie eh und je, aber doch im Vergleich zu anderen Tagen schlapp, schlaff, wie die Haltung ihres Kopfes jetzt, ihrer Schultern, als sie mit einer Decke unterm Arm, einem Bügeleisen in der Hand aus dem Keller zurückkehrt, die Decke ausbreitet, das Eisen einschaltet und mit der Spitze nach oben an den Rand der Bügelfläche rückt. Sie greift in die Wanne, holt ein Bündel Wäsche, willkürlich zusammengefaßt, weiß und bunt, ineinander verschlungen zum Teil, zum Teil abgleitend noch bevor es den Tisch erreicht hat, und schmeißt es auf die Decke, türmt es in einer Ecke zu einem Haufen, zupft das erste Wäscheteil heraus, schwenkend und schüttelnd, sieht still auf die Küchenuhr an der Wand, breitet eine gestreifte Männerschlafanzughose vor sich aus, die Beine hängen vom Tisch runter. Sie bügelt zuerst die Partie um den Schlitz, das Lämpchen des Eisens glüht noch, sie stützt den ganzen Körper auf die Hand, die das Eisen führt, als wäre es nötig, sie mit solchem Gewicht zu belasten, aber vielleicht ruht sie sich auf diese Art aus. Es entsteht, während das heiße Eisen über den Stoff rutscht, ein Geruch nach frischer Wäsche und Wärme, einschläfernd und stumm ist es im Haus, auch die Nachbarn zu beiden Seiten machen keine Geräusche. Man hört das übliche Summen von Heizung und Kühlschrank, man würde es fast vergessen, wenn es nicht manchmal aussetzte und dann wieder grob lärmend anspränge. Sie stößt das Eisen hin und her, drückt auch mit beiden Händen darauf, zwischen Arm und Handrücken bilden sich dann kleine Wülste. Sie bügelt einige Stellen sehr sorgfältig, langsam und ernsthaft, andere flüchtig, verdrossen in beiden Fällen. Als sie die Hose zusammengefaltet hat, zerrt sie, an einem Ärmel zupackend, die passende Jacke heraus. Sie steht da, den Kopf gesenkt, mit träumerischen Bewegungen, die Jacke ist im Nu geplättet. Geistesabwesend sieht sie auf den Tisch und schichtet nun eine Menge Servietten, Taschentücher und Küchentücher aufeinander und sprengt aus einer Tasse Wasser dazwischen. Sie scheint auf etwas Düsteres, Melancholisches konzentriert zu sein. Die Luft in der Küche wird wärmer, dichter und riecht intensiv nach Feuchtigkeit, Hitze und Leinen. Sie schiebt, als sie nun damit beginnt, den Stapel zu bügeln, die Lippen in gespielter Munterkeit, in angeblicher Pfiffigkeit nach vorn, aber das täuscht. Ihre Augen behalten die Trauer, ihre Gesten etwas Mattes, Gelähmtes. Sie bügelt also ein rechteckiges, manchmal quadratisches Tuch, eins nach dem anderen, es geht automatisch vonstatten. Einige Male sieht sie hoch, gegen die Wand, an der ein auf Leinen gedruckter Kalender dieses Jahres hängt. Sie scheint dann ein Datum zu suchen, fährt auch mit dem Finger über die Zahlenstrecke eines Monats, während die andere Hand in betäubend regelmäßigen Schwüngen hin- und hergleitet. Einmal, als sie den Tisch verläßt, um das Radio anzustellen, aber schon im Hingehen erwartungslos, und nach den ersten Worten, bei denen es sich offenbar um Betrachtungen eines Kritikers zu einem Theaterstück oder Buch handelt, man kann es nicht herausfinden, schnell wieder die Taste drückt und den Hals reckt vor Ekel, daß die Sehnen vorspringen, einmal, bei dieser Gelegenheit, steigt von der Wäsche ein heftiger Geruch auf. Sie nimmt das Eisen hoch, betrachtet die braune Spur auf einer Serviette, bedrückt, aber nicht bedrückt wegen des Schadens. Sie rutscht von der Plastikschicht auf das heiße Metall ab. Blitzschnell zieht sie die Hand zurück und ruft: »Verdammt! Verdammt!«, leise, mit verkniffenen Lippen, und obwohl sich sofort rote Flecken auf der Haut abzeichnen, macht sie einfach weiter, als wäre nichts geschehen, und nur einmal dreht sie die Hand um und betrachtet die Verletzung, gleichgültig aber, als wäre es nicht ihr Fleisch, das verbrannt ist, eher ein Wäschestück, das ausgebessert werden muß, weder das eine noch das andere kann ihr Interesse wecken. Sie hat einen beträchtlichen

Teil weggebügelt. Sie sieht wieder die Uhr an, den verbliebenen Inhalt der Wanne, die aufgefalteten Teile, stellt plötzlich das Eisen ab, wirft die restlichen Wäschestücke, die schon auf dem Tisch liegen, zurück, reißt die Tür zum Garten auf und beinahe in derselben Sekunde das Bügeleisen vom Tisch, klemmt sich die Wanne unter den Arm, verschwindet durch die Flurtür, kommt verblüffend rasch wieder herein und schüttelt sich, schlechtgelaunt noch immer, aber nicht mehr trübselig, eher gereizt, gekräftigt, nicht mehr vage, nicht länger mutlos.

3

»Heute war wieder einer von meinen Freunden an der Tür.«

»Es gibt einige, die kenne ich schon seit Jahren, und wir halten uns die Treue. Die könnte ich niemals wegschicken. Sie kommen in regelmäßigen Abständen, manche alle sechs Monate, manche nur einmal pro Jahr, und sie verlassen sich fest darauf, daß sie nicht umsonst anschellen.«

»Heute war einer von den Bettlern da. Bettler ist gar nicht der richtige Ausdruck, Landstreicher auch nicht. Er holt sich von Zeit zu Zeit einen kleinen Beitrag zum Lebensunterhalt, ganz selbstverständlich, wie etwas, das ihm zusteht, ein hagerer, älterer Mann, immer sehr braun mit schneeweißen Haaren, etwas unrasiert, aber nicht verwahrlost, jedesmal mit leichtem Alkoholduft, aber ganz nüchtern steht er da, verneigt sich pathetisch, nicht devot, mehr wie ein netter alter Kavalier und sagt: ›Da bin ich wieder!‹«

»Kein Wort von Almosen, alles läuft diskret ab. Ich sage, wie in freudiger Überraschung: »Ach, das ist aber schön!« Mann, wie in der Operette!, gehe in die Küche, komme mit dem Obolus zurück, er nimmt ihn, ohne hinzusehen, wieder mit tiefer, wirklich eleganter Verbeugung, wirft sich beim Aufrichten die langen Haare in den Nacken und steckt das Geld ein. Er sagt ein theatralisches Dankeswort und entfernt sich mit seinem verwegenen Gesicht, ganz würdevoll.«

»So ist es immer, auch heute also wieder Verneigung, Begrüßung, Freude meinerseits, daß es ihn immer noch so zuverlässig und unverändert gibt. Da sehe ich plötzlich, das hat mir doch einen Stich versetzt, auf seine Schuhe! Ich bin mit dem Blick wie angenagelt daran hängengeblieben und hielt wohl auch in dem Schock das Geld über seiner ausgestreckten Hand fest.«

»Wir standen so einen Moment, und er kuckte auch nach unten, meinem Blick nach, zu seinen Schuhen runter. Absolute Stille! Nicht, daß er sonst perfekt oder auch nur solide gekleidet gewesen wäre. Das nicht, wie sollte er das bei seiner unruhigen Lebensweise, aber das da an seinen Füßen konnte man nicht mehr Schuhe nennen. Ich sehe ihn an, und er kuckt gelassen auf seine Socken, um die er mit Bindfaden die Lederreste gewickelt hatte, mit einem Lächeln und Zucken der Schultern, als handele es sich da um ein geringfügiges Malheur wie bei anderen Leuten Rotweinflecken auf dem Hemd.«

»Verstehen Sie mich, bisher bestand diese freundliche Vertrautheit ohne Gequatsche zwischen uns, und das war sicher beiden Teilen am angenehmsten. Es wäre mir nicht im Traum eingefallen, ihn nach seiner Art zu leben zu fragen. Wenn jemand so existiert wie er, respektiere ich das, und seine Kleidung gehört dazu. Aber an diesem Punkt wollte ich einfach eingreifen, Vornehmheit hin, Vornehmheit her!«

»Mir schoß sofort durch den Kopf: Im Keller müßte was zu finden sein. Aber wie sage ich das bloß? Keine Umstände! Keine Verlegenheit! ›Einen Moment‹, rief ich, ›mir fällt gerade ein, daß es bei uns ein paar fast neue Schuhe gibt, sie sind falsch eingekauft worden. Mein Mann hat so schwierige Füße!«

»Da konnte man schließlich nichts gegen haben. Hatte man auch nicht. Er nickte leicht. Natürlich, wir waren beide aus der Rolle gefallen, aber er bewahrte Haltung, dieses souveräne Neigen des Kopfes war schon gekonnt. Trotzdem, es half ja nichts: Er mußte die alten Dinger ausziehen und die anderen anprobieren. Ich bin solange weggegangen. Als ich wieder nachsah, ging er im Flur etwas unbeholfen auf und ab, sobald er mich sah aber aufrecht und straffer.«

»›Sehr schön‹, sagte er leise, ›sehr, sehr schön.‹ Weiß der Teufel, er wirkte etwas unglücklich, wie er da versuchte, in seinem alten Stil umherzuschreiten.«

»Ich bin gar nicht so sicher, ob sie wirklich paßten, und die alten wollte er auf jeden Fall mitnehmen. Aber mehr war wirklich nicht zu machen oder zu sagen. Er hob die Füße mißtrauisch an, als wäre ihm der Untergrund verdächtig geworden. Zu klein? Zu groß? überlegte ich, aber schon verneigte er sich schwungvoll an der Türschwelle, warf die weißen Haare in den Nacken und empfahl sich mit dem üblichen ›Sehr liebenswürdig!‹ und keiner Silbe weiter, eine Idee vorsichtiger als sonst, doch so, als hätte es keinen Zwischenfall gegeben.«

»Gut, bis zum nächsten Mal ist das sowieso vergessen, aber die Schuhe halten länger!«

4

Ich habe seinen Besuch wieder abgewimmelt, und es ist mir nicht gelungen, ihn nicht zu kränken. Ich weiß aber, daß ich ihn, wenn er käme, noch mehr verletzen würde, und natürlich: Das dauerte eine Weile, dann folgte sein sicherer, kräftiger Gegenschlag. Ich behalte ja alles so gut. Nach dem Telefongespräch hatte ich vor Anstrengung kalte Füße. Ich verstehe ihn ja prima. Auseinandersetzungen mit ihm sind Auseinandersetzungen mit mir selbst, so kommt es mir vor, jetzt.

Er ist jähzornig und hat eine Anlage zur Verdrossenheit wie sein Vater. Es könnte ja sein, daß diese Neigung zur Düsterkeit zunimmt und mich infiziert, und dann versacken wir beide in einer trostlosen Finsternis. Ich kann nicht immer der Spaßmacher sein. Deshalb heitere ich ihn nie auf. Ich würde nicht auf so einen Beruf hinarbeiten. Aber ich fühle mich verantwortlich für die kindliche, weiche Seite seines Wesens. Seit ich ihn kenne, bin ich einfältiger geworden. Das ist sein Verdienst.

Einmal saß ich mit ihm in einem neuen Kleid in einem Lokal. Ich kam mir ohnehin schon so steif und blöd vor in dem Zeug aus dem starren Stoff. Er hat das gemerkt und sich in sich selbst verkrochen. Uns fiel nicht ein, was wir sagen sollten. Da habe ich angefangen, ihn wie verrückt zu loben für seine hübschen Hände und für seine Kenntnisse außerhalb seines Fachbereichs. Sicher, da wurde er ein bißchen aufgeweckter, ja, ausgesprochen fröhlich. Wenn ich umgekehrt sowas bei ihm bemerke, solche Tricks, werde ich brummig. Ich bin mißtrauisch.

Die Vorstellung, daß er anderen Frauen nachsieht, ist mir eher angenehm. Verhaßt ist mir aber das unverhohlene Anstaunen, Angaffen, Hinterherkucken in meiner Gegenwart. Sogar der Arm, den er um mich gelegt hat, wird dann laffer, und er hört auf zu sprechen. Manchmal bleibt er sogar stehen, ein Wunder, daß er den Mund zuläßt. Ich habe in diesen Momenten das Gefühl, als würde mir alle Energie aus dem Körper schwinden, als wäre er vorher durch seine Aufmerksamkeit, und nichts anderes, lebensfähig gewesen. Das verzeihe ich nicht schnell.

Wenn ich ihm etwas vorwerfe, nimmt er es ernst auf, ohne beleidigt zu sein. Bei mir ist es umgekehrt. Ich lache, aber ich bin in jedem Fall gekränkt und unversöhnlich gestimmt. Manchmal entsteht zwischen uns eine Atmosphäre, deren kalte Strömung mich fortreißt, es noch immer kälter zu machen.

Die Motorboote waren immer so eilig und schnurstracks unterwegs, als würden sie Aufträge sehr zielbewußt ausführen, ohne Umschweife. Ihre Kapitäne schienen keinen Sinn zu haben für Tändeleien, für die schöne Umgebung und die Ansichten vom Wasser aus auf die Küsten. Aber ich wußte ja genau, daß sie an einer verstohlenen Stelle wendeten und genauso entschlossen und beschäftigungslos die Rückfahrt antraten.

Hier sah ich das Prahlen und Glänzen, die selbstbewußte Trägheit der Jungen, ganz auf die eigenen Affären konzentriert, und das gedemütigte, neidische, traurige Abschiedslächeln der Älteren an den Rändern und auch das nervöse Lauern der Frauen, die nicht zu den friedlich Resignierten gerechnet werden wollten. Hier hielten auch die Männer, wenn sie wohlhabend waren, präzise die modischen Spielregeln ein, als gelte es, nur ja keinen verräterischen Fehler zu machen. Es war ein so deutliches Urteil, wie die Jungen alle anderen aus ihren Wahrnehmungen ohne Feindschaft einfach ausschieden! Aber wenn sie abends in den Cafés der lebhafteren Orte an der Küste saßen, unter Bäumen, dann schienen die Älteren gerade diese Beschränktheit, diese instinktive Hartherzigkeit anzubeten.

Abends gingen fast alle Leute nur immer so auf und ab. Sie aßen ein Eis in St. Raphaël und kuckten. Alle versuchten, sich ferienhaft, ungewöhnlicher als sonst zu kleiden. Wie auffällig der Unterschied der Klassen war. Viele Frauen trugen lange Röcke und waren zu Hause sicher stolz darauf gewesen. Jetzt gingen sie mit einer stillen Enttäuschung unter den Palmen. Es war anders, als sie erhofft hatten. Sie waren an der Riviera, aber man ließ sie hier nur auf- und abwandeln, sie drangen nicht ein. Sie sahen nur in Gesichter, die auch etwas von den anderen erwarteten. Die Leute, denen die Gegend gehörte, hielten sich nicht mit neugierigen Blicken auf. Sie verbanden sich mit der Landschaft, sie waren in diesen Stunden so anziehend und geheimnisvoll, als hätte sich ihr gesamter Reichtum tatsächlich in Schönheit verwandelt, in Anmut. Man wußte nicht, ob man das glauben sollte.

Auf unseren Fahrten über die Küstenstraße standen alte, weiße Hotels, manchmal waren die Fenster zertrümmert oder die grünen Jalousien hingen schief in den Rahmen. Aus mit dem Leichtsinn! Ich konnte es kaum mitansehen.

Das Auswendiglernen ist etwas Schönes. Sie stehen da und sagen Texte verstorbener Dichter auf, und ich sitze in meiner Ecke und höre mir das an, wie sie mit ihrer Stimme die Sätze von Fremden sprechen, ohne sie abzulesen, als wären es ihre eigenen. Weil sie aber zu gut wissen, daß es nicht ihre sind, sagen sie kein Wort wie sonst, nichts klingt mehr natürlich.

Ich hätte mich nicht bereit erklären sollen, im letzten Jahr Schulanfänger zu übernehmen. Es ist mir nicht gut bekommen. Auf die Anstrengungen in den oberen Klassen war ich eingestellt. Hier bin ich auf etwas hereingefallen. Ich war ja von Tüchtigen und von Ratschlägen umgeben, aber es half nichts. Habe ich etwa bloß in der Klasse gestanden und ihnen zugesehen? Man hätte eine andere Lösung finden müssen, aber ich selbst war es ja, die »alles einmal kennenlernen wollte«. Es gibt so frische, fidele Lehrerinnen für diese Altersstufe. Für sie ist es ein Klacks in ihrer Disziplin und Fröhlichkeit.

Wer es nicht am eigenen Leibe erlebt hat, weiß ja gar nicht, wie merkwürdig eine Stundenvorbereitung ist! Man nimmt einen Stift und Papier, auch Bücher, alles Mögliche kann man hinzunehmen, aber was man macht, ist eine kleine, runde Einheit, ein Kabinettstückchen mit Zwischenergebnissen. Alles hat seinen Sinn, der wird immer, bei allem verfolgt, auch wenn es wie der reinste Unsinn aussieht. Am Ende steht das eigentliche Ziel. Wenn es in der Wirklichkeit auch nicht klappen sollte, in der Vorstellung war es eine vernünftige, ordentliche Welt. Jeden Tag, wenigstens im Kopf, stellt man sich sowas her, zum Teil aus dem Nichts. Das ist sehr künstlich.

Eines Tages hat sich ein Junge auf einem Feldweg während einer Wanderung platt hingeworfen und aus einer matschigen Pfütze getrunken, weil ihm erzählt worden war, daß Quellwasser reiner als Leitungswasser ist. Dabei lebt er in ländlicher Gegend, er kennt doch Pfützen, er würde sonst nie aus einer trinken. Sein Großvater hatte ihm aber gesagt, daß man auf Wanderungen Quellen findet. Er wollte seinen Irrtum nicht einsehen. Er sagte: »Es hat wie Quellwasser geschmeckt!« So hätte es mir auch gehen können.

Kapitel IV

I

»Wie hat sich mir, in den folgenden sehr harten, aber schönen Jahren die Welt auf das Wesentliche konzentriert! Wie lernte ich, noch deutlicher jetzt, zu unterscheiden zwischen der Menge der Leute und Einzelnen, zwischen wirklichen Freunden und Feinden, zwischen wirklichen Freunden, die sich über Köpfe weg als gleichgesinnt erkennen, und der Masse!«

»Gar keinen Zweifel kann es daran geben, daß der Aufenthalt mit den beiden Kindern in Österreich, der geplant war für ein Vierteljahr, um der schlimmsten Verwüstung in Münster zu entgehen, und der zwei Jahre, bis Kriegsende nämlich, dauerte, eine der entscheidendsten Zeitspannen meines Lebens war. Nur auf mich allein angewiesen, mußte ich mich behaupten, immer mit der Verantwortung für meine Kinder. Seit dieser Zeit lasse ich mir von niemandem mehr etwas vormachen. Ich habe es als Bewährungsprobe aufgefaßt. Was sich bis dahin aus Veranlagung vielleicht, aus Instinkt angebahnt hatte, wurde jetzt bewußtes Handeln, eine Sache der Treue zur eigenen Person.«

»Nach einer schwierigen Fahrt erreichten wir Bad Gastein. Wir wohnten in einem Hotel mit vielen jungen Müttern aus Deutschland und ihren kleinen Kindern zusammen. Frau Grall, die das Hotel leitete, und der die, wenn auch bezahlte, Einquartierung nicht paßte, wurde von den Frauen wegen ihres kritischen Blicks sehr gefürchtet. Das Haus lag auf einem Berg, die Wege waren vereist. Von morgens bis abends saßen die Mütter im Tagesraum und rauchten. Die Kinder hielten sich in einer Art Kindergarten auf und kamen nie an die frische Luft. Auf meine Frage, warum das so sei, wiesen die Mütter auf den spiegelglatten Abhang hin, bei dem nur die steile Treppe gekehrt sei. Daraufhin ließ ich mir kurzentschlossen in der Küche Asche geben, streute den Weg und zog mit beiden Kindern und dem Kinderwagen los. Am Abend, im Tagesraum, ging dann die Tür auf: Frau Grall trat ein und fragte, wer die Asche gestreut habe. Alle Mütter verzogen ziemlich hämisch das Gesicht in der Vorfreude auf meinen Anpfiff wegen Verunreinigung des Abhangs. Zu früh! ›Endlich jemand, der selbst denkt und handelt!‹ sagte Frau Grall und empfahl allen Müttern reihum zu streuen, in einer Weise, daß es einer Anordnung gleichkam. Von da an verstanden wir uns, sie und ich, das ganze Vierteljahr bestens.«

»Nicht anders war es mit der vornehmen alten Frau Schleiberger in Strobl, wohin wir auf Anraten meines Mannes zogen, statt nach Münster zurückzukehren. Als ich an der Tür des eleganten Landhauses, direkt am Wolfgangsee, um Aufnahme bat, wozu in diesen Häusern damals gegen Bezahlung und bei freier Wahl der Mieter die Verpflichtung bestand gegenüber Frauen aus bombardierten Städten mit kleinen Kindern, gab sie auf so arrogante Weise Auskunft, daß ich sagte, genauso arrogant, ich müsse mir die Sache noch überlegen und werde ihr die Entscheidung morgen mitteilen. Ein Reflex, der sich lohnte! Am nächsten Tag empfing man mich gleich sehr herzlich. Man schien erleichtert über mein Wiederkommen zu sein und beeindruckt von meiner kühlen Antwort. Ich hatte damit genau ins Schwarze getroffen. Später erlebte ich oft, wie ziemlich prominente Leute es bettelnd und devot gerade bei diesem Haus vergeblich versuchten.«

»Jeden Nachmittag trank ich mit der alten Dame, die eine Fabrik in Wien und Häuser am Broadway besaß, eine kostbare Tasse Kaffee. Sie rauchte eine Zigarre, ich meine einzige Zigarette am Tag. Ich habe das als große Ehre aufgefaßt, mir aber nichts anmerken lassen. Zu essen hatten wir fast nichts, aber die schönste Landschaft meines Lebens um uns herum.«

»Einmal, während einer Bahnfahrt, saß mir ein Mann gegenüber, der sich als Obergärtner eines sehr berühmten Film- und Theaterschauspielers vorstellte. Ein kräftiger Mann im Lodenmantel, der behauptete, meine Stiefel, die naß vom Schnee waren, seien nichts für eine Reise mit der Eisenbahn. Ehe ich mich versah, hatte er mir beide Stiefel ausgezogen. Danach beschrieb er mir zu meinem Schrecken, wo ich wohnte. Er würde mich dort bald besuchen. Ich lehnte das natürlich kategorisch ab. So schnell wie möglich habe ich mich nach der Ankunft aus dem Staub gemacht. Am nächsten Abend, ich war mit den Kindern allein im Haus, hörte ich ein Geräusch an der Tür und Schritte, die ums Haus gingen. Am Morgen sah ich im Schnee überall Fußspuren sehr großer Schuhe und einen unter der Tür hergeschobenen Brief, in dem der Obergärtner seinen Besuch mit einer schönen Flasche Wein für Heiligabend ankündigte, da sei er frei! Schleibergers hielten sich über Weihnachten in Wien auf, ich war also am 24. Dezember immer noch allein und wußte mir keinen Rat. Ich hatte wirklich Angst vor dem unvernünftigen Kerl. Ich schickte schließlich ein Telegramm an ihn, ohne Absender, nur mit dem Text: ›Besuch unerwünscht‹. Sicher, er würde nun Krach mit seiner Frau kriegen, aber wie sollte ich ihn sonst loswerden? Reine Notwehr! Wenn er mich im Dorf traf, drehte er sich mit rotem Kopf weg. Er hätte mir genauso gut vor Wut die Fenster einschlagen können.«

»Die Zeit damals war voll von Ganghofer-Geschichten. Ich lernte , daß es wirklich so etwas wie ›Schicksale‹ gibt. Ein Soldat kam heim aus dem Rußlandfeldzug. Schon am ersten Urlaubstag mußte er hoch in die Berge klettern, warum? Um Edelweiß zu pflücken! Noch am selben Tag stürzte er tödlich in eine Schlucht. Diese Leute liebten ihre Berge und wilderten trotz strenger Verbote. Am Sonntag trugen sie dann den neuen Gamsbart am Hut.«

»Zwei andere Soldaten kamen gemeinsam auf Urlaub nach Hause. Am Bahnhof abends trennten sie sich. Ein paar Tage später will der eine Freund den anderen besuchen. Die Eltern erklären verblüfft, er sei ja gar nicht eingetroffen. Man sucht und findet den toten Jungen erstickt in der Jauchegrube. Am Tag seiner Ankunft hatte man sie frisch ausgehoben und nicht bedeckt. Da war er im Dunkeln reingesackt.«

»Auf einem entlegenen Bauernhof stellt sich eines Tages regentriefend der Doktor unter. Mit dickem Bauch öffnet ihm die Tochter. Ein halbes Jahr später fragt er nach dem Kind. Großes Erstaunen: Hier sei kein Kind. Der Doktor tut daraufhin, was er muß: Die Polizei entdeckt das Kind, ermordet, verscharrt, weil es vom Vater der Tochter war.«

»Und so ging es fort. Ich sah selbst die lange Kette der Häscher, wie sie aufstiegen zur Alm, wo eine Mutter den Sohn versteckt hielt, Monate hatte sie ihn dort versorgt. Als man ihn dort fand, wurde er erschossen als Deserteur.«

»Und Frau Schleiberger selbst: Ihr schöner Sohn war auf einem Fest tödlich verunglückt. Als Sturm aufkam, schlug ein Mädchen, das er verehrte, leichtsinnig vor, er solle über den Wolfgangsee segeln. Er tat es, kenterte und ertrank vor den Augen der hilflosen Gäste. Ihr Schwiegersohn wurde bei Kriegsende gefangengenommen. In langer Kette stiegen die Fänger zur Alm, wo ihn ihre Tochter versteckt hielt. Er galt als Nazi. Man prügelte ihn fast zu Tode. Verraten hat ihn eine Frau, eine Buchhalterin bei einer Mühle. Das Blatt hatte sich vollkommen gewendet. Viele wurden hingerichtet. Es gab viele Selbstmorde. Jetzt fuhr man den Amerikanern entgegen, die Strobl befreiten.«

»Plötzlich traute ich keiner Freundschaft mehr. Immer abweisender wurden alle Gesichter gegenüber Deutschen. Die

Zeit war um, und ich begriff es. Was ich besaß, packte ich in drei Kisten und machte mich auf den Weg nach Hause in die Trümmer, ins zerstörte Ruhrgebiet, wo mein Vater wohnte. Noch immer weiß ich aber genau, wie Zyklamen duften und wie mein Junge auf hohen Bäumen vor Freude schrie. So, dachte ich, ist das echte, jauchzende Jodeln entstanden.«

»Die Fahrt nach Hause dauerte lange. Man mußte um sein Leben zittern und wußte nichts über den eigenen Mann, die Familie, die Möbel, die Bücher. Man wußte nicht, was man essen sollte. Ich hatte einen Topf mit Butter, die tagsüber schmolz in den stehenden Zügen und nachts wieder fest wurde. Ranzig roch sie am zweiten Tag. Manchmal schloß ich mich Leuten an, dann wieder war ich lange allein. Eines Abends wartete ich auf einem Bahnsteig, erschöpft und hungrig mit den Kindern und Kisten. Ein Mann kam und umkreiste uns. ›Mann‹, sagte ich gereizt ›was kucken Sie denn so, hier ist doch kein zoologischer Garten!‹ Er lud mich als Antwort dringend ein, in einem leeren Waggon zu schlafen. Natürlich hatte ich davor Angst. Was für ein Angebot! Da schien mir das Freie noch sicherer, auch wenn wir froren. Und doch bin ich schließlich eingeschlafen. Ich erwachte vom Grölen betrunkener Polen, mitten in der Nacht. Da sah ich den lieben, treuen Mann mit seinem großen Schäferhund und einer Laterne still Wache halten bei uns dreien. Was für ein unerwarteter Freund! Ich besann mich und faßte wieder Mut!«

»Wie hat sich mir, für mein ganzes weiteres Leben durch diesen Aufenthalt in Österreich das Vertrauen in mich selbst gestärkt! Auch das in die eigene Menschenkenntnis.«

2

Sie hat also vor, die Fenster zu putzen. Jetzt, wo die Sonne direkt gegenüber steht, wird unübersehbar deutlich, für wie nötig sie das halten muß. Sie betrachtet die Scheiben, kopfschüttelnd, mit übertriebenem Entsetzen, ja, gespielt beschämt, die Schlieren und grauen Bahnen Staub oder Dunst, die sich quer über das Glas ziehen. Als erstes setzt sie die Blumentöpfe zu Boden und hält sich damit auf, die Pflanzen, wenn sie sie hochhebt und näher als sonst vor Augen hat, kritisch zu prüfen. Fast keine kommt ungeschoren davon, überall werden Blättchen, welke Blüten entfernt, manchmal lockert sie auch mit dem Daumen die Erde. Sie muß sich vorsichtig über den Fußboden bewegen, soviel steht da jetzt herum und breitet zierliche Äste aus, hängt an dünnen Stengeln, und leicht könnte einer der pockigen, bemalten, durchbrochenen Blumentöpfe umkippen, leicht könnte auch, bevor die Scheiben erst blank sind, ein Untersatz von ihr mit schnellem, hartem Tritt zerstört werden. Inzwischen ist sie dabei, und dazu hat sie sich auf einen Stuhl gestellt, pfeifend die in Körben vom Jalousiekasten nach unten baumelnden Töpfe abzunehmen. Sie reißt dann mindestens fünf zusammenhängende Blätter von einer Papierrolle, drückt sie zu einem Ball, sprüht aus einer Flasche Flüssigkeit gegen das Glas und reibt die Scheiben ab. So stellte man sich das nicht vor. Wie schwarz der Dreck auf dem Papier sitzt! Sie reibt mit enormem Tempo und wilden, lediglich von den Fensterrahmen gestoppten Bewegungen über die Scheiben, und jetzt, nach der ersten Anstrengung, ist auch ihr Gesicht schon kräftig gerötet, sie atmet heftiger, knöpft sich den Kittel auf und fährt sich an den runden Pulloverausschnitt, damit Luft an die Haut kommt. Die fleckigen Papiere betrachtet sie mit Begeisterung und Entsetzen, lächelnd mit dem Mund also und geübte Schreckenslaute ausstoßend. Sie scheint den Schmier darauf als Tadel und Erfolg gleichzeitig zu verbuchen, sie fühlt sich offenbar getrieben und beflügelt, weiter mutig ans Werk zu gehen. Sie pfeift noch munterer, wieder hängt eine Unzahl winziger Tropfen aus der Ajaxflasche an der Scheibe, sie sacken sofort nach unten. Die müssen gebremst werden. Da pfeift sie nicht länger, da schnauft sie ärgerlich, und der Arm saust von links nach rechts und rauf und runter, vor dem Garten, der viel größer und doch auf diese Fenster zusammengedrängt ist, vor Bäumen und Büschen fegt der Arm herum. Endlich tritt sie zurück, kontrollierend mit strengem Gesicht, zufrieden augenscheinlich. Jetzt sieht man, wie frisch das Grün ist, und doch ist dies erst die Halbzeit, draußen sitzt ja der gröbste Schmutz. Schon steht sie auf der Terrasse, das Gleiche also spiegelbildlich noch einmal, nun ihr Gesicht aber hinter der Scheibe, die Unterlippe fest unter die oberen Schneidezähne geklemmt. Da ist die erste Scheibe von beiden Seiten fertig geputzt, strahlend der Garten, alles klar umrissen, sie macht keine Pause, höchstens um neues Papier zu nehmen, noch zwei Etappen, noch eine, da ist es geschafft, glänzend und farbig in voller Breite die Landschaft hinter den Fensterscheiben. Sie tritt ins Zimmer, stellt sich vor die Gläser in einigem Abstand, die Hände in beiden Taschen vergraben, den Kopf noch argwöhnisch nach vorn geduckt, wie lauernd nach etwaigen Fehlern, springt einmal nach vorn, da war eine Ecke, die ist nun ebenfalls poliert, dann wieder die Hände in den Taschen und ernst und doch plötzlich ein langer, rundum befriedigter Laut und sie, weiter gesammelt und feierlich vor der Scheibe verharrend.

3

»Verstehen Sie, ist es nicht merkwürdig, wie sich die Situationen wiederholen, wie man sich, ehe man sich versieht, in ähnlichen Handlungen wiederfindet, ich meine, wie man immer vergleichbare Dinge oder Vorkommnisse auf sich zieht?«

»Manchmal denke ich: Meine Güte, das war vorgestern doch auch schon so! Da hat sich die gleiche Szene abgespielt. Es hängt mit dem Wesen, mit dem Charakter zusammen, es läßt sich durch mein ganzes Leben verfolgen.«

»Ich zum Beispiel habe immer gekämpft, wenn ich mich benachteiligt fühlte oder wenn ich sah, daß Schwächere unterdrückt wurden. Ich kann einfach nicht ertragen, daß einem sein Recht nicht gelassen wird. Jetzt, die Sache mit dem Hund ist so ein Fall.«

»Halten Sie mich bitte nicht für kleinlich, es ist, jedenfalls für mich, eine prinzipielle Angelegenheit. Es gibt Dinge, die man sich grundsätzlich nicht gefallen lassen darf.«

»Da stehe ich also im Wohnzimmer und sehe durch die Gardine eine Frau mit Hund. Die Sorte interessierte mich überhaupt nicht, eine affige Rasse, der teuer angezogenen Frau nach zu urteilen. Ach, und was machte sie für zierliche Schrittchen, als könnte sie nicht mal fest und energisch auftreten, und wie hielt sie den Hund, der so ein blaugraues Fell hatte wie sie Haare auf dem Kopf und auch so gekräuselt, albern an der Leine, es war eine gelbe mit einem Täschchen dran. Ein bekloppt getrimmter Pudel wahrscheinlich, ein fürchterliches Getue.«

»Ich habe nichts dagegen, das ist ihre Sache, sie sollen einen nur ungeschoren lassen. Dazu muß ich sagen, daß ich schon zweimal dicke Hundeköttel von unserem Rasenrand weggeschaufelt habe. Das ist kein Vergnügen. Wie komme ich denn dazu! Ich finde diese Dinger aber ekelhaft, und ein anderer macht es ja nicht. Von allein lösen sie sich auch nicht auf. Ich wartete ja nur, daß ich mal so einen Köter erwischte.«

»Da stehe ich also, feste bei der Arbeit in meinem Küchenkittel, dieser Frau, diesem altgewordenen Püppchen, das genau auf unseren Vorgarten, eine lächerlich winzige Wiese, aber gerade deshalb soll sie gut aussehen, zusteuert, mit der Gardine zwischen uns, gegenüber!«

»Ob der Hund sie dahin gezogen hatte, stand für mich dabei nicht zur Debatte. Schließlich war sie wohl nicht so zart, daß sie so ein bißchen Tier nicht weggekriegt hätte. Das zur Situation.«

»Ich stehe im Wohnzimmer und warte, daß sie mir in die Falle geht. Ich meine, so ein Hundeköttel, obschon ich diese dicken Würste, diese Hundekringel auf dem flachen Rasen widerlich finde, man sieht noch richtig, wie sie aus dem verdammten Hundehintern rausgepreßt worden sind, so ein Hundekack, was Netteres kann man ja dazu kaum sagen, ist nicht das Schlimmste. Schwerer wiegt die Unverschämtheit, mit der diese Person einfach daherstolziert kommt, die Köttel im eigenen Garten nicht will und glaubt, daß sie es hier machen lassen kann, natürlich mit schlechtem Gewissen, ein Blick zum Haus, mein Gott, ich stand da gespannt und lauerte, ob sie es wagen würde.«

»Tatsächlich! Ich fing schon an, mir meinen Kittel abzureißen, das war eine Situation für mich, so sollte man mir wirklich nicht kommen!«

»Die Person draußen wendet dem Fenster natürlich den Rükken zu, das soll ja beiläufig aussehen, versehentlich passiert. Kenne ich schon!«

»Also der Hund macht diese typische, scheußliche Bewegung, diesen gekrümmten Rücken und das gespreizte Hinterteil. Da, peng, schieße ich nach draußen. Die ist vielleicht rumgefahren! Da standen wir uns diesmal ohne Gardine dazwischen gegenüber. Der Hund kuckte blöde und wollte weiterdrücken, aber sie fing an, schrecklich zu zerren. Jetzt, wo es soweit war, fiel ihr das nicht mehr leicht. Dazu diese kindische Stimme: ›Patzi, Petzi‹, irgend so ein Quatsch. Heuchelei! Auf jeden Fall, die beiden nahmen schleunigst Reißaus, das heißt, sie hat ihn mit Mühe zur Straßenrinne gezogen.«

»›Das ist doch die Höhe! Schweinerei!‹ habe ich geknurrt, gerade so laut, daß sie es hören mußte. Selbstverständlich drehte sie mir weiterhin den Rücken zu, aber ich sah doch von der

Seite, wie sie im Gesicht puterrot anlief. ›Schweinerei‹, sagte ich extra, um ihr klarzumachen, daß es mit ihrer Vornehmheit nicht so weit her ist. Die kommt bestimmt nicht wieder. Die hat Angst, daß die Hexe wieder aus dem Haus rausschießt. Soll sie auch.«

»Ha, das hat mir gut getan! Man muß zurückschlagen können. Vom Haus aus sah ich, wie sie vom Hund festgehalten wurde durch sein ausgiebiges Geschäft, und wie sie immer an der Leine zog und sich schämte.«

»Das geschah ihr recht.«

4

Einmal war in unserem kleinen Ferienort ein Strandfest angesagt. Den ganzen Nachmittag über wurde ein großes Zelt direkt am Wasser aufgebaut. »Tanz, Ströme von Wein, Berge von Würstchen« waren angekündigt auf Plakaten, die auch deutlich machten, daß es sich um eine Werbeveranstaltung der regionalen Winzergenossenschaften handelte. Da es in diesem nagelneuen Ort eigentlich kein Zentrum gab und bis auf die Restaurants und Bars keine Stellen, wo man mit Leuten zusammentreffen konnte, vom Strand abgesehen, gingen wir abends, als das Fest schon eine Zeitlang im Gange war, zur Probe hin.

Durch die besondere Anlage des Zeltes war es unmöglich, von außen einen Blick reinzuwerfen, bevor man also den, wie sich nun herausstellte, sehr hohen Eintrittspreis gezahlt hatte. Wir sahen viele Leute an der Kasse wieder umkehren, außerdem hörte man zwischen der spärlichen Musik in kurzen Abständen Reklameansagen mit immer demselben Text. Wir wußten ja, wie leicht uns das Gruseln würde packen können, wenn wir in so eine kalte, kahle Veranstaltung geraten würden, an lange, leere Tische, in eine Trostlosigkeit. Wir versuchten, doch von außen über die Seitenwände weg hineinzusehen, indem wir auf die niedrigen Felsen kletterten. Das Zelt war ja oben offen, es bestand nur aus hohen, im Rechteck gespannten Planen. Es gelang uns auch, auf diese Weise die wenigen Leute sehr einsam unter dem weißen Licht sitzen zu sehen. Alles war noch viel öder, als man vor dem Eingang dachte. Nun entdeckten uns aber die Veranstalter, mehrere sehr stark wirkende jüngere Männer. Sie zeigten zu uns hoch, und schon sprang einer von ihnen zur Plane an unserer Seite und schleuderte sie heftig hin und her und auch so gleichgültig brutal, als wären wir Ungeziefer, das er abschütteln wollte. Bevor wir uns darauf einstellen konnten und ungewarnt, schwankten wir, und ich wurde auf die spitzen Felsen geworfen und wäre fast ins Wasser runtergestürzt.

Es waren gar nicht die Schmerzen, es war die unerwartete Härte, die mich so getroffen hatte, daß ich erst nach einiger Zeit weitergehen konnte. Dann dachten wir uns aus, was wir tun könnten, die Plane aufschlitzen, Steine auf die Männer werfen, laut vor dem Eingang protestieren, zumindest. Bei allem hätten wir nur den Kürzeren gezogen. Wir konnten uns ja kaum ausreichend verständigen. Es interessierte auch niemanden. Wir gingen langsam, im Stich gelassen nach Hause, sprangen vor Wut fast auseinander und waren uns einig.

Eines Tages kam ich durch den Ort Ste. Maxime. Es wurde schon Abend. Auf dem breiten Boulevard und im Park gingen viele Leute, unter Palmen standen Eisverkäufer, junge Mädchen fuhren auf Mopeds mit Sturzhelmen über den langen Haaren an den besetzten Cafés vorbei. Es war noch keineswegs dunkel, aber in den Bäumen leuchtete das Laub hellgrün von den elektrischen Lampen, und um die Menschen, um die vielen Paare mit kleinen Kindern, die umherschlenderten, wehte ein warmer Wind. Es herrschte eine schöne, unbegründete Aufregung: Nur, weil sich die Blattbögen der Palmen so sachte bewegten, nur, weil das Meer wirklich und nah gegen die Boote schlug. Die Aufmerksamkeit der Leute füreinander war so groß geworden, sie sahen sich in die Augen, wenn sie sich begegneten, sie staunten kleine Hunde plötzlich an, sie blieben stehen wegen der Schwalben. Ein großer blonder Feuerschlucker mit einem wunderbar gebräunten Rücken, nackt bis zur Taille, entzündete seinen Atem zu hellen Flammen. Ich hatte schließlich doch noch Platz bekommen und beobachtete nun, wie ein kleiner Junge, der ordentlich mit seiner aufwendig gekleideten Familie an einem Tisch mit Eisbechern saß, neugierig einen alten Mann ansah, der am Straßenrand hockte und auf einer eigenartigen Flöte blies. Sein Gesicht war grau und stoppelig, voller Narben. Wenn er lächelte, konnte man keine Zähne entdecken. Die Töne, die er auf der Flöte spielte, klangen sehr rührend, sie ergaben keine bekannte Melodie, es waren Einzeltöne, die aber an diesem Abend, in der unmittelbaren Nähe des Meeres, in dem leichten Fieber, das alle erfaßt zu haben schien, zu Herzen gingen. Der Mann schnalzte zu dem Jungen hin, der vor Faszination erstarrte. Wie freundlich er die bemalte Flöte vor den Augen des Kindes drehte! Die Eltern paßten gut und sachte auf. Viele Leute fanden das alles nett und kuckten zu. Unvermittelt zog der Mann eine gehässige, ja haßerfüllte Grimasse zu dem Kleinen hin und stieß dabei ein langgezogenes Bääh aus. Der Junge kippte schreiend in die Arme seiner Mutter.

Ohne um Geld zu bitten, ging der Mann weg, er ließ seine Grimasse in seinem Gesicht stehen. In zerrissenen Kleidern, auf nackten Füßen sah ich ihn verschwinden. Er entfernte sich, von uns, dem Meer und den Palmen so angeekelt, daß ich mich schämte und nichts mehr von dem schönen Abend bemerken konnte.

Vor einiger Zeit saß die ganze Klasse aufmerksam vor mir. Alle hatten ihre Augen nach vorn gerichtet, es war beinahe ein Wunder, es fiel mir in den Schoß, es ergab sich von selbst, ich mußte mich gar nicht darum bemühen in dieser interessierten Atmosphäre. Ich schrieb etwas mit bunter Kreide an die Tafel, und als ich mich umdrehte, kuckten sie alle noch immer so gespannt oder wenigstens gutwillig in die eine Richtung. Es wurde dann ein Text gelesen, den alle vor sich liegen hatten, und so senkten sich also alle Augenlider. Einer las vor, die anderen verfolgten es im Buch. Ich entdeckte nun etwa in der Mitte des Klassenraums einen Jungen, der das Kinn anpreßte und sich stark gegen die Stuhllehne drückte, weil er offensichtlich unter der Bank, auf den Oberschenkeln, einer heimlichen Beschäftigung nachging. Er bewegte sich ebensowenig wie seine Mitschüler, im Gegenteil, er war eher in eine unnatürliche Starre verfallen, in der Annahme, damit weniger verdächtig zu sein, aber auch und noch mehr, wie mir klar wurde, als ich ihn länger betrachtete, weil er so gefesselt war von dem Gegenstand unter der Bank. Er hatte uns vergessen. Ich freute mich darüber, denn es gab nun eine Versuchung für mich, der ich nicht widerstehen wollte. Ich ließ alles unverändert wie bisher geschehen, näherte mich aber Schritt für Schritt dem von mir ins Auge gefaßten Schüler, bis ich neben ihm stand. Ich konnte nun erkennen, daß er Fußballbilder ansah, ich kuckte über seine Schulter weg. Mittlerweile bemerkten immer mehr Jungen und Mädchen den Vorgang, und ich zeigte ihnen an, sie sollten sich still verhalten. Alle sahen jetzt auf den ahnungslosen Bildbetrachter, kein Geräusch von einer Ecke zur anderen. Erst diese Lautlosigkeit brachte ihn schließlich zur Besinnung. Schon indem er den Kopf hob, schoß ihm das Blut in die Backen, er kuckte in die vielen Augen, dann in meine, er entdeckte, daß er unwissentlich eine Weile der Mittelpunkt unseres Vergnügens gewesen war. Er versuchte ein vorsichtiges Grinsen, alle lachten. Vorbei!

Ich hatte mich sofort erinnert, daß es mir früher oft so erging, und an den großen Schrecken, so aufgerüttelt und angestarrt zu werden, und es war für mich selbst immer längst und lange nicht vorbei.

I

»Mein Vater war ein stolzer Mann, der gern sang, ein Mann aber, der selten seine Gefühle zeigte, ein nüchterner Mann. Doch damals, als er uns wiedersah mit seinen inzwischen schneeweißen Haaren, weinte er sehr. Er hielt uns die Treue und rechnete durch all die Jahre mit uns, obwohl wir als verschollen galten. Auch ich hatte nichts mehr von ihm gehört, und nun stand ich ihm gesund gegenüber mit beiden Kindern.«

»Gegen alle Anfechtungen gelang es ihm, uns in seiner Wohnung zwei Zimmer zu reservieren. Die verteidigte er eisern, ein hartnäckiger, starrköpfiger Mann, als man ihm die Hoffnung auf unsere Rückkehr ausreden wollte. In dem Haus, vor dem ersten Weltkrieg für drei Familien gebaut, wohnten jetzt zehn Parteien, die alle ihre kleinen, dunklen Geschäfte trieben. Es gab keine elektrischen Birnen, vor den Fenstern Pappe, alle Klos waren kaputt. Im Garten lag ein Stück Flugzeug, daneben baute mein Vater Tabak an, den er nachts bewachte. Natürlich schlief er dabei ein. Alle grüßten sich freundlich bei Tageslicht, keiner traute dem anderen bei Nacht. Das Haus bestand nicht mehr aus Wohnungen, nur noch aus Schlupflöchern und Höhlen.«

»Und doch, diese armselige Situation empfand ich gleichzeitig als Herausforderung. Nichts konnte mich mehr schockieren. Mit Erschrecken hielt ich mich nicht mehr auf. Ich bin mit zwei kalten Pellkartoffeln als Proviant auf einem Laster nach Münster gefahren. Alles in unserer Wohnung war zerstört oder ausgeraubt. Bei einer Nachbarin sah ich die Teppiche. Ich begriff sofort, daß ein Streit sinnlos gewesen wäre. Ich habe die Verglasung, erst mit winzigen Stücken in der Küche, dann die des ganzen Hauses organisiert und auch die ersten Glühbirnen. Die mußte man im Anfang immer rausschrauben, wenn man den Raum verließ.«

»Als Herr Petzel, ein ehemaliger Boxer, ihm wurde auch ein Totschlag nachgesagt, zum dritten Mal meine Waschküchenbirne rausgeschraubt hatte, während ich nur mal eben hoch in den Flur lief, klopfte ich bei ihm im zweiten Stock an. Da stand er mit nacktem Oberkörper vor mir. Seine Frau verkaufte mir halblotweise Kaffee, auch das setzte ich diesmal in meiner Erbitterung aufs Spiel. Ich spürte, wie mir das Blut aus dem Gesicht wich vor Wut. Ich hätte ihm die nasse Wäsche an seinen grinsenden Kopf hauen können. ›Meine Birne ist schon wieder weg‹, habe ich ihn angezischt, ›und Sie waren im Keller!‹ Er starrte zurück und lachte: ›Beweise?‹ Ich sagte nur: ›Entweder ist die Birne in 30 Minuten drin, oder ich hole die Polizei‹ und machte kehrt. Natürlich war es Quatsch mit der Drohung, kein Mensch kümmerte sich um sowas, aber es funktionierte trotzdem: Kurz darauf saß die Birne in ihrer Fassung. Kaffee wurde weiter verkauft, manchmal ungeröstet, von der dicken Frau Petzel, die immer nur in schwarzen Unterröcken rumlief. Wenn sie die Arme hob beim Erzählen, und das konnte sie wirklich, sah man die riesigen dunklen Achselhöhlen. Sie war sehr verblüfft, daß es endlich einer gewagt hatte, noch dazu eine Frau, ihrem Mann, den alle wegen seiner Gewalttätigkeit fürchteten, so die Meinung zu sagen.«

»Mein Mann schrieb mir aus russischer Kriegsgefangenschaft. Glücklicherweise wurde mir eine Stelle als Sekretärin bei einer großen Genossenschaft angeboten. Die Kinder mußte ich tagsüber meinem Vater überlassen, immer in der Angst vor einer Katastrophe auf der Straße oder in den Trümmern um uns herum. Der Beruf aber half mir, ich besaß weder Tasse noch Teller, eine notdürftige Intaktheit in unseren Hausstand zu bringen. Für zwei Pfund Zucker kaufte ich meiner Tochter eine Puppe mit blauen Schlafaugen. Für ein weiteres Pfund eine Kaffeekanne.«

»Ich trug sie an einem Winterabend frei in der Hand über die eisglatten Straßen. Es war längst dunkel. Meist mußte ich Überstunden machen, und dann ging ich mitten auf der Fahrbahn, um mich von Trümmern und Büschen fernzuhalten. Plötzlich rutschte ich aus und stürzte mit beiden Knien auf die überfrorene Straße. Ich weinte vor Schmerzen, das kommt bei mir selten vor. Der Aufprall war nicht gebremst worden, ich behielt einen Schaden am Knie davon und kroch auf allen Vieren nach Haus. Aber unbeschädigt war die Kanne! Ich hatte sie hoch in die Luft gerissen, anstatt mich zu stützen, eine automatische Reaktion! Ohne Schrammen strahlte sie auf dem Tisch, an dem ich mit blutenden Beinen saß. Die war gerettet! Das erste, unversehrte Stück!«

»Und doch glaubte niemand, irgendwas würde lange unversehrt bleiben. Man glaubte nicht mehr an Sicherheit. Wer was kaufen konnte, kaufte für den Tag. Auf Frieden richtete man sich nicht ein. Man kämpfte um sein bißchen Existenz, man hielt sich ohne Perspektive über Wasser. Das war schon viel. In den Kinos liefen die Wochenschauen über die Nürnberger Prozesse. Wir hörten die Wahrheit über die Judenmorde in den KZs. Wir lebten mit angehaltenem Atem. Ich dachte: Man wird uns nicht leben lassen. Der Haß muß zu groß sein, und er ist ja gerecht!«

»Trotzdem setzte ich durch, daß Flure und Treppen reihum geputzt wurden und daß man, wenn es wieder einen Wasserrohrbruch gegeben hatte, wo die Haufen auf der Treppe festfroren, eine richtige Reparatur durchführte. Ich habe es den Männern im Haus sozusagen befohlen. Dafür konnte ich ihnen gelegentlich übers Büro, nicht legal, wo gab's das, Material beschaffen.«

»Auf dem Dachboden wohnte eine Familie, deren üppige Töchter sehr bald in Pelzen gingen. Nutten, damit fand ich mich ab, nur nicht damit, daß sie es ohne Hemmungen hinter der Haustür trieben. Das gab abends ein Gelächter und Geschmatze. Unser Klo war auf diesem Flur, und ich wollte meine Kinder wenigstens vor diesem Anblick beschützen. Nachdem ich sie mehrfach gewarnt hatte, was immer mit blödem Gekicher quittiert wurde, strahlte ich sie eines Abends mit einer Taschenlampe an. Kein schönes Schauspiel, diese heruntergelassenen Hosen, ich wollte aber, wenn ich redete, den Leuten ins Gesicht sehen können. ›Das nächste Mal‹, sagte ich, ›informiere ich das Gesundheitsamt.‹ Von da an wurde der Hausflur abgeschlossen und das Geschäft nach oben verlagert. Ihre Sache! Hinter dem Küchenfenster hörten wir die Pfiffe im Garten und wie der Schlüssel runtergeworfen wurde.«

»Dabei war diese Kraftanstrengung, nahm ich damals an, doch umsonst. Ich konnte nicht an die Zukunft glauben. Ich wollte nur nicht die Segel streichen und wie alles um mich herum zerfallen. Das hatte ich schließlich nie getan. In dieser Zeit erinnerte ich mich oft daran, wie ich als Kind lernte, im rechten Moment standhaft zu sein.«

2

Sie kommt mit einem Beutel Salat in die Küche und legt ihn, zusammen mit einem spitzen Messerchen, das sie, wobei einige Teller klirrend verrutschten, im Handumdrehen aus dem Spülbecken gefischt und von beiden Seiten über ein Abwaschtuch gezogen hat, auf den Tisch. Bevor sie sich zum Gemüseputzen hinsetzt, greift sie nach links, zum Vorsprung des Schranks. Ihre Finger tasten über die dort liegenden Zeitungen, so daß sich der Teil einer Illustrierten so verschiebt, daß ein Foto von zwei Männern in weißen Kitteln sichtbar wird, die sich gegenüberstehen, leicht gebückt, und die ihre Köpfe, beide mit schwarzen Haaren, zueinanderneigen. Ihre ausgestreckte Hand forscht nun unter den Papieren mit einem Reiben, Schürfen, Klopfen. Die Männer halten etwas über eine mit dunklem Wasser gefüllte Wanne. Sie hat ihren Platz vor dem Tisch verlassen und steht direkt vor dem Schrank, etwas verblüfft offenbar, etwas ungläubig, sie zieht die Stirn in Falten, ja, ärgerlich vielleicht auch, sie macht einen kurzen Ton, als wäre es ihr lästig, sich mit was anderem als dem Salat aufhalten zu müssen. Ihre Zunge springt vom vorderen Gaumen, ein Schmatzen, aber ein Schmatzen aus Verdrossenheit. Sie hebt den Stapel Zeitungen hoch und schüttelt ihn ein wenig in der Luft. Als er wieder auf dem Vorsprung liegt, ist immer noch zu erkennen, was die beiden tragen: einen nackten alten Menschen ohne Fleisch am Körper, die Haut ist ohne Zwischenraum gleich über das Knochengerüst gespannt, das sehr zerbrechlich wirkt, zwischen den Beinen ist der dunkle Fleck der Behaarung, aber infolge der Magerkeit und der angezogenen Haltung von Armen und Beinen, kindlich zusammengekrümmt, kann man nicht entscheiden, ob es sich um einen männlichen oder weiblichen Greis handelt. Ein Bett auf Rädern steht dahinter, im Hintergrund überall glänzende Kacheln. Sie packt den Stoß Papier und gerade, bevor sie alles hoch auf den Schrank befördert, lese ich noch die Unterschrift. Sie steht leicht geduckt, mit vorgebeugtem Kopf vor der in der Mitte nach hinten vertieften Schrankfront, und obschon sie genau hinsieht, ähneln die Bewegungen ihrer Hände denen eines Blinden, der ein Gelände nur mit Hilfe seiner Finger prüft, die Handflächen schlagen auf den Untergrund, ein systematisches Aufprallen, ein Abtasten zwischen Äpfeln, Stiften, Schalen. Nebenbei schaltet sie das Radio aus, wo gerade Schulfunk an der Reihe war, mit einer heftigen, fast strafenden Geste, hebt den Apparat ebenfalls hoch und kramt währenddessen eine Anzahl Papierschnipsel und Flaschenverschlüsse aus den Ecken, reinigt sie auch mit den bloßen Fingern. Sie stützt sich jetzt mit weit nach außen gedrehten Ellenbogen auf die Deckplatte des unteren Schrankteils, schiebt die Unterlippe nach links und beißt auf die stark gespannte rechte Hälfte. Ihre Augen sind starr auf den Winkel zwischen Schrank, Wand und Fußboden gerichtet, wo sich allerdings nichts befindet als der so entstandene Raum. Aber nun zuckt sie zusammen, ah, nun scheint sie zu wissen, nun ist ihr ohne Zweifel das Entscheidende eingefallen, denn sie haut resolut mit der Faust auf die Schrankfläche, sagt kopfschüttelnd »Ich Esel!« und verläßt eilig die Küche. Sie läuft ins Wohnzimmer, nun hat sie wohl gefunden, was sie sucht, schnurstracks, mit ihren energischen Schritten, müßte sie jetzt an der Stelle, die ihr eingefallen ist, angelangt sein. Wirklich wird es still. Jetzt Schritte, ein Hin und Her, dann Bewegungen auf dem Flur, doch da wieder Zögern, das Geklapper der Absätze auf der Treppe, heftig nun wieder, als gäbe es eine neue Aussicht auf Erfolg. Nun über der Küche der Lärm ihrer Schuhe, hektisch, etwas fällt auf den Boden, eine wütende Folge von Geräuschen, Poltern, Quietschen, wieder Stille. Langsam dann das Heruntersteigen, ein Zaudern, ein Stoppen auf jeder Stufe. Da steht sie wieder in der Küche, mit leeren Händen. Sie streicht mit den Blicken, aber diesmal resigniert, entmutigt über die Vorsprünge und Flächen, setzt sich endlich und beginnt, den Salat zu bearbeiten. Sie verkrampft die Zone um die Augen vor Anstrengung. Sie schneidet einen großen Teil des Kopfes an der Wurzel ab, sie bemerkt selbst die Verstümmelung. Noch einmal unterbricht sie sich, hält mitten im Schneiden an, etwas bereitet sich vor, da, jetzt wirft sie Messer und Gemüse von sich, springt zum Schrank, reißt eine Schublade auf, und kaum ist sie spaltbreit geöffnet, zwängt sie schon eine Hand hinein, bleibt so, rührt sich nicht: lächelt, atmet aus, fährt sich mit der freien Hand über die zur Nasenwurzel gekrauste Stirn, glättet, entspannt sie, zieht endlich die Faust aus dem Fach, hält nun die Brille, schaltet das Radio ein, reibt mit dem Kittelrand über die Gläser und sitzt, mit übereinandergeschlagenen Beinen, ruhig, gleichmäßig vor sich hinarbeitend, mit friedlicher Stirn und angehobenem Mundwinkel schräg vor dem Gemüse, sitzt da, mit geradem Rücken, komfortabel und flüchtig zugleich.

3

»Oder, ein anderes Beispiel!«

»Heute morgen, wie es sich so ereignet, wie es einem so zustößt, man erkennt die Situation wieder, man erinnert sich,

ich lache innerlich, weil es gar nicht so sicher ist, im eigentlichen Augenblick, wie ich mich entscheiden werde, ich handele ganz spontan, wie ich es im Moment für richtig halte, aber hinterher oder mittendrin stutze ich und sage mir: Natürlich! So mußte es kommen! Es ist ja schon hundertmal so ausgegangen, begreifen Sie?«

»Ich spreche von Winzigkeiten und sage mir: Im Grunde hättest du es schon früher wissen müssen! Du kennst es doch praktisch auswendig aus deinem ganzen Leben. Aber so ist es eben nicht, die Gefühle, die Entscheidungen sind zunächst das Vordringliche, den Zusammenhang entdeckt man erst später.«

»Heute morgen, keine große Sache, keine Angelegenheit von besonderen Empfindungen, aber selbst so eine Kleinigkeit: Ich gehe eben nach draußen, um dem Kaktustopf, der jetzt neben dem Ilex steht, einen Schluck Wasser zu geben. Ich hatte nur flüchtig auf die Straße gekuckt. Nichts Besonderes. Eine Sekunde fiel mir etwas auf: zwei Leute, die sehr langsam auf dem gegenüberliegenden Bürgersteig gingen, langsam oder unsicher. Es war nur ein kurzer Eindruck und schon vergessen.«

»Einige Zeit später brachte ich Abfall zur Aschentonne: Jetzt, als ich die beiden wiedersah, merkte ich erst so richtig, daß ich sie schon vorher gesehen und auch da schon mitgekriegt hatte, daß sie, obschon sie gar nicht nebeneinander gingen, sondern sich eher voneinander wegbewegten, zusammengehörten.«

»Während ich die Schüssel mit dem Zeug über der Tonne auskippte, kuckte ich rüber, so wie man eben gleichgültig bei sowas hochsieht: ältere Leute, klein, mit Brillen im Gesicht und insgesamt vier riesigen Tüten in den Händen. Sie schielten durch ihre mordsmäßigen Brillen die Straße rauf und runter und an den Häusern hoch. An der Tür drehte ich mich nochmal um und sah, daß die Frau den Weg auf eine Haustür zugegangen war, auf die Namentafel kuckte, mit den Taschen in den Händen dann auf ihre Hüften schlug, wie man es macht, wenn man Mut und Geduld verliert.«

»Sie suchten also nach einer Adresse. Vor einiger Zeit sind hier die Nummern geändert worden, außerdem wechseln in einigen Häusern die Mieter oft, aber Leute auf der Straße begegnen einem selten. Wenn man hier nicht Bescheid weiß, muß man die Straßen abklappern.«

»Na gut, etwas später hatte ich am Fenster zur Straße zu tun. Da waren die Unglücksraben ja immer noch, sie kamen aufeinander zu und trennten sich und suchten so deutlich, daß man wirklich Mitleid kriegte. Jemand ging vorbei, sie standen kurz mit ihm zusammen, der konnte auch nicht helfen. Was für ratlose kleine Figuren mit hängenden Schultern, und zu schüchtern, irgendwo anzuschellen! Kein Mensch war außer ihnen und den Autofahrern auf der Straße.«

»Sehen Sie, Sie wissen jetzt schon, wie es weitergeht, Sie wissen, was gleich passiert. Sicher! Dabei bin ich bestimmt die zurückhaltendste Frau aus der ganzen Nachbarschaft. Mich interessiert das Gequatsche ringsum nicht. Aber wenn ich sowas beobachte, obschon ich sagen könnte: Das geht mich nichts an!, halte ich es einfach nicht aus.«

»Das finde ich zu idiotisch, Leute stundenlang suchen zu lassen, bloß weil sie einen ja nicht gefragt haben.«

»Es macht mich einfach nervös, es hat überhaupt nichts mit sozial und diesem ganzen Gedöns zu tun. Ich bin nicht sozial. Aber so eine Quälerei da draußen mitanzukucken, diese kleinen, schwitzenden Menschen, so bange und resigniert, nur weil ich ja im Haus sitze, das werde ich bis an mein Lebensende, bis daß ich krumm und bucklig werde, nicht können. Es stört mich, es regt mich auf.«

»Also habe ich die paar Schritte gemacht, natürlich ein bißchen getarnt, so, als hätte ich noch mal was für die Aschentonne. ›Hören Sie, Sie suchen doch sicher jemanden hier? Vielleicht kann ich helfen‹, sagte ich so locker hin. Sie hätten mal die Überraschung sehen sollen! ›Ach‹, sagte der Mann mit zittriger Stimme, ›das ist Ihnen aufgefallen?‹ und staunte mich durch die Brille an.«

»Ich meine, wenn ich nun auch nicht weitergewußt hätte, wäre das Ganze etwas dämlich gewesen, aber der Fall ließ sich am Ende klären. ›Siehst du, Margarete, da hast du wieder einen glücklich gemacht‹, sagte ich mir. Ich helfe gern durch Zupakken, wenn es so leicht ist.«

»Ich komme dadurch in gute Stimmung und gehe wieder ein bißchen gerader.«

4

Einmal hatten wir in Frankfurt eine Veranstaltung besucht, die bis ungefähr 22 Uhr dauerte. Wir mußten mit der Bahn zur Innenstadt zurückfahren. Als wir die Treppen runterstiegen, überraschte uns die große Stille der U-Bahnstation. Oben auf der Straße waren die Kreuzungen, die Ampeln, die Autos und viele Leute, die aus Kinos oder Kneipen kamen. Hier unten hielten sich kaum Menschen auf, es war wie ein großes Wartezimmer, so abgeschlossen, so gleichmäßig erleuchtet, und genauso aufmerksam, so gespannt betrachteten sich die wenigen Anwesenden von der Seite, beim Auf- und Abgehen und über die Gleise weg. Wir sahen am Fahrplan, daß wir noch eine Weile warten mußten, und gingen untergehakt von einer Treppe, an den Schienen entlang, zur anderen.

Nun bemerkten wir, während wir von weitem langsam auf die Treppe losgingen, daß beinahe hopsend eine junge Frau zu uns herunterstieg, auf sehr hohen Absätzen, die ihr Schwierigkeiten beim Gehen machten. Sie ging auffallend breitbeinig, und die Haare schienen ihr aus der Entfernung zu Berge zu stehen. Sie sah immer um sich, dabei warf sie den Kopf ruckartig herum. Unten, am Fuß der Treppe, wartete ruhig eine andere Frau. Sie wurde von der ersten wohl mit einem kurzen Wort angeredet und dann, als sie nicht darauf reagierte, sogleich wüst als Hure usw. beschimpft. Als wir ankamen, hatte sich die offenbar angetrunkene Frau auf eine Bank gesetzt und schwieg. Niemand sonst sagte währenddessen ein Wort. Wir waren beide froh, daß überhaupt keine Veranlassung bestand, sich einzumischen, es war ja ohne Handgreiflichkeiten abgelaufen. Wir gingen diesmal etwas schneller auf die andere Treppe zu, wir beide beschleunigten ohne Absprache unsere Schritte. Und dann verlangsamten wir sie auch wieder: In unserem Rücken mußte ein Mann runtergestiegen sein, der jetzt also auf uns zuschwankte, dessen Manteltaschen von Flaschen ausgebeult wurden und der lallend sang. Nun stürzte er auf Hände und Knie und rollte dann auf den Rücken. Wie ein Käfer blieb er liegen und ruderte mit seinen Gliedmaßen. Wir standen vor Verlegenheit stocksteif, über die Gleise weg fixierten uns zwei Jungen, wir rührten uns nicht von der Stelle. Es war so still. Dann hakten wir uns plötzlich mit einem Schwung viel kräftiger ein, marschierten im gleichen Schritt auf den Mann zu, packten seine Arme, rissen ihn mit einer kleinen Anstrengung hoch, und so zwischen uns schleppten wir ihn auf eine leere Bank und stopften die Flaschen etwas tiefer in seine Taschen.

Er sah uns überrascht an und sagte: »Hoho, hoppla, danke, danke!« Er lächelte einen Moment ganz nüchtern. Schnell gingen wir zurück und wieder hin. Da saß er immer noch aufrecht, und bei jedem Gang kontrollierten wir ihn besorgt, aber eher stillvergnügt, bis die Bahn kam.

Eines Tages fuhr ich mit ihm in das Hinterland der Küste. Es gab hier kühle Wälder und Weinberge, zu Mauern aufgeschichtete Steine und eine Burg in der glühenden Sonne, die nur unter Lebensgefahr zu betreten war. Ich faßte alles an und streckte mich im Schatten aus, und manchmal konnte ich das Meer wieder sehen. Hier ging es mir gut. Ich dehnte mich aus vor Zufriedenheit. Das war der Sommer, und ich fühlte den warmen Boden unter mir ganz für mich allein, für mich gemacht, und mich gab es, damit ich darauf liegen konnte.

Als wir uns wieder auf der Küstenstraße befanden, um noch den nächsten Ort zu besichtigen, geschah etwas Unerwartetes: Es ergab sich keine Möglichkeit abzubiegen. Ich fuhr und fuhr mit ihm geradeaus über die Straße, auf der sich die Autos beinahe anstießen, so daß der Wagen oft stehen mußte. Rechts und links sah ich Stände mit Fellen und Fabrikfolklore aus aller Welt. Man riß mich einfach mit, es war ja auch nicht an ein Aussteigen zu denken, wir fuhren langsam und schnell am Meer vorbei, hinter uns wurde immer gehupt. Schließlich stand ich auf einem riesigen Parkplatz, ich hatte alle Orientierung verloren. Es gab aber Pfeile und Schilder mit Zeichen, die mich zu einer Stelle wiesen, von der ich weiter ins Innere der fürchterlichen Stadt geschleust wurde, eine lange Schlange bewegte sich auf dem Bürgersteig vorwärts, rechts waren Schaufenster, links, Stand an Stand, die schlauen Kunstmaler. Ich ging vorwärts, wie ich sollte, auf einer berühmten Promenade, auch einen Yachthafen kuckte ich mir an. Auf den Decks saßen die weißgekleideten Eigentümer um Gladiolensträuße herum und taten, als sähen sie die Zuschauer nicht. Am Ende der Straße gab es ein verwahrlostes Gebäude mit einem öffentlichen Klo: die Kehre! Und wie ich gekommen war, schob man mich zurück auf den Parkplatz, vor dem noch viele Autos auf Einlaß warteten.

Ich sah aus dem Fenster bei der Heimfahrt. Gut, daß alles dunkel war, ich sah nur die Scheinwerfer und die Lichter an den Küsten. Es blieb zu und schwarz, das Allerbeste. Als ich im Licht unseren kleinen Ort erkannte, spürte ich zum ersten Mal, daß ich mich mit ihm ein bißchen versöhnen konnte, und ging zu meiner Sicherheit noch einmal um das ganze Haus herum.

Vor einiger Zeit mußte ich vertretungsweise Mädchen der neunten Klasse im Sport unterrichten. Wie schläfrige Ungetüme saßen sie in einer Reihe auf einer Schwebebank. Sie hoben kaum die Lider, als ich auf sie zutrat, und behaupteten mit matten Stimmen, ihre Tage oder Kopfschmerzen zu haben. Ich hätte so gern getan, als glaubte ich ihnen, aber es waren zu viele. Ich versuchte, witzig und geduldig zu sein, und nach fünf Minuten gelang es mir, etwa zwei Drittel zum Umziehen zu bewegen.

Als sie nun in ihrem Turnzeug vor mir standen, kuckten sie nicht mehr schläfrig. Ihre Augen waren mit einem Mal blank und wachsam, sie strahlten beinahe etwas wie gute Laune aus, allerdings keine Freundlichkeit. Ich bemühte mich, meine Gedanken auf etwas anderes zu konzentrieren, ich wußte ja, daß eine in Grenzen gehaltene Geistesabwesenheit in solchen Situationen am entspannendsten wirkt. Ich schaffte es auch zunächst, die ersten Übungen in einer nahezu träumerischen Weise stattfinden zu lassen, so, als passierte dies hier nur nebenbei. Sie durften nicht erkennen, daß es gegenwärtig die Hauptsache war. Ich tat wie unempfindlich für ihr provozierendes Lächeln und das absichtliche Verzögern bei der Umordnung der Matten. Ich handelte nicht zurück, es kostete mich allerdings immer größere Anstrengung, mich blind und dösig zu stellen, und es erbitterte mich nun doch, daß sie, während ich mich bückend und schiebend abkämpfte, damit der Schein einer Aktivität erhalten blieb, ruhig mit ihren kräftigen Körpern daneben standen und mir zusahen, wie ich für sie die schweren Geräte verrückte. Als schließlich das größte und stärkste Mädchen auf meine Aufforderung, mir zu helfen, sagte: »Machen Sie's doch allein!« fuhr es aus mir heraus: »Du dumme Gans!« Mir wurde sofort klar, daß es ein Fehler war. Bei einer Ohrfeige hätte sie zurückgehauen, so sagte sie: »Sie sind die dumme Gans.«

Ich kann mich nicht mehr an den Fortgang erinnern. Mir fällt nicht ein, wie ich die Stunde beendigte. Es war aber so, als hätte man mitten in mein Gesicht geschlagen, ich empfand es als physische Auseinandersetzung mit mir als Unterlegener. Wir hätten uns genausogut prügeln können, und es half nichts, daß man mir sagte, dieses Mädchen rede so mit allen. Etwas war endlich eingetreten, das ich schon lange gefürchtet hatte.

I

»Ich habe nicht viele, aber doch einige Menschen in meinem Leben gehaßt, die wenigen aber mit Leib und Seele und unversöhnlich. Einer von ihnen war mein Chef, Assessor Wolken, ein großer, häßlicher, schielender Mann.«

»Noch viele Jahre später träumte ich von ihm: Ich ging einen langen Kopfsteinpflasterweg an der Ruhr entlang, in der er vergeblich um Hilfe schrie. Nur sein Kopf kuckte aus dem Wasser raus. Ich sah nach vorne und beachtete ihn nicht, aber ich trat mit dem linken Absatz so lange nach ihm, bis er versank.«

»Aus reiner Willkür mußte ich damals Überstunden machen, ich mußte zur Bestrafung dasitzen, während ich innerlich wegen der beiden Kinder auf dem Sprung stand. Jeden Abend war ich auf eine Schreckensnachricht eingestellt. Auch die Männer aus der Verwaltung sagten mir: ›Er will Sie nur mal weinen sehen.‹ Den Gefallen tat ich ihm kein einziges Mal, auch wenn er mir oft mit meiner Entlassung drohte. Er hat sie mir, wohl um die Wirkung zu genießen, einige Male selbst diktiert. Er wollte mich klein und verlegen sehen. Er konnte nicht ertragen, daß sich eine Frau ihm gegenüber behauptete. Einmal rief er mich in sein Zimmer, in dem noch einige andere Herren rauchend saßen. Statt etwas zu diktieren, brüllte er: ›Was halten Sie von diesem Witz?‹ und erzählte eine große Schweinerei. Die Männer lachten aus Angst vor ihm. Ich lachte nicht, sondern sagte: ›Das ist kein Witz, das ist eine Zote!‹ und bin rausgegangen. Am Abend gab es zur Strafe wieder Überstunden.«

»Einmal rief er mich, wieder, als sich verschiedene Herren bei ihm aufhielten. Er saß hinter seinem Schreibtisch, schielte mich durch den Zigarrenrauch an und wollte sich totlachen, weil ich nicht auf dem von ihm diktierten Brief ›Via della Repubblica‹ richtig schreiben konnte. Ich hatte es mit zwei b geschrieben. Da stand ich, den Herren war es peinlich, sie retteten sich in ein Schmunzeln, das wohl heißen sollte: ›Nimm's nicht so schwer, Mädchen. Das könnte uns auch passieren.‹ Wütend, wie er es wollte, riß ich ihm den Brief aus der Hand und schoß zwei Minuten später, ohne auf ein ›Herein‹ zu warten, wieder in sein Büro. Jetzt konnte man, wenn man es wagte, über ihn lachen. Ich knallte ihm das aufgeschlagene Wörterbuch vor die Nase. ›Doppel-b‹, sagte ich fröhlich. ›Kann der Brief so bleiben?‹ Ich sah noch, wie er die Zigarre in den Aschenbecher schmiß.«

»›Auch die großen Herren müssen alle aufs Klo!‹ hat mir

mein Vater früher gesagt. Wenn mir die Knie zu sehr zitterten, stellte ich mir das tatsächlich vor. Das half! Leute, die mir dann noch Respekt einflößten, mußten schon wirklich gut sein.«

»Dazu gehörte Dr. Pasetti. Wir mochten uns so gut leiden. Die Art, wie er, bevor er eine Antwort gab, einen tiefen Zug aus seiner Pfeife nahm, war imponierender als alles zornige Gestampfe meines Chefs. Zwischen Dr. Pasetti und mir bestand immer eine große Wertschätzung und Zuneigung. Ein freundlicher, beherrschter Mann, dem oft die Knöpfe an seinem Hemd fehlten. Seine Frau vernachlässigte ihn, er ertrug das geduldig: Durch eine Indiskretion sickerte durch, daß sie im Krieg, weil sie sein Versteck nicht verraten hatte, vergewaltigt worden war.«

»Ich selbst verlor meine Ruhe doch mehr, als man mir äußerlich anmerkte. Immer hatte ich Angst, ich könnte einen schwerwiegenden Fehler gemacht haben. Im Bett wurde ich von meinem Zusammenzucken wach und weinte vor Zorn, weil ich trotz meiner Erschöpfung nicht einschlafen konnte. Es waren oft lächerliche Dinge, die, weil immer die Entlassung dahinter drohte – ich verdiente ja gut, und wir bekamen Deputatkohle und Lebertran –, einen großen Einfluß auf unser Leben ausübten.«

»Einmal kam mir nachts der Verdacht, ich könnte für Assessor Wolken einen Zug falsch rausgesucht haben. Der Rest der Nacht verlief fürchterlich, und ich rannte am frühen Sonntagmorgen, dem einzigen Tag, der für sie zur Verfügung stand, mit meinem Jungen, bei dem sich aus Vitaminmangel die kleinste Wunde entzündete, und meiner Tochter, die starkes Untergewicht hatte, quer durch die Stadt zum Bahnhof und überprüfte die Abfahrtzeit.«

»Ein anderes Mal mußte ich eine Jugendstilsilbervase für ihn reinigen lassen. Als ich sie im Fachgeschäft abholte, hatten sie alle Patina entfernt. Die Schale blinkte und blitzte mir entgegen, daß mir beinahe das Herz stillstand. Den hysterischen Anfall, den das auslösen würde, konnte ich mir leicht ausmalen. Als ich schließlich in unserer Nachbarschaft einen schweigsamen kleinen Mann ausfindig machte, der die alten Stellen wieder unauffällig nachdunkelte, hat mich der in seiner Geschicklichkeit und Bescheidenheit mehr beeindruckt, diese Hilfsbereitschaft eines mir bis dahin unbekannten Mannes an einem Samstagabend, als Assessor Wolken in seinen besten Tagen.«

»Eine Zeitlang diktierte er mir seine Memoiren aus Tagebüchern und Briefen. Eine Stelle hieß: ›Weißt Du noch, Lisa, wie wir uns in der Nase bohrten und die Kimmel unter die Kinosessel klebten?‹ Das mußte ich ohne mit der Wimper zu zucken schreiben. Als dann aber der nächste Brief so anfing: ›Lieber Georg. Ich bin tot, seit drei Tagen bin ich tot!‹ konnte ich mich nicht mehr beherrschen. Ich bin losgeplatzt. Er schielte vor Wut. Ich konnte nicht aufhören. Tränen habe ich gelacht. Das gab natürlich, wie immer, unbezahlte Überstunden.«

»Einmal ließ er mich zu sich rufen. Man beschuldigte mich, laufend aus der Apotheke, die zu dem ganzen Komplex gehörte, Medikamente besorgt zu haben. Ich machte daraufhin ein großes Theater, so daß es alle Herren im Nebenzimmer hören mußten. Ich wollte, da ich so direkt angeklagt sei, auch den Namen des Denunzianten wissen, sonst ginge ich zum Betriebsrat. Die Antwort? Kündigung! Etwas später kam er rüber und sagte, alles sei nur ein Scherz gewesen. Von da an habe ich mir tatsächlich häufig Vitamintabletten und Calcipot für die Kinder geholt.«

»Als ich einmal in meiner Verzweiflung selbst meine Kündigung schriftlich einreichte, zerriß er sie lachend vor meinen Augen. Er wußte zu gut, was er an mir hatte. Auf alle Tagungen nahm er mich mit. ›Der‹, sagte mir sein Fahrer, ein prima Kerl, ›gibt doch überall mit Ihnen an. Der kann am wenigsten auf Sie verzichten.‹«

»Eins ist sicher: Er erkannte schon früh meinen Charakter und merkte, daß er da auf Granit biß. Das wollte er immer wieder überprüfen. Ich bin sicher mein Leben lang eine Kämpferin gewesen. Aber dieses dauernde Wechselbad von Zorn und Überschwenglichkeit quälte mich mehr, als irgendein Mensch ahnen kann.«

»Eine Blöße aber habe ich mir ihm gegenüber nie gegeben. Der Triumph war ihm nicht gegönnt. Eher wäre ich gegangen. Schon ziemlich zu Anfang hatte sich unsere Position im Grunde geklärt und entschieden. In den ersten Monaten, als die gesamte Verwaltung noch sehr behelfsmäßig untergebracht war, sagte sich eines Tages hoher Besuch aus Berlin an. Plötzlich schien sich der gefürchtete Assessor Wolken in seiner Aufregung an unserer Seite zu befinden, denen er doch immer ein schlechtes Gewissen verursachte. Er hatte jetzt offenbar selbst eins. Von nichts anderem wurde geredet. Diesmal hing auch seine Zukunft von dem legendären Geheimrat Dr. Hofer ab. Am Tag vor seiner erwarteten Ankunft geschah folgendes: Nachmittags, als niemand damit rechnete, kam jemand ganz bescheiden in zerknülltem Anzug, frierend, erschöpft, an. Er stellte sich sehr höflich vor. Das also war der einschüchternde Geheimrat! Ich tat das Selbstverständlichste von der Welt. Ich hörte auf, die Briefe meines Chefs zu schreiben, legte sie ruhig, auch die dringenden, beiseite und fragte, ob ich ihm eine Tasse Kaffee kochen solle. Ich wußte ja, daß ich ihm da eine Kostbarkeit anbot – und es war ja mein eigener, knapper –, aber nach den Gerüchten um ihn konnte so ein Anerbieten auch ein schlimmer Sprung ins Eiswasser sein. Ich verließ mich, wie meist, auf meine Menschenkenntnis. Er war sofort einverstanden, erfreut, auch, daß ich ihm seine Jacke aufbügelte. Das tat ich besonders gern, weil ich verhindern wollte, daß er so zerknautscht dem glücklicherweise abwesenden Assessor Wolken gegenübertreten würde. Wir befanden uns mitten in einer lockeren Unterhaltung, als er auftauchte. Ihn traf der Schlag, er kriegte den Mund nicht zu, als er uns so friedlich Kaffee trinken sah. Vielleicht hoffte er, ich würde bei seinem Anblick wenigstens zusammenzucken. Warum sollte ich das aber? Geheimrat Hofer dankte ihm korrekt und kühl für die nette Aufnahme, ich zog mich in strahlender Stimmung zurück. Das galt bei mir als Wendepunkt, als der entscheidende Moment des ganzen Verhältnisses zwischen mir und Wolken, zwischen mir und Geheimrat Hofer. Was ihn Wolken so überlegen machte, war, daß er Menschen schnell durchschaute und sie wegen ihrer Qualitäten nicht zu unterdrücken versuchte, sondern schätzte. Er konnte sich das leisten, ein wirkliches Vorbild.«

»In den ersten Tagen nach seiner Ankunft brachte der Postbote ein eingeschriebenes Päckchen aus Zürich. Daß sowas überhaupt ankam, grenzte schon an ein Wunder. ›Heißt hier jemand Hofer?‹ fragte der Postbote, der uns alle kannte. Er brauchte jemanden zum Unterschreiben. Alle Herren sahen verlegen vor sich hin. Da habe ich gesagt: ›Ja, ich!‹ Der Briefträger grinste, ich unterschrieb. Alle Herren glotzten fassungslos. Später, um elf Uhr, als Geheimrat Hofer eintraf, ging ich runter und brachte ihm ein Päckchen. Ich ahnte, daß er sehr darauf wartete. Es stammte von einem Schweizer Juden, dem er früher geholfen hatte. Offen zeigte er seine Freude, daß es jemanden in diesem Haus gab, der sich nicht vor ihm verschanzte, sondern die Schwelle einfach übersprang.«

»Er war fast taub. Als Russen in Berlin auf seine Frau feuern wollten, hat er die Pistole beiseite geschlagen. Da ging der

Schuß direkt neben seinem Ohr los. Bei Konferenzen wußte er nie genau, was eigentlich gesagt wurde. Assessor Wolken gab die besprochenen Punkte nur lückenhaft an ihn weiter und schaltete ihn damit sozusagen aus. Bei mir sprach er manchmal darüber. Er litt sehr. Ich empfand es als große Auszeichnung, als er einmal zu mir sagte: ›Sie sind in diesem ganzen Haus der einzig diskrete Mensch.‹«

»Die Zeit bei Assessor Wolken war hart und aufreibend, manchmal demütigend bis an die Grenze des Erträglichen: Und doch bin ich mit all den Männern hervorragend ausgekommen, wie, auch in meinem Leben davor und danach, nie mit Frauen, und doch war es, wenn auch nicht die schönste, so doch die Zeit meines Lebens, in der ich mich am lebendigsten gefühlt habe, in der ich beweisen konnte, was an Energie, Geschick, Wissen und Takt in mir steckte.«

2

Sie wird Kaffee kochen, sie hat es gesagt. Sie hat gesagt, eine schöne Tasse Kaffee, die müsse jetzt sein, die werde jetzt guttun, und dabei eine golden schimmernde Tüte aus der Einkaufstasche genommen und von außen daran gerochen, ostentativ, ein bißchen übertrieben geschnuppert und auch die Augen verdreht, als ginge es um was Köstliches, als stünde ihr etwas Einzigartiges bevor. Sie stellt nur noch schnell das Radio an, ohne aber weiter darauf zu achten, welche Musik herauskommt. Mit rasanter Geschwindigkeit trifft sie die Vorbereitungen, mit schwungvollen Bewegungen, sie tanzt beinahe, obendrein dazu summend, innerhalb der kleinen Küche, füllt also Wasser in den Tauchsieder, stellt eine funkelnde Thermoskanne daneben, einen Plastikfilter mit einer Papiertüte darin, und schon dröhnt es in der Kaffeemühle und dazwischen knattert es aus dem Radio. Sie schüttelt die Maschine während des Mahlens, wie um den Vorgang zu beschleunigen, hilft mit beiden Händen auf diese Art nach, als müsse sie zu der Anstrengung des Mahlwerks die eigene hinzufügen. Sie streckt die Zungenspitze wieder vor, im Eifer, und schon kann sie die Haube abheben, und wieder auch schnüffelt sie mit geschlossenen Augen an dem duftenden Inhalt, aber um keine Sekunde zu verlieren, füllt sie sofort, ohne sich also dem Vergnügen der Erwartung allzu lange zu überlassen, viele gehäufte Teelöffel Kaffee in die Filtertüte. Blitzschnell geht es weiter, zu Walzermusik, ja, wahrhaftig zu schneller Walzermusik und zum Geknalle ihrer Absätze wird die Kanne mit heißem Wasser ausgespült und wird der Filter auf die Öffnung gesetzt und wird nun das beinahe kochende Wasser, ein Brausen, ein Klopfen unter dem Dekkel verrät es, auf das Kaffeemehl gegossen, eine kleine Portion zum Quellen nur, aber die Folgen scheinen sie zu überwältigen, sie beugt sich darüber und atmet und inhaliert das explodierende Aroma mit sich dehnendem Brustkorb und hochsteigenden Schultern und geblähten Nasenflügeln und hält still, ganz angefüllt, und stößt nun kraftvoll und einen Moment lächelnd, wie ermattet von dem süßen Genuß, die Luft wieder aus, mit weitgeöffnetem Mund, den allerdings schließt sie rasch, den klappt sie entschlossen zu, so kurz ist die Pause der Vorfreude, eine kleine Zwischenebene oder eine vorübergehende Spitze des Vergnügens, die sie sich gönnt, schon ist der Tauchsieder abgeschaltet, ein zweiter Guß des Wassers nachgeschüttet, schon läuft es hörbar in die Kanne. Schon ist der gesamte Papiertrichter braun eingefärbt, und kaum senkt sich der Wasserspiegel, gießt sie nach, reißt sich aber nun los, wirft eine Zeitung aus der Tasche auf den Tisch, dazu zwei Tassen und einen Topf Zucker. Vor dem Kühlschrank geht sie in die Hocke, richtet sich auf mit einer Dose Milch in der Hand, schlägt mit einer Metallspitze zwei Löcher rein, gewalttätig haut sie zu, dabei den Kopf zur Filtertüte wendend, obschon ja auch das Geräusch des prasselnden Wassers verrät, ob nachgefüllt werden muß, füllt, kaum daß es möglich ist, also wieder nach, hebt den Filter ab, sieht in die Kanne, es tropft dabei auf die Kühlschrankplatte, das macht nichts, das wird mit der Hand verrieben, sie lächelt streng, ja kritisch, konzentriert in die Kanne hinein, schüttet Wasser nach, läßt, indem sie die Dose schräg über die Öffnung hält, das Milchkännchen vollaufen. Es geschieht, weil die Löcher zu groß geraten sind, so schnell, daß die Milch um ein Haar überläuft, und tatsächlich, als sie das randvolle Gefäß zu den Tassen rückt, schwappt Milch auf den Tisch, das macht wieder nichts, obschon sie »Verdammt!« ruft, das aber heiter, immer noch tanzend mit zusammengepreßtem, zufrieden ins Waagerechte auseinandergezogenem Mund, nun mit einer Spur Ungeduld in der Bewegung, als sie den Filter hebt, und der Kaffee noch immer nicht fertig ist. Da beschäftigt sie sich, packt einige Sachen aus der Tasche, die jetzt zwischen den Tassen herumliegen, läuft einmal klappernd in den Keller und reißt jetzt mit entschiedener Geste den Filter von der Kanne, er tropft noch, noch ist der Trichter halbgefüllt, das stört sie nicht länger, das hält sie nicht mehr auf. Sie stellt ihn ins Spülbecken, rührt mit einem großen Löffel in der Kanne, verschließt sie, schenkt in beide Tassen Kaffee ein, von dem es wirbelt und qualmt, der schillernde Blasen zeigt an den Rändern, sitzt endlich, gießt Milch dazu, daß es schwappt beim Rühren, noch immer im ursprünglichen Tempo alles, und läßt dann aufseufzend beide Unterarme, Aaah-sagend, den Kopf auf die Brust kippend, über den Tisch fallen. Doch das genügt schon, diese knappe Rast vor dem eigentlichen Genuß. Jetzt trinkt sie, schließt die Augen, hält still mit der Tasse an den Lippen, hebt die Schultern, senkt die Tasse zum Tisch zurück, doch erstarrt noch einmal, jetzt also ist es soweit, sie zieht ihr Gesicht zusammen vor Konzentration, nach innen gerichtet, und so verharrend und schließlich, bei geöffnetem Mund lächelnd, mit einem kleinen, glücklichen Stöhnen, setzt sie die Tasse ab, so angenehm erschöpft, so erlöst, und es entsteht beinahe ein Läuten, als die Tasse gegen Untertasse und Löffelchen schlägt. Dann blättert sie kurz in der Zeitung, erledigt dies und das, trinkt zwischendurch geistesabwesend an dem Kaffee und später noch einmal.

3

»Und heute wieder, kaum ein Tag vergeht, wo einem etwas in dieser Art erspart bleibt, wenn man erst darauf achtet, wenn es einem erstmal zu Bewußtsein kommt.«

»Plötzlich, unerwartet, stoße ich an der Tür fast mit einer Frau zusammen, kuckt mich da ein Gesicht an, weiß der Kukkuck, warum so strahlend, so überaus erfreut. Ich kannte die Person ja gar nicht, sie aber lacht mich an, als mache es ihr weiß Gott für eine Freude, mich zu sehen.«

»Ich war so verdutzt, daß ich wahrscheinlich ganz mürrisch zurückgeglotzt habe. Ich wollte eigentlich etwas freundlicher kucken, vielleicht kannte ich sie ja doch! Wenn jemand so vertraut tat, würde er seine Gründe haben, aber mir stand der Kopf nach was anderem. Ich hatte gerade Heringe eingelegt und konnte mein Gesicht nicht so schnell auf Erfreutsein trimmen.

Das machte der Frau aber gar nichts aus, sie strahlte unverdrossen zurück mit ihrem kunstvoll bemalten Gesicht, nicht aufgedonnert, durchaus gekonnt.«

»Sie schien meine Situation vollkommen zu erfassen, sie lächelte, hatte ich das Gefühl, etwas nachsichtig und überhaupt nicht verletzt durch meine zumindest lahme Reaktion. Ich muß zugeben, es brachte mich durcheinander, meine Hände stanken nach Fisch und dann diese unerschütterliche Liebenswürdigkeit ohne Grund, oder jedenfalls begriff ich ihn nicht sofort.«

»Ich fühlte mich, offengestanden, obschon sie mir ja gar nichts getan hatte, etwas überfahren, soviel unverdientes Entzücken über meinen bloßen Anblick war mir unheimlich, ich witterte instinktiv, daß sich da etwas in Wirklichkeit ganz anders verhielt, als es bis jetzt schien.«

»Vielleicht würde ich mir soviel Zuneigung nachträglich bitter verdienen müssen!«

»Ja, ich spürte eine leichte Gereiztheit, allerdings war es mir mittlerweile gelungen, die Mundwinkel hochzubringen und einigermaßen manierlich nach ihren Wünschen zu fragen. Aber was fragte ich tatsächlich? ›Kennen wir uns?‹, und das wohl ziemlich ruppig, denn jetzt reagierte sie, aber wieder auf verdächtige Weise: Sie hielt ihr Lächeln aufrecht, ich sah, daß sie es mit Anstrengung tat, aber nicht etwa, wie Sie jetzt sicher denken werden, um zu verbergen, daß sie sich beleidigt fühlte, sondern – es war mir ganz klar, ich sah es an den Augen – weil sie sonst rausgeplatzt wäre.«

»Ich schien sie verdammt zu erheitern, sie taxierte mich von oben bis unten, als hätte sie dazu das Recht und die Veranlassung, und als sie sagte: ›Nein, wir kennen uns nicht, aber ich möchte mich Ihnen sehr gern vorstellen!‹, tat sie das so amüsiert, ich weiß nicht, ob sie so schlecht spielen konnte, oder ob das Einschüchterungstaktik war, mir gegenüber, mit meinen in alle Richtungen stehenden Haaren und roten Fischhänden. Jedenfalls brachte mich das nun allmählich, aber unaufhaltsam in Wut. Ich wußte ja jetzt auch, was sie wollte!«

»Dieser Duft, diese Gepflegtheit bei einer Vertreterin! Reklame, kein Zweifel, nichts anderes! Dieses Köfferchen: Eine Kosmetikvertreterin, daher dieses unverständliche Entgegenkommen. Nichts schlimmer als das! Ich hatte das Gefühl, daß man sich über mich lustig machte.«

»Auch Sie wissen schon, daß man mich damit auf achtzig

bringen kann. Wer glaubt, auf diese Art bei mir was zu erreichen, hat von vornherein verloren.«

»Es war ja mit diesem Gesicht so, als würde man in ein Gummikissen schlagen, es blähte sich immer wieder zu einem freundlichen Vollmond auf. Und wie sie schon meine Augenpartie und die Halsfalten abschätzte. Solche Blicke im falschen Moment, wenn man sich nicht in Ordnung fühlt, schaffen es ja leicht, daß man sich mit den Fingern an die bekrittelten Stellen fährt und gleichzeitig die dreckigen Hände verstecken will.«

»Das würde ich sicher auch getan haben, wenn ich sie nicht durchschaut hätte. Jetzt wußte ich, wer da vor mir stand, und sie konnte noch so hübsch in der Luft gestikulieren mit ihren lackierten Nägeln und so sanft sprechen, in dieser Form von Frau zu Frau, die ich sowieso nicht ausstehen kann.«

»Ich habe keine kleinen Geheimnisse mit Frauen, wie das wohl genannt wird, und sollte sie doch so eisige Augen machen, als ich anfing, den Kopf zu schütteln und ihr zu erklären, daß ich in dieser Beziehung bestens versorgt sei! Sie redete und kuckte immer abwechselnd, einschmeichelnd und höhnisch, frech, auf meine Haut, und einen Moment, weil ich meiner Sache absolut sicher war, ließ ich sie machen und ihren Koffer aufklappen und mit den Augen blitzen und zeigen, was sie konnte.«

»Als sie aber wieder so besonders abschätzende – abschätzige, müßte ich sagen – Blicke auf mein Gesicht warf, das sich für sein Alter ganz gut sehen lassen kann, soll die erst mal vorweisen! reichte es mir: ›So‹, sagte ich ruhig, ›nun wollen wir uns nicht gegenseitig länger zum Narren halten!‹ und habe ihr Zeit gegeben, noch schnell den Koffer zu verschließen, und als sie den Mund aufmachte zu einer spitzen Bemerkung, war die Tür schon zu.«

»Sie verstehen, daß ich mir zwischendurch sagte: ›Margarete, das ist wieder eine Sache für dich!‹«

4

Einmal, vor zwei Jahren, war ein schöner Herbsttag. Mir tat besonders die Helligkeit des Bodens gut, auf den man mit seinen Schuhen trat. Wie ungewohnt! Jeder Schritt, den ich machte, über die gelben, goldenen Blätter weg, fiel mir auf. Wir fühlten uns wohl und konnten ausgerechnet an diesem Tag mit dem Auto in die Eifel fahren. Ich hatte geschenkte Weinbrandkirschen in einer Spanschachtel mit, davon aßen wir manchmal. Wir ließen das Auto schließlich an einem Waldweg stehen und wanderten eine Weile los. Es war still, kein Mensch begegnete uns, wir sahen die Blätter im Augenblick des Absturzes, die Sonne schien nicht strahlend, und doch hatte alles bis in die letzten Winkel an diesem Tag ein äußerstes Licht aus eigener Kraft. Wir atmeteten die Luft gleichzeitig ein und lobten gleichzeitig den rauhen, üppigen Herbstgeruch, den wir mit Vergnügen wiedererkannten. Wir versuchten, während wir vorwärts gingen, uns gegenseitig das Märchen, jeder wußte noch ein Stückchen, vom »Waldvögelein« zu erzählen.

Als wir uns wieder ins Auto setzten, dämmerte es schon. Wir froren ein bißchen und rückten zusammen und umarmten uns. Es war aber mehr ein Wärmen, in das wir uns vertieften. Plötzlich hob Jürgen sehr schnell den Kopf in eine merkwürdig schiefe Stellung. Er horchte, und ich tat es daraufhin sofort auch. Nein, das mußte ein Irrtum sein, wir rutschten wieder in die Polster zurück. Im nächsten Moment schoben wir uns, unter dem Eindruck einer neuen Wahrnehmung, heftig auseinander. Wieder konnten wir durch die Scheiben nichts erkennen, aber ich war nun doch nervös geworden, ohne einen bestimmten Verdacht, und merkte auch an Jürgen, als wir die Köpfe hinter den Lehnen wieder einzogen, daß wir uns in Wirklichkeit duckten und auf der Lauer lagen. Wir legten die Arme nur zum Schein noch umeinander und hofften nun fast, daß sich etwas herausstellen würde. Beim nächsten Geräusch schossen wir daher so blitzartig hoch, daß wir deutlich an der Rückscheibe das Gesicht eines Mannes sahen, mit plattgedrückter Nase. Wir reagierten so flink, daß er sich sogar noch gegen das Glas preßte, als wir ihn entdeckten. Mir passierte das zum ersten Mal in meinem Leben mit einem Erwachsenen. Jürgen hatte schon die Tür aufgerissen, aber da rannte der Mann, vermutlich ein Waldarbeiter, in Sprüngen los und verschwand im Gebüsch. Kurz darauf donnerte er auf einem Traktor an uns vorbei, fast hätte er unseren Wagen gerammt.

Ohne darüber nachzudenken, fuhren auch wir los, um den Traktor zu verfolgen. Als wir so dicht herankamen, daß wir beinahe das Nummernschild lesen konnten, bog er auf einem schmalen Weg in den Wald ab, in die trübe Dämmerung. Wir fuhren weiter geradeaus. Ich war noch immer aufgeregt, und beide sahen wir finster vor uns hin, als hätten wir uns beleidigt, und wir verabschiedeten uns unzufrieden und schnell.

Eines Tages gelang es mir endlich, mich ein bißchen zu verlaufen. Ich konnte die Gegend nicht mehr übersehen, ich bildete es mir wenigstens ein, denn natürlich: In die Richtung vom Haus weg ging ich, wenn das Meer rechts lag, und umgekehrt. Seitentäler gab es hier gar nicht, es lief alles in Buchten parallel zur Küste, den Berg hoch führten neu gebaute Sackgassen, die Verbindungswege zu den am höchsten gelegenen Villen. Aber da, wo ich mich jetzt befand, herrschte ein überzeugendes Durcheinander, hier war kaum etwas erschlossen, hier wucherten die Pflanzen ungezähmt, die kräftigsten, die sich von selbst durchgesetzt hatten. Am Meer gab es solche Buchten nicht, aber an dieser Stelle konnte man so leicht nicht gefunden werden. Sicher, Autos überholten mich. Es regnete, und das verstärkte die Wirkung.

Ich stellte mich, als der Regen heftiger wurde, unter einen Mauervorsprung, der aus einem Abhang, direkt aus der Wiese ragte, es schien der Teil eines verfallenen Bunkereingangs zu sein. Eine Straße führte genau auf mich zu, asphaltiert, aber an den Rändern verwildert. Ich kuckte, während ich das Nachlassen des Regens abwartete, immer die Staße entlang, so weit es ging. Plötzlich erkannte ich eine kleine Katze darauf, die in der Mitte, wie auf einer Trennungslinie so exakt, auf mich zulief, geduckt, aber locker, und je näher sie kam, desto lauter und schneller schrie sie auch, das verzärtelte Katzengejammer, das sich immer wie eine Beschwerde anhört, egal, wen sie treffen. Die Katze sah mich kurz an, aus Augen wie schwarzgeschminkt, und stellte sich ohne Umstände bei mir unter, wobei sie kleine Achten um meine Füße herumging. Sie schnurrte grollend, als ich leise auf sie einsprach, und drückte sich mit aller Kraft in meine Handflächen. Ich hatte mich sofort neben sie gehockt, und wir streichelten und umstrichen uns gegenseitig ohne die geringste Zurückhaltung. Sie rieb ihr nasses Fell an meinen nackten Armen und leckte das Wasser von meinen Händen und steigerte sich darein, daß es fast wehtat. Seit einer Weile schon regnete es nicht mehr, aber ich machte nicht den Anfang mit dem Weggehen.

Sie lief davon ohne Ankündigung, ohne sich umzusehen lief sie den Weg zurück, auf der Mitte der Straße. Ich ging in die andere Richtung fort und hätte auf der leeren Straße am liebsten wie die Katze getänzelt. Und so etwas Ähnliches tat ich ja auch.

Vor einiger Zeit ließ ich im ersten Schuljahr eine Rechenarbeit schreiben. Die Aufgaben waren so abgefaßt, daß alle ein Minimum lösen konnten. Für schnelle Rechner gab es dann gestuft noch Sonderaufgaben. Trotzdem holten sich schon bald die ersten Kinder Bücher aus dem Schrank, nachdem sie ihr Heft vorne abgegeben hatten. Sie behaupteten mit solcher Sicherheit, alles geprüft zu haben, doppelt und dreifach, daß ich nicht widersprach. Die meisten anderen Schüler nahmen das mit Gleichmut hin, blickten kaum hoch und arbeiteten weiter. Einige allerdings sahen eingeschüchtert von der Fixigkeit und verlangend zu den Lesern und vergaßen vor Bewunderung zu rechnen und auf die Zeit zu achten. Besonders ein Schüler, den seine Eltern erstaunlicherweise Eduard genannt hatten, ein zarter, empfindlicher Junge, stützte den Kopf vor Entmutigung in beide Hände. Ich sah, wie er schwitzte und mühsam atmete.

Als der größte Teil der Schüler mit der Arbeit fertig war, schickte ich sie auf den Hof, wo sie in einigem Abstand von den Fenstern, aber noch so, daß ich sie unter Kontrolle hatte, spielen konnten. Ich hoffte, dem Rest, bei aller Bitterkeit, noch in der Klasse bleiben zu müssen, doch eine größere Chance zur Konzentration zu geben, nun, wo sie unter sich waren. Ich schien damit recht zu behalten. Sie fühlten sich wieder unbeobachtet und selbstbewußter, auch bei den Nachzüglern ging es flotter voran. Wer sein Heft abgeben konnte, verließ mit seinem Butterbrot den Raum. Mit den letzten legte auch Eduard sein Heft vorne hin und schoß gleich auf die Tür zu. Ich ahnte ja, daß er gar nicht weitergerechnet hatte, und rief ihn zurück. Obwohl ich ihm zu erklären versuchte, daß ich ihm nur helfen wolle, sah er mich an, als widerfahre ihm durch mich großes Unrecht. Er saß jetzt allein in der Klasse, draußen verstärkte sich der Lärm der spielenden Freunde, und die ersten Tränen tropften auf die Rechenkästchen.

Es war nichts Besonderes, aber ich stand vorn und starrte ihn an und versank dabei so in Gedanken, daß ich ihn gar nicht ansprach, gelähmt von dieser Anschauung einer steinernen Verlassenheit. Sie hätte nicht vollkommener meine einsetzende Erinnerung treffen können. Erst das zornige Schreien des Jungen weckte mich. Ich brach ab und hielt ihm selbst die Tür auf. Hinter den Fenstern tobten die Kinder, und ich sah die Stelle an mit aufgerissenen Augen.

Kapitel V

I

»Ohne zu zögern würde ich, wenn man mich mitten in der Nacht weckte und nicht nach der schönsten – ach, die leidenschaftlichen Augenblicke, die kurzen Momente, die vergräbt man ganz tief in sich, ohne sie je zu vergessen, und es gab sie, es gab sie –, sondern nach der Zeit fragte, in der ich mich am lebendigsten gefühlt habe, antworten: ›Die Zeit meiner zweiten Berufstätigkeit‹, genauso sicher, wie ich bis heute die meisten wichtigen Telefonnummern von damals so dahersagen kann: 262899, 6738113, auch lange Geschäftsadressen, wie Gedichtanfänge aus der Schulzeit: ›Komm in den totgesagten park und schau:/Der schimmer ferner lächelnder gestade/Der reinen wolken unverhofftes blau/Erhellt die weiher und die bunten pfade.‹ ›Du bist Orplid, mein Land!/Das ferne leuchtet;/Vom Meere dampfet dein besonnter Strand/Den Nebel, so der Götter Wange feuchtet!‹ Eine gute Gedächtnisüberprüfung, sich das aufzusagen, auf längeren Wegen, die man allein zu Fuß geht.«

»Mein Instinkt, meine Menschenkenntnis, mein sechster Sinn konnten sich in dieser Zeit am besten bewähren. Ich lernte damals so viele Menschen kennen, bei denen es sich lohnte, sie zu kennen. Ich ging viel ins Theater, in Konzerte, Vorträge, trotz der Erschöpfung am Abend. Ich fühlte mich im Vollbesitz meiner Fähigkeiten, in einem Energierausch. Durch meinen Vater kamen oft Redemptoristen ins Haus, die in der Nähe ihr Kloster und ihre Kirche hatten. Sie waren über die neueste Literatur und Philosophie informiert und wußten andererseits eine Tasse Kaffee sehr zu schätzen, so verschieden alle in ihrer Art, so liebenswürdig, so wach, so besessen von ihrem Beruf. Diese Zeit bedeutete für mich einen energischen Neuanfang und einen Höhepunkt. Ein Höhepunkt waren diese Jahre, und ich habe das auch geahnt.«

»Im Frühjahr 48 kam mein Mann aus russischer Kriegsgefangenschaft zurück. Einen Tag vorher erhielt ich die Mitteilung per Telegramm aus Münster. Ich begriff sofort, daß sich unser Leben radikal ändern würde. Am Tag seiner Ankunft mußte ich selbstverständlich ins Büro wie sonst, konnte aber etwas früher weg. Assessor Wolken wurde weiß im Gesicht, als ich ihm von dem Telegramm erzählte. Mein Vater und die Kinder warteten den Vormittag und Nachmittag am Bahnhof auf ihn. Als sie schließlich enttäuscht nach Hause kamen, war mein Mann am anderen Bahnhof eingetroffen und längst da. Es hatte ihn also niemand abgeholt, und er war den Weg durch die Stadt gegangen in selbstgefertigten Holzsandalen, in einem langen Mantel und mit einer Pudelmütze auf dem Kopf, unrasiert, mit einer handgemachten Brille, in seiner echten Kriegsheimkehrerkleidung. Die Kinder auf der Straße malten es meinen Kindern haarklein aus. Er hätte in Münster durchaus seine Sachen bei Bekannten wechseln können. Es gefiel ihm so besser. Er sagte später selbst, daß er den Weg vom Bahnhof nach Hause genossen habe. Er war nun mal Spätheimkehrer. Da sollten die Leute ruhig staunen. Es erleichterte mich, daß ihn die Kinder verpaßt hatten. Es wäre, besonders für das Mädchen, das gar keine Erinnerung mehr an ihn hatte und sich an einen Fremden gewöhnen sollte, mit Sicherheit ein Schock geworden. Es roch sowieso alles anders an ihm als bei uns.«

»Seine Hände waren zerschunden, alle Zehen erfroren. Er war mißtrauisch und streng geworden. Noch heute träumt er von der Arbeit und dem Hungern in den russischen Baracken. Auch dort hat jeder, der einige Gedichtzeilen auswendig wußte, sie aufgeschrieben und den anderen zur Verfügung gestellt. Mit einem Freund wollte er einmal über den Kaukasus fliehen. Nur der Gedanke an uns, sagte er mir, habe ihn am Leben erhalten.«

»Nach dem Krieg hatte ich eines Tages, als ich aus dem Bürofenster sah, zu meiner großen Verblüffung Dr. Holzmann aus dem Essener Büro entdeckt. Was, dachte ich, kann der begeisterte alte Nazi im Bereich unserer Verwaltungsgebäude wollen? Ich erfuhr, daß er als Architekt in einer der Abteilungen angestellt war. Das wollte ich mir auf alle Fälle merken. Als es um die Entnazifizierung meines Mannes ging, der in Münster notgedrungen der Partei beigetreten war, wußte ich schlagartig, warum ich mir meine Beobachtung eingeprägt hatte. Ich wandte mich an einen damals sehr wichtigen Mann, der im Entnazifizierungsausschuß saß und auch mit unserer Verwaltung locker zusammenarbeitete. Als er sich ablehnend zeigte, legte ich ohne lange zu fackeln meine Karten auf den Tisch: ›Wenn‹, sagte ich, ›mein Mann nicht schnell entnazifiziert wird, schlage ich Krach wegen der Einstellung von Dr. Holzmann!‹ Der Mann war sprachlos und brachte die Sache in Ordnung. Er sagte: ›Junge, Junge, mit Ihnen zusammen könnte man die Welt erobern!‹«

»Schon früh verstand ich, daß ein einziger Satz Katastrophen auslösen und eine Geschichte zum Guten wenden kann. Gern griff ich, wenn ich konnte, ein. Als einmal die Stelle einer Stenotypistin ausgeschrieben war, sowas galt damals als Ringeltaube, meldeten sich Mädchen und junge Frauen in Scharen. Die Zeugnisse gingen alle bei mir ein, dabei fiel mir ein Name auf, den ich aus der Zeit vor dem Krieg kannte: Bergfeld! Es gab in unserer Straße einen Dr. Bergfeld, der sich, wie mir meine Mutter oft erzählte, im Dritten Reich sehr für Juden und für anfallskranke Kinder einsetzte. Jetzt tauchte der Name der Tochter, Anna Bergfeld, Anfang 20, bei mir auf, nachdem wir die Familie solange aus den Augen verloren hatten. Als sie ins Vorzimmer kam, erkundigte ich mich: Beide Eltern waren im Krieg umgekommen. Ich hakte nach: ›Legen Sie wirklich großen Wert auf die Stelle?‹ Das tat sie zwar, schätzte aber ihre Chance wegen des großen Andrangs als äußerst gering ein. Ich bat sie, zu warten, und schilderte Wolken in seinem Büro den Fall. Es sei vielleicht eine kleine Wiedergutmachung an dem Mädchen. Wolken war einverstanden, falls ihre Zeugnisse nicht schlechter seien als die der anderen: ›Wenn Sie meinen, gut! Nehmen wir sie!‹ Ja, ich meinte. Und ich wußte, daß ich in guten Momenten Wolken um den Finger wickeln konnte. Am nächsten Tag brachte sie mir einen großen Strauß Wicken.«

»Nachdem mein Mann eine, wenn auch zunächst einfache Stellung bei einer Zeche gefunden hatte, fürchtete Wolken meine Kündigung. Er gab sich Mühe, besonders nett zu sein. Jetzt saß ich am längeren Hebel. Er versuchte mir einzureden, ich würde zu Hause nach kurzer Zeit verrückt.«

»Es ging so nicht mehr. Unsere Schwierigkeiten wurden zu groß. Ich verdiente mehr als mein Mann. Die Überstunden führten zu Mißverständnissen. Ich wußte, daß meine Zeit um war. Ich kündigte. Nie wieder habe ich die Büros betreten. Es war eine selbstauferlegte Verbannung. Immer wollte ich, daß ein Schlußstrich auch ein Schlußstrich blieb. Nie konnte ich begreifen, wie Leute, die einen Beruf quittiert hatten, sich immer wieder an ihrer Dienststelle herumdrückten und sich so von allen bedauern ließen und ihnen allen, vom kleinsten Lehrmädchen angefangen, einen solchen Einblick in ihre Gefühle gönnten. Die kicherten hinterher doch nur drüber.«

»Ich machte noch einige gut bezahlte Schreibmaschinenarbeiten. So blieben wenigstens meine Finger geschmeidig. Wenn ich, was selten vorkam, einen der Herren traf und sie natürlich fragten: ›Wie geht es Ihnen?‹, antwortete ich immer: ›Ausgezeichnet!‹«

2

Als sie jetzt, mit ihren bloßen Händen, die eher zierlich, aber doch energisch, zupackend, kräftig und von den verschiedenen groben Tätigkeiten ins Breite, etwas Derbe, zugleich aber Weiche, Aufgedunsene verformt worden sind, ins heiße Wasser taucht, zwischen die durcheinander gestapelten Teller und Tassen, nach den sich wiederholenden Vorbereitungen zum Spülen, frage ich mich, wie oft sie das wohl schon gemacht hat, immer dieses Eintauchen der Hände, vor einem Spülbecken mit einer Schüssel darin stehend, am Tag dreimal, in unterschiedlichen Küchen und wechselnden Städten, aber jedesmal in der gleichen Haltung, gegen eine Wand kuckend, in einen kleinen gekachelten Winkel mit eingebauter Seifenschale und Aufhängern für Topflappen und Bürsten. Und, frage ich mich natürlich, überlegt sie das selbst? Ich vermute, ich bin mir ziemlich sicher, daß sie nie versuchen würde, das auszurechnen, aber sie wird das Gefühl haben, daß es sich unendlich häuft, sie wird sich nicht einmal den aufgetürmten Geschirrberg eines Jahres vorstellen, wie man es auf den Reklamen für Spülmaschinen sieht. Ich glaube, sie überläßt sich manchmal, sie gestattet sich bisweilen eine Empfindung, nämlich die, eine unaufhörliche Bewegungsfolge nachzuvollziehen, die ihre Muskeln infolge des langen Trainings beinahe von selbst ausführen könnten, als würde ihr Körper, wenn man ihn vor diese Spülschüssel mit dem dampfenden Wasser darin und diesem ineinanderverschobenen Porzellan im Becken stellt, von einem Automatismus ergriffen, der dafür sorgt, daß alle wichtigen Gesten widerspruchslos ablaufen, wie jetzt das Einspritzen des Spülmittels und das Herumschwenken einer Hand, das alle in der Schüssel befindlichen Gegenstände mit Wasser überschwemmt und zugleich bewirkt, daß sich, zusammen mit einem scharfen Geruch nach Zitrone, ein dicker, hochsteigender Schaum bildet. Wahrscheinlich ist es zu einer Sache geworden wie das Aufschlagen der Lider am Morgen, eine Selbstverständlichkeit, die man hinnimmt, ohne sie eigentlich noch zu bemerken. Nur manchmal spürt sie, denke ich mir, den trägen Kreis der Wiederholungen, ansonsten wird sie sich den Aufwand an Gefühlen der Empörung und das Nachrechnen ersparen und alle Überlegungen dieser Art unterdrücken und sich blind und taub stellen, während ihre Hände eine himmelschreiende, aber notwendige Vergeblichkeit akzeptieren und einigermaßen pünktlich vollziehen, unsystematisch zwar, da werden saubere Teller zwischen die alten geschoben, weil das rechte Spülbecken nicht für das gereinigte Geschirr freigeräumt wurde, da werden auch ganze Stapel von Untertassen – wie können es nur immer so viele sein? – auf einen Schlag aus dem Wasser gezogen, da kracht es von einer Tasse runter, es sind dann immer die angelehnten Teller, die abgleiten, aber sie stellt doch insgesamt, als wäre es das erste Mal, mit Energie und Schnelligkeit und als stünde am Ende wirklich etwas wie ein dauerhafter Erfolg, für den sich Mühe und couragierter Angang lohnen, den status quo, der oft fünf Minuten nach Beendigung wieder ins Wanken gerät, für ihren Haushalt her, erfrischt und im Sinn ihrer Arbeit bestärkt durch die kurzen Pausen mit einem leeren, blanken Becken, durch den friedlichen, ruhigen Anblick der Küche, die stillen Momente, wo sie beinahe unberührt ist, ohne Aufforderung sich um sie herum ausbreitend. Denn, nehme ich weiter an, sie wird sich nicht willentlich dem Zwang, der von gebrauchten Tassen und Bestecken ausgeht, widersetzen können. Sie spült, solange es sich lohnt, einige Teile ab unter fließendem Wasser und packt sie sofort in den Schrank zurück, um das Blanke, Aufgeräumte des Beckens zu erhalten, aber wenn es mehr wird, muß sie, aus Haß geradezu gegen das sich stauende Geschirr, es schnell aus ihren Augen entfernen, so, als wäre die sture Gesetzmäßigkeit der Wiederholung aufgehoben, verflogen, so daß sich vielleicht dann immer für Augenblicke die Illusion einer prinzipiell zu beendigenden Handlung, einer dadurch erreichten Freiheit einstellt. Jetzt aber scheint etwas in sie gefahren zu sein. Das Klappern und Kreischen der aufeinanderprallenden Teller verstärkt sich, sie bewegt das Porzellan so heftig in der Schüssel, daß Wasser überschwappt auf ihren Kittel und den Boden. Sie zerrt so wütend unter dem sauberen Geschirr das halb zugedeckte, schmutzige hervor, daß es einen lärmenden Zusammensturz gibt, und nun, mit heiserer Stimme, ruft sie: »Ha, verdammt nochmal!« und hält ein am Stiel abgebrochenes Glas in der Hand. Sie schnappt sich beide Teile, schon sind sie im Abfalleimer verschwunden, als wäre nichts geschehen, sie aber, munter plötzlich, energisch wieder, gestrafft, hat es vielleicht extra getan oder beinahe absichtlich? Ihr ist unverkennbar eine Art Erleichterung anzumerken nach dem Unfall, so, als hätte sie in sacht ansteigender Wut das Glas direkt gegen die Kacheln geschmissen. Mit wieder erwachter Zuversicht führt sie alles zu Ende, scheuert rasch das Becken, cremt ihre geröteten Hände und wirft einen kurzen, triumphierenden Blick rundum, bevor sie die Küche verläßt. Nicht aus Stolz, natürlich nicht, über die Leistung, aber aus Vergnügen, sich einer lästigen Aufgabe mit gebührendem Pflichtbewußtsein, ohne sich zu drücken, ohne sich durch Aufschub zu entziehen, entledigt zu haben und für eine neue in unverwüstlicher Elastizität bereit zu sein.

3

»Schön, wenn ein Bote mit einem Blumenstrauß für die Nachbarn kommt, nehme ich ihn natürlich an, für die zur Linken allerdings lieber als für die rechten.«

»Man muß sich aber darüber klar sein, worauf sowas, wenn man nicht aufpaßt, hinausläuft: Aus diesen kleinen, meinetwegen selbstverständlichen Gefälligkeiten wird leicht eine Vertraulichkeit, die kaum rückgängig zu machen ist oder nur Ärger und Klatsch zur Folge hat.«

»Viele Leute haben kein Gefühl für die Annehmlichkeiten der Distanz. Man muß von Anfang an bei solchen Kontakten wissen, wie man die Grenzen ziehen will. Dazu darf man sich anbahnende Nachbarschaftsbeziehungen nicht auf sich zutreiben lassen. Zum Teufel, warum sind die Leute immer so darauf aus, einen mit ihrer Intimität zu überschwemmen? Man muß das früh genug selbst in die Hand nehmen und nach seinem Geschmack bestimmen.«

»Heute fragte mich doch wahrhaftig der Nachbar zur Rechten, obschon wir uns bis jetzt eigentlich nur gegrüßt und kaum ein Wort miteinander geredet haben, im großen und ganzen, ob ich für die Ferien seinen Hausschlüssel an mich nehmen würde.«

»Im ersten Moment war ich ziemlich verdutzt, als er mit der Bitte rausrückte. Sowas ist keine angenehme Sache, und woher und warum plötzlich dieser Vertrauensbeweis! Diese Leute halten mit anderen Familien aus der Nachbarschaft wesentlich mehr Verbindung. Ich ließ mir meine Verblüffung deutlich anmerken, absichtlich, und wies ihn auf den Umstand hin, daß er uns doch gar nicht weiter kenne. Aber er lächelte nur vielsagend und meinte, es sei für sie so beruhigend zu wissen, daß für den Notfall bei uns ein Schlüssel zu ihrem Haus liege.«

»Offengestanden käme ich umgekehrt nie auf den Gedanken,

sozusagen wildfremden Leuten einen Hausschlüssel zu geben. Ich zauderte noch etwas. Er sollte spüren, daß ich wirklich nicht daran interessiert bin, weder in ihrer An- noch Abwesenheit in ihrem Haus rumzuspazieren und mich womöglich irgendwelchen Verdächtigungen auszusetzen.«

»Stellen Sie sich die unangenehme Situation vor, wenn bei ihrer Rückkehr etwas nicht in Ordnung wäre oder vermißt würde. Einem mit so einer Sache zu kommen!«

»Ich weiß gar nicht, ob ich es unverschämt oder rührend fand. Aber sowas passiert einem eben gerade dann, wenn man sich besonders zurückhaltend zeigt: Die Leute vermuten, daß man seriös ist. Er hörte nicht auf zu drängeln. ›Also schön!‹ sagte ich schließlich, ›bringen Sie mir den Schlüssel in einem Umschlag vorbei. Aber erwarten Sie nicht, daß ich zwischendurch nach dem Rechten sehe. Sie werden den Umschlag ungeöffnet zurückkriegen, wenn nicht gerade das Haus abbrennt.‹«

»Eine Stunde später stand er wieder vor der Tür mit dem Umschlag und einem üppigen Blumenstrauß.«

»Ehrlich gesagt, ich war wieder verdutzt. Aber diesmal verriet ich es nicht, ich habe den Strauß erfreut zur Kenntnis genommen, aber doch mit genügender Kühle. Bloß nichts zu Privates in diese Angelegenheit kommen lassen, er sollte ruhig bei seinem ›Gnädige Frau‹ bleiben.«

»›Gut‹, sagte ich unerschütterlich und sah mir den Umschlag an, ›jetzt kleben Sie ihn zu und legen ihn an diese Stelle.‹«

»Das haben wir tatsächlich gemeinsam getan!«

»Andere mögen das lächerlich finden. Ich weiß aus Erfahrung, daß solche Vorsichtsmaßnahmen nicht überflüssig sind. Und genau da wird er sich in vier Wochen seinen Schlüssel wieder holen. Eine Art Geschäftsvorgang und hinterher keine Besuche in Pantoffeln und kein Geduze, mal so symbolisch gesprochen.«

»Er hat alles ganz gehorsam mitgemacht, wie ich es wollte. Was blieb ihm auch übrig. Natürlich versicherte er ein paarmal, er würde uns jederzeit einen Gefallen tun. Dazu wird es gar nicht kommen!«

»Mit Feindseligkeit hat das nichts zu tun. Als er sich verabschiedete, meinte er: ›Sie sind so korrekt. Wir sind doch Nachbarn!‹ ›Sicher bin ich korrekt. Ich nehme an, deshalb haben Sie sich an mich gewandt. Schönen Urlaub!‹ Peng! Damit, denke ich, ist das Verhältnis geklärt.«

»Ganz davon abgesehen beanspruche ich nicht gern die Hilfe

anderer Leute. Nehmen Sie nur mal diese lose mit uns befreundete Frau, die wir im Theater treffen! Wir müßten nur nach der Vorstellung auf sie zukommen, sie würde uns sofort mit ihrem Wagen nach Hause bringen. Aber es widerspricht meinem Charakter, jemanden so auszubeuten. Obschon ich dieses armselige Busfahren hinterher, diesen Pferdefuß, so hasse, daß ich lieber ganz zu Hause bliebe. Bei mir muß eine Sache aus einem Guß sein, aber lieber noch nehme ich Umständlichkeiten in Kauf, als mich auf solche Abhängigkeiten einzulassen. Das meine ich ganz grundsätzlich!«

»Wenigstens in diesem Bereich will ich meine Freiheit und die Dinge so steuern, wie es mir paßt.«

4

Ja, eines Abends, als wir einen ganzen Nachmittag einfach nebeneinandergesessen hatten, nach versuchsweisen, unglücklichen Berührungen, sind wir schließlich ins Kino gegangen: Jetzt saßen wir mit vielen Leuten gemeinsam nebeneinander und hintereinander im Hellen und dann im Dunkeln. Als der Hauptfilm anfing, merkte ich, wie ich mich behaglich auszustrecken begann. Er legte plötzlich zufällig seine Hand auf meinen Arm. Im Film sahen sich ein Mann und eine Frau lange in die Augen, bis sie vor Lust lächelten. Später biß sich die Frau, als der Mann noch einen halben Meter von ihr wegstand, vor Aufregung in die eigene Schulter. Wir zogen nach Hause wie neugeboren, voller Zutrauen wieder zu uns.

Ja, ich bin durch die Stadt gegangen, ich dachte wirklich überhaupt nichts, Einkaufsbeutel hingen immer in einer Höhe, kaum ein Mensch war da, der keine Plastiktüte trug. Damenoberbekleidung, Brathähnchen, Schnittblumen, Zeitschriften, alles wanderte friedlich durch mich hindurch und hinterließ nichts. Ich empfand mich insofern als ganz bei Trost, als mein Körper die alten Umrisse hatte, das war aber auch alles. Plötzlich sah ich Jürgen in einem Buchladen. Er stand vor einem Regal mit wissenschaftlichen Büchern. Sicher, ich wollte ihn hier in der Nähe treffen, aber im Gehen hatte ich es vergessen. Jetzt war ich erstaunt, wie er so für sich allein, in ein Buch vertieft, sich mit einer Hand gegen das Bord stützte und einmal mit der Verkäuferin sprach wie ein vollkommen für sich abgeschlossener Mensch. Er konnte ja ein Fremder sein wie jeder andere, und wie gut ich ihn deshalb leiden mochte! Da ging ich mit frischem Schwung ohne was zu verraten zu unserem Treffpunkt.

Ja, ich saß kürzlich im Bus und sah nach draußen. Zwei Frauen stiegen ein und nahmen hinter mir Platz. Ich achtete nicht weiter auf sie. Da sagte die eine: »Eben, man fängt dann von Null an.« Sie setzten offenbar ein Gespräch, das sie schon an der Haltestelle geführt hatten, fort. Ich hörte nun extra hin. »Eine Frau muß ab und zu mit anderen Frauen zusammen sein, um sich zu kontrollieren. Männer machen es ihr zu einfach. Jetzt kann sie sich nicht hinter der alten Weiblichkeit verstekken. Es entsteht ein echter Streß.« »Weiß Gott!« sagte die andere. Das interessierte mich sofort. Sie wechselten leider das Thema, aber ich dachte noch darüber nach und gab ihnen recht.

Ja sicher, in den ersten Tagen ging ich hinter hohen Bäumen spazieren. Wie hier der Eindruck des Tropischen überzeugend hergestellt wurde, begünstigt durch den leuchtenden Himmel, das Licht, das alle Dinge so packte, und etwas gefiel mir mehr als alles andere: Zwischen den Stämmen, durch das wuchernde Grün hindurch sah ich immer das einfache blaue Wasser, so zierlich und so kühn gleichzeitig. So wünschte ich es mir. Von einem Vorsprung aus entdeckte ich plötzlich die Straße, die krachend und splitternd die Bäume und das Meer auseinandertrennte. Ja, da war immer ein Geheul. Ich wußte das in Wirklichkeit die ganze Zeit über! Und doch, als ich es so vor Augen hatte, schlug es mir wie ein Schock auf den Magen, und ich kehrte um in einer Unruhe, in einer Nervosität.

Ja sicher, eines Morgens fuhr ich an den Leuten vorüber, die unterwegs waren zum Strand. Ich saß ja nicht am Steuer, ich konnte sie in Ruhe ansehen. Sie trugen Badetaschen, Bälle, Gummireifen, alles ganz richtig, auch eine bestimmte Sommermode hielt man ein. Nur mit einem Mal glaubte ich ihnen nicht, daß sie diese Gesten von sich aus machten, diese Ferien, diese Strand- und Meerbewegungen. Sie schienen etwas nachzuahmen, für sich und die anderen, mit denen sie in einer Gemeinschaft lebten in dieser Gegend, die gar nichts mit ihnen zu tun hatte. Sie schoben genüßlich die Brille auf die Stirn, sie schwenkten ihre Handtuchrollen mit heimlicher Raffinesse, und ich spürte bis auf meinen Sitz trotz des raschen Vorüberfahrens an ihnen das Aufblitzen einer Genugtuung, als zwei großartige Motorräder sie im Entlangbrausen gegen eine Mauer drängten. Kurz darauf, als ich ausstieg, selbst etwas trug, selbst ging und geblendet von der Sonne meine Brille aufsetzte, fühlte sich alles von innen natürlich an.

Ja sicher, ich ging morgens abschätzig ins Wasser. Ich starrte auf die Abflußrohre, ich roch am Meer fast verdrießlich in meinem Mißtrauen und hinterher an meiner nassen Haut. Aber einmal, eines Morgens, war alles anders. Ich weiß nicht, was. Ich rannte ins Wasser, das so ruhig und klar über dem Grund lag, als wäre es Luft und doch mit allen schwelgerischen Vorzügen des Wassers. Ich tauchte mein Gesicht tief ein, ich ließ das Wasser in meinen Mund laufen und in meine Augen, ich vergaß alle Bedenklichkeiten. Ich wußte vor Entzücken schon nicht mehr, ob ich wach war oder döste, so faltete ich mich auseinander und zog mich zusammen und wieder auseinander, wie eine Qualle, die sich durchströmen läßt. Als ich mich trockenrieb, fragte ich mich, ob ich mir etwas vorgemacht hatte, aber nein, es war eine glückliche Eingebung gewesen, stark genug, um sich durchzusetzen.

Natürlich, einmal beobachtete ich, lange bevor die erste Stunde anfing, wie ein Schüler mit einem Ranzen auf dem Rücken in die Mitte des leeren Hofes rannte, dort, als er mit einem Rundblick feststellte, daß er allein war, stehenblieb und in ein ernstes Auf- und Abgehen verfiel. Er kam aus einer der undeutlichsten Familien der Schule und erschien hier so früh, weil sich um diese Zeit dort alles zu den verschiedensten Beschäftigungen auflöste. Als der zweite Junge auftauchte, begrüßten sie sich, wie Arbeitskollegen murmelnd, mit einem Handschlag. Kurz darauf füllte sich der Hof in schnellen Schüben, die Schüler standen in Gruppen und Paaren, rissen sich an den Haaren und lachten hinter einzelnen her. Ich sah ihnen zu, diesem Aufnehmen auch und dem Ausstoßen, den Annäherungen und Beleidigungen. Später, in der Klasse, hätte ich mich am liebsten totgestellt, denn ich beteiligte mich ja an den ununterbrochenen Einwirkungen, von denen eine jeden irgendwann erwischte, nie konnte ich ahnen, wann und wen und welche, und zwar so erbarmungslos, daß sie das Urbild für seine späteren Albträume abgeben würde. Ich wußte es ja so gut, und mir senkten sich die Hände an den Seiten runter.

Natürlich, erst kurz vor Ferienbeginn hatte sich Peter Krüger so stürmisch gemeldet. Ich sah bei soviel Aufregung das Unglück schon kommen und versuchte, ihn mit beschwichtigenden Handzeichen zu vertrösten, aber er war schon dabei, vor Hektik seinen Stuhl umzuwerfen. In solchen Zuständen stößt er röchelnde Laute aus, wenn man ihm nicht freie Bahn läßt. Und nun durfte er reden, soviel er wollte, und starrte mich an und keuchte nur. Mich überraschte das nicht, wie er würgend sprechen wollte, daß ihm die Augen aus dem Kopf traten, keiner störte ihn, er stammelte gegen einen Widerstand an, er wehrte sich vor unseren Augen, und er wurde blaß dabei, gegen einen Außendruck, gegen ein ungeordnetes Klappern der Kiefer. Auch mir kam kein Wort über die Lippen, um ihm zu helfen. Wie hätte das auch sein können. Er, er durfte schließlich schluchzend sich zurückfallen lassen, aber ich mußte gleichmütig darüber hinweggehen, als wäre es die Privatsache eines einzelnen.

Natürlich, als ich vor einiger Zeit zu spät in die Klasse kam, empfing mich ein Höllenlärm. Niemand nahm Notiz von mir, ich wurde überhaupt nicht bemerkt. Schon wollte ich mit dem großen Lineal auf das Pult hauen, um auf meine Anwesenheit hinzuweisen, da faßte mich viel stärker das Bedürfnis, sie gewähren, ihre verschiedenen Qualitäten aufeinanderschlagen zu lassen. Wie auf einer Urinsel sollten sie sich von selbst entfalten in ihrer Zerstörungswut und -begeisterung, so wüst sie nur wollten. Aber ich war ja bei Verstand. Ich gönnte es mir nicht und änderte alles.

I

»Absolute Finsternis ist etwas Grausames. Vor nichts, vor keinem Menschen habe ich in meinem Leben unüberwindliche Angst gehabt, nur vor der Dunkelheit. Mein Vater war ein jähzorniger Mann, aber schon damals, in meiner Kindheit, stellte er uns ein Öllichtchen ins Schlafzimmer. Sehr gut verstand ich die Furcht meiner beiden Kinder, abends, noch dazu ohne Flurlicht, den langen Gang zum Klo neben der Kellertreppe zu gehen.«

»Meine Tochter raste jeden Mittag, wenn sie von der Schule kam, die paar Stufen vor der Haustür hoch, drehte wild an der Klingel, riß den großen Schlüssel vom Haken, warf den Ranzen hin und stürmte den Flur entlang zum Klo. In der Schule sollte sie da nach Möglichkeit nicht draufgehen, weil sich die Klos dort in der finstersten Hofecke befanden, in nicht beaufsichtigten Baracken. Sie schaffte es immer gerade bis nach Haus. Sobald es dämmerte, ging sie nur noch singend dorthin. Man hörte das im ganzen Haus: ›Was haben Sie nur für ein frommes Kind!‹ sagte mir eines Tages eine Frau von oben. Meine Tochter sang immer Kirchenlieder, sehr inbrünstig in ihrer Angst. Wenn es richtig dunkel war, traute sie sich auch nicht mehr allein mit einer Kerze hin. Dann mußte jemand an der Wohnungstür Wache halten, oft mitten in einem Rundfunkkonzert oder Hörspiel, und selbst dann wurde auf dem Hin- und Rückweg vor Grausen gerannt.«

»Mein Sohn war älter und tapferer. Wenn er allerdings nachts zum Klo mußte, brauchte auch er jemanden, der aufpaßte. Ich weiß, daß er manchmal lange mit sich kämpfte, weil er wußte, daß ich trotz meiner Müdigkeit nach dem Wecken schlecht wieder einschlief. Oft war ich durch seine unruhigen Bewegungen schon wachgeworden und spürte, wie er sich anstrengte, mutig zu sein und allein zu gehen. Wir schliefen in einem Raum, ich hörte ihn seufzend atmen. Schließlich kam dann doch immer das leise, geflüsterte: ›Mutti?‹, und während ich mir den Morgenmantel anzog, wußte ich genau, daß er es von Mal zu Mal mehr als Niederlage empfand. Eines Nachts wurde ich durch ein Geräusch an der Tür geweckt. Ich sah gerade noch, wie mein Sohn sie hinter sich zuzog. Ich habe mitgezählt. Er mußte durch das kleine Wohnzimmer, die Küche, dann die Wohnungstür aufschließen, und nun folgte das Schlimmste: der schwarze Flur! Licht wurde auf dem ganzen Weg nicht angeknipst. Er hatte aber eine Taschenlampe. Er mußte also seine Angst auch noch gut unter Kontrolle halten, leise sein und darauf achten, daß er nirgends anstieß. Wir lebten ja nicht allein in der Wohnung. Man war immer gezwungen, Rücksicht zu nehmen. Ich hörte, wie er sich ohne Lärm entfernte, und ich hörte, wie er zurückkam. Natürlich stellte ich mich schlafend, um ihn das Vergnügen, niemanden geweckt zu haben, auch genießen zu lassen. Dabei lag ich hellwach vor Erleichterung und Freude. Ich wußte ja, wie entscheidend so eine Überwindung der Furcht ist. Es war wie die Ohrfeige, die ich vor vielen Jahren dem Blechmond gegeben hatte.«

»Meine Tochter erinnerte mich immer sehr an meine jüngste Schwester, auch so ein furchtsames, empfindliches und dünnes Geschöpf. Bei der ersten Kälte hatte sie Frost in den Zehen und abgestorbene Finger. Sie brach sehr leicht in Tränen aus. In der ersten Zeit nach Österreich fürchtete sie sich vor jedem Auto. Im Winter stand sie, wenn die anderen Schlitten fuhren, gleich zu Anfang schon zitternd mit blauen Backen am Rand. Einmal schellte abends die dicke Frau Blum von gegenüber, eine Frau, mit der ich mich nie abgab, an der Tür. Meine Tochter stand auf der Küchenbank. Ich zog sie gerade aus. ›Ich wollte das Taschentuch von meiner Tochter Karin holen‹, sagte diese Frau, ›es ist bei Ihnen liegengeblieben!‹ Nun hatte ich meine eigene Tochter kurz vorher mit dem Taschentuch zu Blums rübergeschickt. Als ich sie mit rotem Kopf auf der Bank stehen sah und das höhnische Gesicht der Frau Blum, die versicherte, bei ihnen sei nichts abgegeben worden, verlor ich die Nerven. Zum ersten und einzigen Mal verhaute ich meine Tochter, mit einem Kochlöffel, der auch sofort kaputtsprang. Nicht, weil ich so fest, sondern weil ich so ungeübt damit umging. Das fehlte mir noch, daß meine Kinder stahlen! Was sich dann herausstellte, war aber dies: Meine Tochter hatte lediglich mal wieder Angst gehabt und das Taschentuch, um nicht ins dunkle Treppenhaus zu müssen, unten in einen Haustürwinkel gedrückt. Da fand ich es mit Frau Blum zusammen. Ich wollte mich natürlich überzeugen.«

»Um so glücklicher machte mich eines Tages dies: Ich traute meinen Augen nicht, an einem Nachmittag, im Dämmern, in ihrem kindischen Anzug, aus einem alten Militärmantel geschneidert, über die bekritzelten Bürgersteige weg, kam mir meine Tochter mit rudernden Armen strahlend auf Rollschuhen entgegengebraust. Weil sie nicht bremsen konnte, ließ sie sich einfach vor mir hinfallen, rappelte sich auf, fuhr davon und das ein paar Mal so hin und her. Ich bin wie angewurzelt stehengeblieben. So etwas hatte ich gar nicht mehr für möglich gehalten. Der mühsam erkämpfte Lebertran, die Kalk- und Vitamintabletten, die Geschichten aus meiner Kindheit, die ich ihr erzählte, wie ich gegen Angst und Zaudern anstritt: Es war nun doch nicht vergeblich gewesen! Ganz überraschend, auf geliehenen Rollschuhen, brach es durch. Der Krieg und die Nachkriegszeit, mit allen Schocks und Schrecken, hatten doch nicht auf der ganzen Linie gesiegt.«

»Etwas Ähnliches, für mich noch Sensationelleres, passierte einige Zeit später. Da ich selbst, wegen einer Herzschwäche, nie Schwimmen lernte, hielt ich es immer für eine besonders hervorragende Fähigkeit. Meine Tochter, die schon am ganzen Körper bebte, wenn sie nur eine Minute im Wasser war, besuchte einen Kursus für orthopädisches Turnen, zu dem auch gelegentlich das Baden in einer Halle mit gewärmtem Wasser gehörte, eine Anlage in einem Krankenhaus für Kriegsversehrtensport. Sie berichtete manchmal von ihren gymnastischen Übungen, mehr nicht. Wieder war es ein Nachmittag, als ich schon im Dämmern nach Hause kam und auf dem Küchentisch, neben einer brennenden Kerze – für so triumphal hielt sie den Augenblick selbst! – ihr Freischwimmerzeugnis vorfand. Vor Freude mußte ich mich hinsetzen, obschon ich der Sache nicht in jedem Punkt traute und eher annahm, man hätte es ihr zur Ermutigung ausgestellt. Ich überzeugte mich aber: Durch eine Glasscheibe sah ich sie tatsächlich eine Viertelstunde schwimmen, unbekümmert und fröhlich in dem warmen Wasser und von einem ein Meter hohen Aufbau mit krummen Beinen ins Becken springen, mit so viel Schwung, daß das Gestell hinter ihr zusammenkrachte. Es zeigte sich plötzlich, daß trotz aller Zweifel, Sorgen, etwas entstand, das Hoffnung machte! Nicht immer nur ich selbst war es, die Optimismus austeilen mußte, es strahlte wie ein Lob, wie eine Belohnung auf mich zurück.«

»Lob und Bestätigung waren es auch, die mir fehlten, als ich meinen Beruf an den Nagel gehängt hatte. Es gab nichts zu kämpfen, keinen Widerstand, um meine wirklichen Fähigkeiten daran zu prüfen. Diese Resonanzlosigkeit setzte mich damals unvorbereitet wie in einer Wüste aus. Ich ging nun mit beiden Kindern viel an Schaufenstern entlang, an Möbel-, Porzellan- und Blumengeschäften, auch an Parfümerien. Oft sah ich mir eine Tasse, eine Topfblume zehnmal an, bevor ich sie kaufte. In winzigen Andeutungen kehrte ein bißchen Luxus bei uns ein. Auch Luxus empfand ich immer, besonders in der ärgsten Zeit, in der trübsten Stimmung, als große Ermutigung. Mit ein bißchen Parfüm unter der Nase konnte man auf bessere Umstände hoffen. ›Was wäre das Leben ohne die Träume!‹ zitierte mein Mann gern, der überhaupt gern zitierte. Ich stimmte ihm in diesem Punkt zu. Er hatte eine Stelle im Rheinland angenommen, es wurde dort später ein kleines Reihenhaus für uns gebaut. Vorerst lebte ich mit den Kindern noch in Bochum. Oft, zu allen Jahreszeiten, gingen wir, schon im Dunkeln, an den erleuchteten Schaufenstern vorbei, gespannt, ob die Vase, der kleine Schrank, der Übertopf noch ausgestellt sein würden, und standen lange davor. Das waren die Ziele auf unseren Spaziergängen. Das Problem der Zeitknappheit existierte ganz plötzlich nicht mehr.«

2

Sie ist plötzlich, wie beflügelt von einer Idee, angespornt von einem nicht erkennbaren Motiv, die Treppe hochgelaufen und sperrt jetzt die Tür des Kleiderschranks weit auf. Sie schiebt die manchmal doppelt und dreifach behängten Bügel auf der Metallstange vor und zurück. Das so entstehende Kreischen stört sie nicht, sie scheint eilig zu sein, sie preßt die eng gedrängte Kleiderreihe mit beiden Händen auseinander, und im Nu hat sie einen ganzen Arm voller Kleider und Röcke gepackt, die sie im Schlafzimmer mit einem Ruck über das Bett wirft, dann aber sanft ausbreitet, und erst jetzt sehe ich auch, daß die meisten Kleider in Plastikhüllen stecken. Sie steht davor, geht mit knallenden Schritten daran entlang, denkt nach, mustert das Angebot. Dann zieht sie sich aus, behält allerdings die Schuhe an, riskiert lieber, mit dem Absatz im Saum hängen zu bleiben, ist jetzt im Unterrock und stülpt sich eins der Kleider über den Kopf, holt es zupfend und ziehend am Körper herunter. Ein grasgrünes Seidenkleid, sie sieht auf einen Schlag blaß aus. Noch bevor sie in den Spiegel geschaut hat, greift sie zu einem Lippenstift und schminkt sich mit kurzem Tupfen den Mund, und nun erst betrachtet sie sich richtig ausgiebig, mit Hin- und Herschwenken der beiden beweglichen Seitenscheiben des Spiegels, bis ans Fenster zurücktretend und dann wieder mit schnellen Schritten auf das Spiegelbild zukommend. Sie legt nacheinander drei verschiedene Ketten um und prüft besonders gründlich die Länge, konzentriert, mit manchmal sichtbarer Zungenspitze. Dann steht sie wieder da im Unterrock, gelb glänzend, probiert ein anderes Kleid an, fährt sich zwischendurch mit Lippenstift über den Mund, mit dem Kamm durch das Haar, unterschiedlich zufrieden. Ein trüber Tag! Das graue Wetter ist auch in das Zimmer eingedrungen. Ja, deshalb hat sie sich plötzlich entschlossen, helle, dünne Kleider anzuziehen, sie will sich in bessere Stimmung bringen. Es scheinen alte und neue Sachen zu sein, sie lächelt erwartungsvoll, kühn manchmal, von einem zum andern Kleid verändert, auch am Körper, mit wechselnden Schritten gehend, eine Stimmung möglicherweise nachahmend, eine frühlingshafte, eine Sommertagsstimmung, ja, sie tröstet sich über diesen kahlen Nachmittag weg, indem sie eine hellblaue Bluse anzieht und unvermittelt zart, mit blasser Haut und leicht gefärbtem Mund in den Spiegel kuckt und das enge Anschmiegen des Stoffs über den Hüften begutachtet und das jetzt nur genießen will und nicht, wie ich anfangs vermutete, Ändern oder Ausbessern im Sinn hat. Sie tut nur so, sie kuckt nur zwischendurch so streng die Saumlänge und die Weite der Ärmel an. Sie hat dieses strenge Strahlen im Gesicht, ich kenne es mittlerweile ja gut, wenn ihr in Wirklichkeit etwas Spaß macht und sie das nicht zugibt, weil sie es einordnen will und summieren in ihrem straffen, von einer Pflicht zur nächsten sich fortbewegenden Tageslauf und sich nicht aus dem exakten Takt bringen lassen will durch diese Pausen, dieses Ausgleiten und Ausufern eines nicht geplanten Vergnügens. Sie hat jetzt einen Badeanzug an, der noch ungetragen ist. Das Preisschild hängt ihr über die Schulter. Er sitzt eng an, ihr weißes Fleisch staut sich an den Übergängen ein bißchen. Es ist ein fremder Anblick, ihr Körper wird auf einmal beinahe schmächtig und empfindlich, sie schwimmt ja nie, und sie selbst starrt sich an, ungläubig, in dieser sportlichen Kostümierung. Rührend und klein ist ihr Körper, sie sieht gut aus, auch mit der Bademütze, die das Gesicht etwas nach vorn preßt, ich weiß gar nicht, was sie so hilflos macht, und sie schneidet ein Gesicht, als wäre sie tapfer. »Für alle Fälle«, sagt sie noch immer fassungslos, und einen Augenblick ist ihr über sechzigjähriger Körper fast nackt, glatt und viel gerundeter, als man es in Kleidern vermutet, und schnell, schnell zieht sie Strümpfe und Schuhe an und läuft auf hohen Absätzen im Unterrock eine kleine Runde im Zimmer. Sie sammelt die Kleider ein. Natürlich, sie wird sich fragen, wann sie das anziehen soll, diese teuren, eleganten Kleider, die sie sich jetzt leistet, die sie unvorhergesehen kauft, an trüben Tagen wie diesem, wenn sie plötzlich in die Stadt fährt und mißtrauisch die Reden der Verkäuferinnen anhört, argwöhnisch und vertrauensselig und, den Vorgang durchschauend, verführt werden will, nein, überzeugt vom eigenen Augenschein und zugleich betäubt vom diskreten Lob einer Direktrice, und sich beim Kaufen nicht fragt, wo sie wirklich so chic und souverän, wie sie es ist mit diesem Zeug, auftreten wird, wo die Anlässe sind. »Verdammt!« wird sie sich zu Hause sagen, »nur das Kaufen ist die eigentliche Freude, was dann kommen soll, bleibt aus, die Gelegenheit!«, und ist doch stolz, daß sie es trotzdem tut, vielleicht macht sie es – wie sie jetzt flötend, jetzt ganze Liedzeilen singend, die Kleider zurücklegt! –, weil sich mit den Kleidern etwas herstellen läßt, ein Gang in die Stadt, eine Urlaubsfahrt, vielleicht ist es eine Sache des Kopfes, der Verschwendung aus Disziplin und Zähigkeit, und gut erhaltener Träume. Ja, das hat sie vielleicht bewogen: diese Verdeutlichung, Vergegenwärtigung vor sich selbst.

3

»Ich meine, man sollte in einer Situation möglichst schnell wissen, was man will und wieweit man bereit ist, sie sich von selbst entwickeln zu lassen.«

»Man kann dann viel leichter nett und großzügig sein. Heute morgen tauchte hier ein kleiner Hund auf. Ich stand in der Küche, die Tür zum Garten war ein bißchen geöffnet. Plötzlich höre ich, wie jemand von außen dagegen stößt oder schlägt. Ohne zu überlegen, habe ich die Tür aufgerissen und hätte beinahe auf eine Hundepfote getreten.«

»Da stand also, direkt vor meinen Füßen, so ein flacher, struppiger Dackel, ja, Dackel wohl, und wedelte fürchterlich mit dem Schwanz, mit dem ganzen Körper. Ich konnte so schnell gar nicht sehen, wo Anfang und Ende war. Alles bewegte sich jaulend vor meinen Augen und riß mir als erstes einen Strumpf kaputt. Ich finde das ziemlich abstoßend, ich habe keine Beziehung zu Hunden, erst recht nicht zu so rattenähnlichen, es fehlte nicht viel, und ich hätte instinktiv nach ihm getreten und die Tür zugeworfen.«

»Ich glaube, es war in all den Jahren der erste Hund, der in unseren Garten gekommen ist. Er muß sich durch den Zaun gezwängt haben. Inzwischen wischte er schon in die Küche, an meinen Schuhen vorbei, winselte da weiter rum und schlug immer so widerwärtig mit dem Schwanz auf den Boden und gegen die Tischbeine. Wie gesagt, ich bin kein Hundefreund, nicht mal ein Tierfreund. Die Vögel allerdings, die ziehe ich im Winter mit durch. Ich hasse diese Aufdringlichkeit, dieses Anhängliche. Und nun patschte er also mit seinen dicken Pfoten über den Fußboden und rollte sich und schien es aus irgendeinem Grund eilig zu haben. Er bewegte sich sehr schnell und versuchte dann wieder, an mir hochzuspringen.«

»Wirklich, ich hatte viel eher das Gefühl, daß da eine große Ratte in die Küche geschossen war als ein Hund, und ekelte mich entsprechend.«

»Aber nun war er einmal da und von mir nicht automatisch zurückgedrängt worden. Er wollte ganz offensichtlich was, er hielt es fast nicht mehr aus, so rannte er herum und bellte und jammerte, dieser typische Hundebettelton.«

»Ich sah zuerst mal von oben auf ihn runter und versuchte ihn mir vom Leibe zu halten. Er trug ein Halsband, und das Fell war nicht gerade räudig, aber sehr zerzaust. Für mich stand sofort fest, daß ich ihn keinen Augenblick länger als nötig bei mir behalten würde, aber, verstehen Sie, ich hätte ihn auch nicht mehr einfach aussperren können.«

»Also habe ich kurzentschlossen Wasser in einen alten Teller gegossen, schon ausrangiert, ich habe ihn hinterher gleich weggeschmissen. Das war es wohl! Er wollte gar-nicht mehr vom Saufen hochkommen und kippte aus Gier das meiste auf den Boden. Dann stellte ich ihm auf einer Zeitung ein paar Happen Brot mit Leberwurst hin.«

»Das Schwanzwedeln wurde schlimmer, er geriet außer Rand und Band vor Begeisterung. Meine Güte, hat der geschmatzt und fast die Buchstaben von der Zeitung geleckt! Ich kuckte mir von oben an, was er unten auf dem Fußboden alles trieb.«

»Wenn er mir zu nahe kam, schob ich ihn mit dem Fuß weg.«

»Es war schon komisch, so mitanzusehen, wie es ihm schmeckte und wie er sich langsam beruhigte und mit seinen Augen aus dem Fell heraussah. Manchmal meine ich, daß Tiere vor Zufriedenheit lachen können. So sah er aus.«

»Gut also, er war satt. Und was machte er? Er legte sich in eine Ecke und wollte da zweifellos gemütlich sein Lager aufschlagen.«

»Und hier, sehen Sie, ist der Punkt! Daraus wurde nichts. Hier war der Schluß!«

»Weiter als bis hierher wollte ich es auf gar keinen Fall kommen lassen. Ich habe eine Zeitung genommen und ihn in Richtung Haustür gedrängt und geschubst. Natürlich gefiel ihm das nicht, er kuckte mich an und tat, als verstünde er nicht, und sträubte sich. Ohne ihm wehzutun, drückte ich mit den Schuhen energisch nach. Schließlich hatte ich ihn an der Tür, und zack, war er draußen. Er hat sich dann auch schnell getrollt.«

»Mir blieb ein kaputter Strumpf, aber die Sache war erledigt, schnell und schmerzlos. Schon ging die Geschichte, wie von mir beschlossen, zu Ende.«

»Sehen Sie, darauf wollte ich hinaus. Ich glaube, daß Lebewesen klare Grenzen brauchen. Als Kind lag mir daran, beim Einschlafen die Abgrenzungen des Bettes zu spüren. Ich habe mich gern mit den Füßen und Armen dazwischen weit ausgebreitet und dagegen gestemmt. Es war für mich schrecklich, nicht deutlich die Bettkanten zu fühlen, wenn ich bei anderen Leuten auf Sofas oder Matratzen schlief, die sich im Dunkeln endlos dehnten. Ich rührte mich dann nicht vom Fleck, hielt den Atem an und wickelte nur vorher fest die Decke um mich, um wenigstens ein bißchen abgeschlossen zu sein.«

»Als Erwachsener kann man die Sachen selbst anpacken.«

4

Ja, wir befanden uns eines Nachmittags in bester Stimmung! Beide saßen wir in einem Zimmer, jeder arbeitete für sich. Ab und zu stand einer von uns auf, stieß den anderen leicht an und sagte etwas Freundliches. Er stellte sich hin und lobte: die gerade Nase, die gebogene Nase, den weichen Mund, den entschlossenen Mund, das kräftige Bein, das schlanke Bein. Plötzlich begriff ich, weshalb wir das taten: um vor uns verschieden zu erscheinen, um einen Kontrast herzustellen! Ich wartete an meinem Schreibtisch, bis er kam, und hörte mir an, mit welcher Sicherheit er es fehlerlos vorführte. Und nach einer Weile machte ich es wieder, jetzt aber ein bißchen befangen, mechanisch, er merkte nichts.

Ja, wir gingen eines Tages schnell, bei kaltem Wetter, eine lange, breite Straße entlang, in die der Wind fuhr. Es war anstrengend, überhaupt vorwärtszukommen, wir hatten beide die Hände tief in den eigenen Taschen vergraben und hielten stur die Köpfe gesenkt. Ich erzählte ihm von einem Erfolg in der Schule, und er sagte: »Toll!« Dann beschrieb ich ihm eine Sache, auf die er wieder mit »Toll!« antwortete und noch etwas Drittes. Da sagte er: »Toll, toll!« Nun fiel mir ein, daß so immer die Eltern im Nachbargarten mit ihren kleinen Kindern sprechen, wenn sie Ruhe haben wollen. Sie rufen geistesabwesend ein übertriebenes »Bravo« und haben sie prima abgewimmelt. Er benahm sich genauso. Er fühlte gar nicht meine Gegenwart, er reagierte nur auf eine Stimme, die ein Geräusch in seinem Ohr machte, als würde es ihn an einer Stelle kratzen. Nicht die geringste Bosheit war im Spiel. Ich ging schnell mit ihm weiter in der zugigen Straße, noch schneller, als ließe sich der aufsteigende Kummer so mit den Füßen niedertreten in den Boden.

Ja, kürzlich trafen wir einen alten Schulfreund von ihm. Er schlug Jürgen immer auf die Schulter und boxte ihn vor die Brust, als wären sie beide fünfzig. Dieser Mann stand in der Mitte des Lebens, er hatte schon alles und wollte seine Munterkeit zeigen. Was er da verbreitete mit seinen Gesten, gefiel mir nicht, solche hoffnungslose Behäbigkeit in diesem Alter! Aber dann erzählte er von Jürgen als Schüler. Da hörte ich zu! Ich stellte mir vor, wie er mit diesem vertrauten Mund diesen neuen Satz gerufen hatte, mit diesen bekannten Händen etwas so Unbekanntes damals gemacht hatte, alle diese Handlungen, nun so überraschend zu ihm gehörig. Als der Mann wegging, hielt es aber nicht vor.

Ja sicher, einmal entdeckte ich etwas außerhalb, aber unmittelbar am Meer, ein Haus, das zum Verkauf angeboten war. Hier hatten ein reicher Mann, eine reiche Frau gewohnt. Die Blumen fingen schon an, anders zu wachsen, als sie sollten, die Jalousien wirkten nicht mehr zuverlässig, um so mehr aber bezog ich das Haus auf mich. Plötzlich dachte ich: Wie wäre es, immerzu in dieser ferienhaften Üppigkeit zu wohnen, in einem einzigen Zimmer nur, mit einem stillen, kleinen Beruf, aber ununterbrochen in dieser Prächtigkeit. War das etwas, was ich mir wünschte? Und warum empfand ich es als einen verbotenen Gedanken?

Zu unalltäglich? Weil die meisten Menschen schlechter und viel schlechter lebten? »Vielleicht«, sagte ich mir, und stellte mich einen Moment vor das Haus, »werde ich es mir eines Tages aber trotzdem wünschen, weil es so unwiderstehlich ist und schon jetzt eigentlich mein Ziel.« Aber dann wieder ließ ich den anderen Gedanken zu: daß sie alles hier langsam zerstörten, nein, in Windeseile bereits, daß die reichen Ratten mit der gewitzten Nase das Schiff schon verließen, die giftigen Strände, die vogelleeren Hänge.

Ja sicher, um die stille Mittagszeit ging ich durch ein höher gelegenes Dorf mit einer tausendjährigen Kirche, dunkel im Inneren, muffig und ohne einen Menschen. Eine triebhafte Frömmigkeit schlug mir bis an die Tür entgegen. Ich sah an einer Ecke, wo zwei Gassen aufeinandertrafen, unter einer Platane eine sehr alte Frau sitzen, die an einem schneeweißen Kleid nähte und nähte ohne aufzusehen, von allen Mauern stürzten glühende Blumenmassen, und Ranken stiegen reichlich noch in den zufälligsten Winkeln auf. Ich ging immer ungläubiger weiter und kuckte schärfer hin: Aus einem Häuschen trat ein eleganter Mann und fiel gleich aus der Rolle und spielte mit dem Autoschlüssel wie vor Zuschauern, sein Parfüm war das des ganzen trügerischen Dorfes, das staubige Kellergewölbe ein Luxusrestaurant, die Alte mit dem weißen Kleid bestimmt nicht so versonnen, wie sie tat, die schiefen Reihenhäuschen waren Appartements für wohlhabende Städter. Alles stellte märchenhaft etwas anderes dar als sein Wesen, und jedes Staubkorn verkrampfte sich vor Bewußtheit. Ich sah die Pflanzen, die Steine an, sie wirkten echt und doch inventarhaft, als würde eifersüchtig über alles, was hier sorglos am Wegesrand lag, wucherte, verwitterte, Buch geführt. Da wollte auch ich den Schein aufrechterhalten und entfernte mich, wie es sich hier für Fremde wohl gehörte. Ich war nicht doof, am Ausgang des Dorfes stand ein Kind mit schwarzen Knien und bohrte, was sonst, in der Nase, selbstvergessen, das Schlitzohr, zur Tarnung.

Natürlich, im letzten Winter stand auf dem Flur eine Gruppe von Kindern. Sie unterschieden sich kaum von dem Jungen, der an ihnen vorübergehen wollte, aber es gab eine Lücke zwischen ihnen und ihm, die ich instinktiv erkannte. Es waren die begütertsten Kinder ihres Jahrgangs, mit den hellen, kurznasigen, niedlichen Gesichtern, die sie alle haben, um sich beliebt zu machen, wenn sie klein sind. Ich erinnerte mich an ein Klassenzimmer, in dem ich einmal saß. Es war voll von ihrer Sorte.

Diese fehlerlose, zuversichtliche Aussprache! Diese sanft gespannte und lieblich gepolsterte Haut! Die auf dem Flur kuckten den Jungen, der nicht zu ihrer Rasse gehörte, nicht einmal böse an, nicht einmal spöttisch, trotzdem schlug er die Augen nieder. Ich wußte ja so gut, warum er sie nicht ansehen konnte: Sie hatten den unwiderstehlichen Blick der Reichen, die einen mühelos bis auf den Grund erforschen, die alles durchschauen, was nicht reich ist, die uns nur einmal fixieren müssen und schon auf dem Boden unserer Seele uneingeschränkt lesen können: Sie entdecken die Mutter, die nackt zusammengekrümmt in der Küche in einer roten Kinderwanne sitzt, und das Klo, in dem der Putz rostig abblättert, so daß man nie weiß, ob es nicht Reste von Menschenhaufen sind. Sie brennen mit ihren brutalen Scheinwerferaugen alle Anstrengungen, die Geheimnisse der Bedürftigkeit zu verbergen, nieder und strahlen die vorgespiegelte Üppigkeit bei Besuch, die mit Margarine vermischte Butter an, und ihr Staunen ist ein bißchen amüsiert, aber nicht vorwurfsvoll. Sie betrachteten den geduckten Jungen und lächelten flüchtig einander zu. Ich sah das Gesicht des Jungen, er wirkte nicht bekümmert. Ich stand aber da und drehte mich von ihnen weg, um meinen Haß ohne Spuren niederzukämpfen.

Natürlich, zu Anfang dieses letzten Schuljahres kamen sie alle zum ersten Mal. Sie drängten sich sogar, sie stießen aneinander und berührten sich schon. Sie wimmelten in einer Bewegung und äußerten sich in einem gemeinsamen Geräusch. Ich sah aber plötzlich ein einziges Kind, das wie vom Blitz getroffen auf der Türschwelle stehenblieb, mit aufgerissenem Mund, als starre es etwas Entsetzliches an, als werde eine Wahnsinnszumutung gestellt, gegen die es sich im letzten Moment aus Leibeskräften zu stemmen versuchte. Ich machte dies und das, man erwartete es, die Mutter biß sich im Ärger auf die Lippen. Ich wußte seit meiner Kindheit keinen Trost. Ich ging hin, um es zu locken, um es anzuwerben.

I

»Ist es nicht eine Frage der Wachsamkeit, in bestimmten Ereignissen Stationen eines einmal beschrittenen Weges zu erkennen? Man ist ermutigt und erfrischt, denn plötzlich zeigt sich eine Verbindung, ein Zusammenhang.«

»›Wo du hinkommst, entsteht Ordnung!‹ sagte mir eine meiner Schwestern. Auch wenn es mir oft auf die Nerven ging: Streitigkeiten, Verleumdungen, die verschiedensten Unglücke wurden vor mir ausgebreitet. Ich sollte Ratschläge erteilen, Initiativen ergreifen, wenn andere den Kopf hängen ließen. Es lag wohl daran, daß ich selten meine Kaltblütigkeit verlor und nie im Jammern Zuflucht suchte. Immer hielt ich es mit dem Spruch: ›Hilf dir selbst, dann hilft dir Gott!‹. Nicht viel ist mir im Leben geschenkt worden. Aber doch Willensstärke, Mut, Energie!«

»An einem heißen Tag im Juli besuchte ich eine Bekannte in der Nähe des Stadtparks. Ich ging langsamer als sonst auf den schattigen Wegen zurück. Ich sah mir die großen Rhododendronbüsche an, die in der Trockenheit ihre Blätter hängen ließen. Mein Leben lang habe ich mich gewundert, daß etwas so Exotisches überhaupt bei uns wächst; die Schwäne sah ich an, die mir immer fast so gut gefielen wie die unglaublich anmutigen Flamingos und die riesigen Bäume, die so viele Jahre brauchten, um so mächtig zu werden. Lange hatte ich für diese Dinge nicht die Ruhe gehabt. Es gefiel mir, so allein daherzutrödeln, und es war gleichzeitig ein seltsames, fremdes Gefühl. Plötzlich hörte ich hinter mir ein Keuchen und Schnaufen, mein Name wurde gerufen, ich drehte mich um. Meine Kusine Frieda, eine massige, schlaffe Frau, ächzte heran, mit einem Gesicht naß von Schweiß und Tränen. Sie brachte es erst nach einer Weile fertig, mir das Wichtigste mitzuteilen, so groß waren Aufregung und Atemnot. Ihr Vater sei verrückt geworden, von einer zur anderen Stunde verrückt. Als Wahnsinnigen habe man ihn ins Krankenhaus eingeliefert. Das ihr, der Mutter, der Schwester, dem Namen! Ein verrückter Vater! So unvorhergesehen! So ohne Anzeichen! Man habe mich überall gesucht. Was denn zu tun sei. Als wäre ich der liebe Gott! Wir verließen also den schönen, friedlichen Park, und ich sah mir das Unglück an. Da lag mein alter Onkel, die eine Gesichtshälfte puterrot, die andere blau, in einem kleinen Zimmer für sich. Schluchzend, fassungslos und ohne die geringste Beherrschung oder Beherztheit die beiden Schwestern und die Mutter. Er lachte vor sich hin und griff kichernd nach allem, was blitzte, wie eine Elster, mit seinen siebzig Jahren! Er schnappte auch nach der Hand meiner Kusine Frieda. Die dachte, er wolle ihr die Finger küssen. Angeekelt riß sie die Hand weg, alle ekelten sich, bloß ich nicht. Deshalb begriff ich auch, daß er in Wirklichkeit die glitzernde Armbanduhr mit den Zähnen gewaltsam hatte abreißen wollen. Dabei besaß er gar keine mehr! Es war schon auf eine gräßliche Art komisch: Das Gebiß lag im Wasserglas. Während die Familie wie gelähmt dastand und ihn anstarrte, kriegte er wohl Durst und trank mit einem einzigen Schluck das Wasser, in dem die Zähne lagen. ›Er muß sofort ins Irrenhaus!‹ jammerten also die Töchter und die Ehefrau. Ich befahl ihnen streng, damit sie sich ein bißchen zusammennahmen, mir genau zu erzählen, was er den ganzen Tag getan hatte. Ich dachte mir schon einiges.«

»Dann kam der Arzt. Er warf einen kurzen Blick auf den Kranken und bestimmte: ›Er gehört in die Absonderungszelle!‹ Das reichte mir! Ich trat vor aus der grotesken Familiengruppe und fragte: ›Kennen Sie die?‹ Ich jedenfalls tat das aus meiner Krankenhauszeit in dieser Anstalt. Ich erzwang, daß er sie mit mir ansah: ein nackter Raum, nur ein winziges Fenster, ein Klo mit breiter, brauner Rinne, alles wie früher. ›Und dahin wollen Sie einen bringen, der zweifellos einen Gehirnschlag hat? Der Mann ist nicht irre. Sie haben ja gar nicht nach ihm gefragt. Er lag zwei Stunden in der prallen Sonne, ist eingeschlafen und dann so aufgewacht.‹ Das paßte dem arroganten Kerl natürlich nicht. Er wehrte ab und ging.«

»Als nächster trat der Chefarzt auf mit seinem ganzen Stab hinter sich. Wir anderen mußten aus dem Raum und warteten draußen. Man hörte drinnen ein wüstes Gerangel. Dann ging schließlich die Tür auf. Der Chefarzt rauschte samt Truppe heraus, vorbei an der demütig schweigenden Familie. So war es richtig! Ich stellte mich ihm in den Weg, er sah geradeaus, sagte kein Wort. Ich gab nicht nach, ich verlangte Auskunft: ›Ist er nun irre?‹ Da klappte er doch noch seinen Mund auf: ›Irre? Quatsch! Gehirnschlag natürlich!‹ Auch ich sagte wenig, weniger noch, als der Chefarzt sagte, ein Wort nur: ›Aha!‹«

»Er wurde ins Sterbezimmer gebracht, ins Badezimmer. Das ließ sich nicht ändern. Ein Haufen Wäsche lag in der Ecke. Die Familie betete, nun, weil er sterben sollte, an Rosenkränzen. So schnell starb er aber nicht, das erschöpfte ihre Geduld. Sie gingen weg, und ich war ganz allein mit ihm. Ich zog ihm die schwarzen Socken von den Füßen und wusch sie ihm noch für die Letzte Ölung, die erteilt werden sollte. Ich wollte aber nicht, daß er starb! Mit aller Kraft wollte ich ihn am Leben erhalten. Es kam wie eine Besessenheit angesichts dieser widerstandslosen, gleichgültigen Hinnahme über mich. Ich drückte, während ich ihm Sauerstoff gab, seinen Unterkiefer weit vor. Ich hätte in diesem scheußlichen Raum, mit diesem Onkel, den ich so selten gesehen hatte, weinen können über die Sinnlosigkeit meines Versuchs. Daß mir dieses Leben so wegrutschte! Ich strengte mich doch so an, ihn noch zu retten! Ich hätte ihm den geschwollenen, verfärbten Kopf mit den glotzenden Augen einschlagen können, daß er mir diese Ungerechtigkeit zu sterben antat, daß er nicht atmete, sondern grunzte und röchelte. Nach seinem Tod besah ich den Unterkiefer: Mein Daumen, vom wilden Kampf um sein Leben, war tief und dunkel abgedrückt. Ich empfand damals Wut über die unverdiente Niederlage. Ich hatte, als die Familie sich still, ohne Widerspruch, seufzend und bequem in ihr Schicksal fügte, noch einmal, niemand außer mir ganz allein ahnte das, alle meine Willensreserven mobilisiert.«

»Alle meine Willensreserven, alle kämpferischen Energien mobilisiert hätte ich so gern, als meine jüngste Schwester starb. Wieder war es ein heißer Sommertag. Es ging um eine geringfügige Sache, eine leichte Operation, aber für einen so empfindlichen, ängstlichen, rothaarigen Menschen wie sie herrschte eine gefährliche Temperatur. Sie rief mich, wir wohnten schon im Rheinland, sehr aufgeregt an, bat mich zu kommen und bei ihr zu sein, um aufzupassen, daß nichts Schlimmes geschah. Ich sah ihre großen, bangen Augen vor mir, ihre weiße Haut, ihre Tränen und ihre Hilflosigkeit. Ich beschwor sie, die Operation verschieben zu lassen, und setzte mich sofort in den Zug. Als ich sie sah, war sie schon tot. Man hatte das Kinn hochgebunden, ein weißer Kopfverband, ich konnte wenig von dem kleinen Gesicht erkennen. Todesursache war eine Embolie. Ach, ich verzieh mir nicht, daß sie so allein hatte sterben müssen. Ich bildete mir ein, durch meine rechtzeitige Ankunft wäre dieser Tod zu verhindern gewesen. Wie ein müder Vogel lag sie da in ihrer schrecklichen Einsamkeit. Ich hatte während der Zugfahrt so viel Entschlossenheit in mir gesammelt, und nun gab es nichts mehr zu kämpfen. Ich konnte aber einfach noch nicht trauern, ich konnte noch nicht nur traurig sein. Die Kraft und Konzentration, ihr beizustehen, welkte nicht so schnell ab. Für eine kurze Zeit lehrte ich die Verantwortlichen im Krankenhaus das Fürchten. Natürlich wußte ich, in welchem Maße Fehler und Unterlassungen vertuscht werden. Immerhin brachte ich sie dazu, daß der Chefarzt zugab, es sei unverantwortlich gehandelt worden. Man hatte wieder nach dem Massenprinzip gearbeitet und sich gar nicht den Menschen angesehen, der da sprachlos in seinen Befürchtungen vor ihnen lag. Nicht mal der behandelnde Facharzt war konsultiert worden. Das Eingeständnis meiner Ohnmacht am Bett meiner jüngsten Schwester blieb einer der traurigsten Augenblicke meines Lebens und einer der empörtesten.«

2

Ja, hier wieder, als sie jetzt mit einer an den Hüften viel zu weiten Hose und auf Strümpfen, so, wie sie sich sonst niemandem zeigen und nie längere Zeit aufhalten würde, das Stehfahrrad besteigt, wird es wieder deutlich: eine Sache des Kampfes gegen Alter und Gleichgültigkeit. Ja, ich erkenne allmählich eine Kontinuität ihrer Beweggründe in diesem Punkt: Sie ist keineswegs an sportlicher Betätigung interessiert, sie hat nie von turnerischen Zielen gesprochen. Man muß sie nur ansehen, es ist undenkbar, sie sich in Sportschuhen und Gymnastikanzug vorzustellen, nach dem Takt einer Trommel Übungen ausführend, in eine Halle zu einem Wanderlied oder modernen Marsch einlaufend zusammen mit zweckmäßig gekleideten Frauen, denen bald der Atem fliegt und Blut in den Kopf steigt und die schließlich alle nach Turnhalle riechen. Es ist nicht vorstellbar, auch dieses nicht, daß sie vor ihrem Bett allein den Kopf kreisen und die Ellenbogen rhythmisch nach hinten und den Oberkörper nach vorn wippen läßt, jedenfalls nicht mit der unerläßlichen Systematik, so daß man von Morgengymnastik sprechen könnte. Sie sitzt auf dem Gestell andeutungsweise in der Haltung eines Rennfahrers, vornübergebeugt, und bringt die Pedale langsam in Bewegung, als solle eine schwere Maschine anlaufen, und nach ein paar Umdrehungen ist es soweit, daß die Füße schnell und leicht zu beiden Seiten kreisen, sie hat die Griffe entschlossen gepackt und fährt nun also mit Tempo auf der Stelle Rad. Man muß wirklich wissen, daß sie nie draußen radfahren würde, um das hier zu begreifen, wie sie im Stillen, für sich, mit Inbrunst die Beine sausen läßt. Dabei fixiert sie den

Zeiger, der ihr die Geschwindigkeit anzeigt, und den, der die bis dahin gefahrene Strecke angibt. »Das ist noch gar nichts!« sagt sie mit prahlerischem Lachen. Ja sicher, das kann sie sich in diesem Fall leisten, die Anstrengung ist so handgreiflich, der körperliche Ernst ihrer Lage, daß sie ihrer guten Stimmung ruhig gestattet, zum Vorschein zu kommen. Jeder sieht, daß dies kein Spielzeug ist. Leicht macht sie es sich nicht, denn dies, tatsächlich, war noch gar nichts. Sie ist anderes gewöhnt und kein bißchen erschöpft nach der rasanten Fahrt. Jetzt wechselt sie zu einer höheren Steigung über, und nun geht es natürlich sehr viel mühsamer voran. Sie stemmt sich auf die Griffe und verlagert ihr Gewicht jedesmal deutlich auf das hinunterstoßende Bein, sie preßt die Lippen gegen die hervorstechende Zungenspitze. Sie lächelt eigensinnig, gutgelaunt vor sich hin, denn sie wird es schon schaffen, auch jetzt ein beträchtliches Tempo zu erreichen. Der Widerstand des Apparates stellt ihr eine Aufgabe, ein Ziel, das sie reizt und in ihrer Energie bestärkt. Sie drückt die Füße nach unten, als ginge es um eine leibhaftige Auseinandersetzung, um das Besiegen eines Gegners, um die Lösung eines Problems durch Mut und Hartnäckigkeit. Sie beginnt natürlich doch zu keuchen und sieht immer dringlicher auf den Tachometer, der ihr jedesmal Lob oder Tadel zukommen läßt. Offenbar hat sie sich eine bestimmte Menge an Kilometern vorgenommen, denn sie wirft zwischendurch einen erwartungsvollen Blick auf den dafür zuständigen Zeiger, in immer kürzeren Abständen. Unbestreitbar ist sie nun ermüdet, nur noch schwerfällig sacken die Beine rechts und links nach unten. Sie setzt jetzt wider Erwarten noch einmal zu einem gewaltigen Endspurt an, und sie fährt, als gäbe es keine Steigungsgrade, als ginge es nicht einen unsichtbaren Berg hinauf, auf sausenden Pedalen. Dann hält sie an, nimmt, erschöpft natürlich, aber sofort vom Rad absteigend, die Summe der gefahrenen Kilometer zur Kenntnis, ein rascher, selbstbewußter Blick, tauscht ohne Atempause, als wäre nichts geschehen, Hose und Rock, hat wieder ihre Schuhe an, lüftet den Raum. Sie präsentiert sich einen ablesbaren Beweis, den sie jetzt hinnimmt wie etwas keineswegs Verwunderliches, vielmehr Alltägliches, fast zu ihrer Person Gehörendes, und ist längst schon damit beschäftigt, frisch gewaschene Hemden glattzuziehen und in den Schrank zu hängen. Gewiß, jedes Staunen wäre unstatthaft. »Das begreife ich nicht«, würde sie sicher dazu sagen.

3

»Auch heute wieder hat sich mir bestätigt, daß man die Dinge nicht vor sich hin treiben lassen sollte.«

»Man kann allerhand bewirken, wenn man sich entschließt, die Richtung selbst zu bestimmen. Natürlich, es gibt Leute, die hilflos dastehen und alles mit sich geschehen lassen. Sie warten immer, daß die Umstände von selbst glücklich werden, daß jemand für sie eingreift.«

»Heute zum Beispiel Herr Beer!«

»Ich habe ihn auf der Straße beinahe nicht wiedererkannt. Selbst der Hut auf dem Kopf war ihm zu groß geworden, er saß ihm auf den Ohren, der Mantel schlotterte um die Schultern.«

»Er stand da, versperrte mir richtig den Weg, so daß wir uns die Hand geben mußten, und er hielt sie solange fest, daß ich den Eindruck hatte, er würde nur so in Gedanken weiterschütteln und vergessen haben, daß er noch meine Hand hielt, er schüttelte locker, aber immer weiter, zweimal senkrecht, zweimal quer. Da nahm ich ihm schließlich die Hand weg und sagte laut: ›Herr Beer, geht es Ihnen nicht gut?‹«

»Gott, die Geschichte ist schnell erzählt, er allerdings machte es mir nicht so leicht. Der arme Kerl versank zwischendurch, mitten im Erzählen, in Nachdenken, oder es war krankhafte Geistesabwesenheit, er hatte den Mund dabei offen stehen, und ich mußte ihn mit kräftiger Stimme, so etwa: Herr Beer! zurückholen. Dann dauerte es eine Weile, bis er sich fing und langsam weiter die Lippen bewegte.«

»Kurz und gut, er verlor vor einem Jahr seine Frau. Beim Überqueren der Straße ist sie ihm praktisch von der Seite weggerissen worden. Ich hatte schon davon gehört, aber als ich ihn etwas später sah, wirkte er eigentlich sehr gefaßt. Er ist ein frommer Mann und ertrug es wohl als gottgewolltes Schicksal. Dann machte sich eine jüngere Frau an ihn ran und gaukelte ihm wahrscheinlich einen zweiten Frühling vor.«

»Der Mann ist etwa siebzig und er wird tatsächlich noch mal an das große Glück geglaubt haben. Auf jeden Fall erschlich sie sich sein Vertrauen, so daß er ihr im Laufe von wenigen Monaten sein ganzes Vermögen, circa 15000 Mark, in die Hände gab.«

»Sie hat sich damit geschickt aus dem Staube gemacht, ohne daß er rechtlich was dagegen tun kann oder will, er schämt sich so sehr. Dieser Schlag erschütterte und demütigte ihn. Es ist ja in gewissem Sinn, wenn man diesen guten, biederen Mann kennt, etwas lächerlich, und die Nachbarn werden ganz schön gelästert haben. Nun sitzt er völlig apathisch in seiner kleinen Wohnung, allein, verlassen, und fühlt sich verspottet, ohne Freunde, ohne Pflege, ungeschickt im Haushalt, zerstritten mit den Verwandten, die sich sonst um ihn gekümmert hätten.«

»Er sagte immer wieder: ›Warum bin ich nicht mit meiner Frau verunglückt?‹ Schließlich fuhr ich dazwischen: ›Also Herr Beer, Sie sind nun mal nicht mit ihr gestorben. Sie leben noch. Und meistens sind die Menschen sogar ganz froh, auch bei großem Kummer, daß sie noch lebendig sind. Wenn Ihre Frau Sie in diesem Zustand sehen könnte, wäre sie sicher nicht gerade stolz auf Sie. Haben Sie sich das eigentlich mal vorgestellt?‹«

»Er fing an zu weinen. Da stand ich mit dem langen Kerl und mußte ihn trösten! Sicher, aber wie? Womit? Plötzlich schoß mir das neue Altersheim oben an der Kirche durch den Kopf. Die alten Leute reißen sich darum, weil es so schön und modern angelegt ist. Eine Notlösung bleibt sowas trotzdem, aber besser als gar keine Perspektive!«

»Ich fragte ihn also, ob er darein wolle. Er nickte nur verzweifelt: Da habe er gar keine Chancen. ›Na, das wollen wir doch mal sehen!‹ sagte ich zuversichtlich. War natürlich hochgestapelt.«

»Mensch, ich habe mich gleich ans Telefon gehängt, mit einigen Leuten von der Pfarrei telefoniert, und siehe da: Nach dem konstanten Nein! und Ausgeschlossen! schaffte ich es am Ende doch! Ich malte denen die Situation des Mannes so furchtbar aus und erinnerte an seine Frömmigkeit, daß sie gar nicht anders konnten. Und es wäre auch eine Schande gewesen, ihn abzuweisen! In zwei Monaten zieht er ein.«

»Manchmal kann man die Lebensbedingungen, die Umstände eben so verrücken, daß eine Sache gut ausgeht, daß überhaupt etwas passiert. Man muß es auf jeden Fall versuchen.«

»Übrigens sind das auch im Fernsehen die Sendungen, die ich am liebsten sehe: nicht Filme mit Schauspielern oder irgendeinen Schmus, sondern Originalreportagen von Leuten, die, auf sich gestellt, aus eigener Energie unglückliche, schlechte Verhältnisse auf medizinischem, technischem, sozialem Gebiet ändern oder zumindest verbissen gegen sie ankämpfen, die sich nicht einfach prägen lassen, sondern selbst etwas tun.«

4

Ja, vor vielen Jahren lernte ich einen Mann kennen, der doppelt so alt war wie ich. Schon nach den ersten Sätzen, die ich mit ihm geredet hatte, spürte ich seine besondere Anziehungskraft, ohne sie mir erklären zu können. Ich fühlte mich in seiner Nähe viel kräftiger, gegenwärtiger als sonst. Ich federte vor Selbstvertrauen. Wenn er gewollt hätte, wäre ich leicht in eine Abhängigkeit zu ihm geraten, denn das sehr schöne, betäubende Gefühl entstand nur in seiner Nähe. Allein fiel ich wieder in mich zurück und spürte mich nicht mehr so begeisternd. Eines Abends bemerkte ich, daß er eine Situation nie als Mensch, sondern immer pointiert als Mann beschrieb, und nun fiel mir auch auf, daß er bei allem, was er tat und sagte, in erster Linie berücksichtigte, daß ich eine Frau bin. Was für eine Spannung! Ich konnte das nicht nachmachen. Ich erkannte es noch am selben Abend als seine Methode, nicht als seine Überzeugung. Aber der Zauber verging trotzdem nicht.

Ja, es passierte wieder in den Ferien: Wir lagen nebeneinander, und ich aß einen Apfel. Ich kaute ruhig vor mich hin. Nur den kleinen Stil legte ich schließlich auf die Konsole neben mich. Dann rollte ich mich zur Mitte und wir umarmten uns. Es war ein gleichmäßiges Umarmen und ein Kuß auf den Hals vielleicht, es ging von selbst, man brauchte gar nicht nachzudenken. Ich erschrak plötzlich darüber, daß ich so intensiv an den Apfel dachte, an das Kauen, es gelang mir nicht, mir den Körper, der sich halb über und halb unter mir befand, überhaupt in der Vorstellung anwesend zu machen. Ich schaffte es nicht, den Mann, dessen Gewicht ich doch registrieren mußte, wirklich wahrzunehmen. Es war, als bliebe ich mit meinem Körper allein. Ich zog mich etwas zurück und prüfte unauffällig unsere Haut, und alles fühlte sich ganz gleich an in diesem Moment. Später wußte ich ja wieder, daß ich Unrecht hatte, ich brauchte doch nur hinzusehen. Jeder hatte soviele eigene Merkmale.

Ja, gestern erzählte er am Telefon von einem neuen Buch. Er fing ganz nüchtern an, aber seine Begeisterung konnte er nicht lange verbergen, auch nicht über die Entfernung weg. Er versuchte es aber in seinem Trotz, nur überschlug sich dazwischen die Stimme, und das machte ihn noch bockiger. Ich hörte diesmal von Anfang bis Ende zu. Wie merkwürdig, diesen neuen Inhalt aus seinem Mund zu erfahren! Er war angefüllt mit mir unbekannten Zusammenhängen und Wendungen! Auch noch als wir das Gespräch beendet hatten, freute ich mich darüber. Es schien mir eine Hoffnung zu sein, es griff wie ein Strahlen auf mich über.

Ja sicher, in der Mitte der Ferien etwa stieß ich durch Zufall, weil ich eine Straße zu spät abgebogen war, auf eine kleine Felsbucht. Die Zacken reichten nicht mal mannshoch, aber weit ins Meer hinaus. Man hatte die gesamte herrliche Fläche bis zum Horizont vor sich, ich streckte mich lang aus, und zwischen mir und ihm schlugen Wellen gegen vorgeschobene, zum Teil überspülte Felsbarrieren. Kein Mensch ließ sich sehen, die Helligkeit stieg mir zu Kopf, aber das war nur recht so, es sollte total sein, ohne Rücksichten. Stunden wollte ich hier zubringen, und wenn ich einen Sonnenstich dabei kriegte. Ich erkannte, daß sich hier endlich die Chance bot, etwas bis in ein Extrem voranzutreiben. Auch hier wieder: In der Hitze rochen die Haufen, die in ihr Papier gewickelt überall in den Felsritzen steckten, so unerträglich, daß ich schließlich aufgab. So ohne weiteres kamen da Wind und Wasser gar nicht ran, ich wurde ja erst jetzt richtig aufmerksam, ganze Busladungen mußten hier ihre Notdurft erledigt haben, picknickende Familien, und bald, ich ließ mich ohne das abzuwarten in die Flucht schlagen, eine Frage von Minuten vielleicht nur, würden die nächsten zur Stelle sein.

Ja sicher, einmal fuhr ich durch eine Oleanderallee, die von oben herunter aufs Meer führte. Ich erinnere mich: ein triumphales Herabrauschen, abwärts an den weißen und roten Büschen vorbei und direkt auf das riesige, lebendige Blau zu. Es war überhaupt nicht nötig, obendrein noch Musik zu haben, es sollte aber die Spitze werden. Da dröhnten, wie fast immer hier, Werbetexte aus dem Radio. Nicht, daß damit alles schlecht wurde, nur erloschen, nur mittelmäßig, so daß ich, als ich aus dem Auto stieg, längst wieder vollständig vernünftig war.

Ja sicher, eines Abends gingen wir wieder an einem der Crêpe-Stände in Ste. Maxime vorbei. Auch das kam mir schon wie eine Sentimentalität vor, ich wollte gar nicht hinkucken. Doch dann fiel mir eine Verkäuferin auf, eine ältere Frau auf hochhakkigen Schuhen, mit diszipliniertem Gesicht, nicht unfreundlich aber, wie die meisten Kellner und Verkäufer in dieser Gegend. Die Strenge bezog sich auf den routinierten Ablauf ihrer Handlungen, ich sah ihre gleichmäßig professionellen Bewegungen, die sie instinktiv abwandelte, wenn die Zuckerdose leer war und der Gast eine andere Füllung verlangte oder in einem ungünstigen Winkel beim Überreichen des Pfannkuchens stand. Nur dann sah sie hoch aus ihrer Konzentration. Wenn sich eine Schlange bildete, beschleunigte sie den Ablauf kaum merklich, wenn sie sich auflöste, gelang es ihr wie durch ein Wunder, die gleichen Vorgänge zu dehnen, so daß sie nie auf Kunden wartete. Zu ihr faßte ich Vertrauen, bei ihr hielt ich es lange aus und kam eine Stunde danach wieder und betrachtete sie, wie bisher an dieser Küste nur in wenigen guten Augenblicken das Meer, und zwar als graues, kluges, geschäftiges Tier in freier Natur.

Natürlich, es war nichts Besonderes geschehen, alles hatte sich eingespielt, wie es von mir verlangt wurde, die Kinder saßen zu Blöcken geordnet, sie konnten auf ein einziges Zeichen sich gemeinsam erheben, jetzt neigten sie die Köpfe über ein Stück Papier, jeder für sich, jetzt hoben sie die Gesichter. Ich sagte mir insgeheim: Kinder! Aber ich spürte, daß es nicht half: Ich sah sie ja so deutlich vor mir, mich täuschte das nicht, ich erkannte die Verbitterung, die Hilflosigkeit und Abhärtung, den Trotz und die Resignation aus ihren Mienen, ihren Körpern heraus. Sie waren schon jetzt wie ihre Eltern, Erwachsene, die nur noch wuchsen. Die Empfindungen würden sich gar nicht mehr ändern. Ich hielt meinen Bleistift, meinen Jackenzipfel in den Händen und starrte in ihre alten Augen und klatschte idiotisch in die Hände.

Natürlich, ich stand in einer der hinteren Ecken des Klassenzimmers, ich sah sie von hinten an, ich sah ihre Rücken, ich wurde nicht abgelenkt durch Einzelheiten. Da bemerkte ich, wie jeder Schüler so für sich saß, mit einem eigenen Umriß, voll Kummer, voll Schadenfreude, gebeugt und nach innen gekehrt. Manchmal streckte einer den Arm aus oder lief sogar zu einem andern Tisch, das änderte aber nichts. Wie Steine waren sie alle für sich, und so blieb es ja. Sicher, ich ging nach vorne, um den Eindruck umzudrehen, und das klappte dann auch.

Natürlich, am vorletzten Tag, als ich gerade meine Tasche nahm, kam eine Mutter. Sofort sah ich: Sie hatte die Kindergrimasse, nicht ihre Tochter. Ich kannte ja so gut diese Gesichter an ausgewachsenen Frauen, sie lächeln, sie zweifeln siegessicher alles an, was nicht kindisch ist. Und nun, ein plötzlicher Einfall, schilderte ich ihr ihre Tochter, dieses grüblerische, fast kahlköpfige Mädchen, mit einem schiefen Mund und zerknitterten Händen, wie es sein Butterbrot auswickelt und sein Heft so behutsam aufschlägt, wie es endlich, nach langem Entschließen, den Finger zur Andeutung streckt, als wäre es hier zu heiß oder zu kalt, wie es lächelt mit zusammengepreßten Lidern und eingerollten Lippen, wenn die anderen brüllen. Ich beschrieb es ihr, daß ihr Hören und Sehen in ihrem Erschrecken verging. Aber dann folgte die Überraschung: Ich lobte alles! Das warf ihr den Kopf herum. Alles sei ein Zeichen für etwas sich zum Guten Entwickelndes! Endlich einmal wurde ich das los, und ich ließ sie nicht so schnell weg, und ihr Gesicht, als sie sich auf den Rückweg machte, wirkte gebrechlich vor Erkenntnis.

Kapitel VI

I

»Die Siege! Die Niederlagen! Auch Niederlagen habe ich eingesteckt, aber wenn, dann nur solange, wie ich sie unbedingt hinnehmen mußte. Alle Situationen, an die ich mich erinnere, gingen mit Sieg oder Niederlage aus, unentschieden nie. An klaren Schlüssen lag mir von Kind an.«

»Sehr bald begriff ich, daß hier im Rheinland das Leben weniger glücklich als im Ruhrgebiet verlaufen würde. Da wir am Waldrand wohnten, habe ich im Anfang viele Spaziergänge gemacht. Sicher, ein Wunder, so schnell im Wald zu sein, an Weihern und ländlichen Wiesen. Ganz in der Nähe außerdem die lange Lindenallee! Es fiel mir sehr schwer, mit der Stadt Kontakt aufzunehmen. Heute bin ich jeden Tag mitten im Zentrum, aber im Grunde ist sie mir gleichgültig geblieben. Auch meine Kinder konnten sich nicht mit der Eigenart der Menschen hier abfinden. Uns allen sind in den vielen Jahren kaum Freundschaften geglückt. Letztenendes lebten wir lange sehr zurückgezogen. Wir setzten unsere Schaufenstergänge nach Geschäftsschluß fort. Eine Niederlage insgesamt. Nachdem ich das eingesehen hatte, war es schon besser. Ich richtete mich darauf ein.«

»Durch den Hausbau mußten wir an allen Ecken sparen. Für den Garten, anfangs ein Schuttplatz, wurden große Ballen Muttererde abgeladen. Sehr langsam, mit viel Arbeit, entwickelte sich ein richtiger Garten daraus mit Blumen. Jeden Mittag, wenn meine Tochter aus der Schule kam, sah sie sich der Reihe nach alle Pflanzen an. Das hat sie jahrelang gemacht. Einmal, als ich aus der Küche raussah, entdeckte ich meinen Mann, platt ausgestreckt auf dem Rasen liegend. Ich erschrak sehr, ich dachte, ihm sei etwas zugestoßen. Als ich hinlief, kuckte er mich ganz ruhig an und sagte, er habe nur mal den Himmel aus dieser Lage sehen wollen und das Gras fühlen. Und das in unserem winzigen Garten, wo es weder Hecken noch Zäune gab! Es sollte so eine moderne Gartenlandschaft werden. Nie konnte man unbeobachtet auf der kleinen Terasse sitzen, von den Seiten grüßten die Nachbarn, von oben unsere Untermieterin. Es wurde immer gegrüßt, zum Verzweifeln, eine Wachsamkeit und Freundlichkeit von vorne bis hinten! Wenn man die Wäsche raushängte, mußte man heimlich jedes Stück im Sonnenlicht nachprüfen. Ich spürte überhaupt keine Lust, bis hinten in den Garten zu gehen, in dieser Öffentlichkeit, und es gab für mich keinen Zweifel: Ich bedankte mich für die großzügigen Lösungen, ich wollte einen Zaun oder eine Mauer ringsum, und wenn die stand, noch eine Hecke dazu! Ich hatte alle gegen mich, in der Familie und in der Nachbarschaft. Die kannten meine Zähigkeit nicht, sollten die mich doch für kleinlich halten! Wenn ich mich nicht unbeobachtet und ganz für mich fühlen konnte, tat es meine Blumenfensterbank auch, dann brauchte ich keinen Garten. Die Mauer und die Hecke bedeuteten nochmal, in der damaligen Situation, eine finanzielle Anstrengung. In diesem Fall wollte ich lieber auf ein paar Kleider verzichten und auf die Geschenke von mehreren Weihnachten hintereinander. Heute wird noch immer in der gesamten Nachbarschaft hin- und hergegrüßt. Unser Garten ist von einer sehr hohen Hecke umgeben, über die niemand wegsehen kann, von allen drei Seiten, wie eine Festung, unverkennbar. ›Sie leben ja wie Dornröschen!‹ höre ich manchmal von Neunmalschlauen. ›Ich lebe genauso, mit der Hecke zwischen all eurer tratschigen Offenheit, wie ich mir das in den Kopf gesetzt habe!‹ denke ich dann.«

»Als ich beim Umzug unser fertiges Haus zum erstenmal sah, fiel mir sofort etwas für meine Begriffe Unübersehbares auf. Ein großer Elektrokasten am Rand des Vorgartens, vor unserem Wohnzimmerfenster. Keins der anderen Häuser, die zu diesem Komplex gehörten, wies etwas Ähnliches auf. Nur bei uns stand so ein Ding, nur bei uns hatte man es gewagt. Wir waren einfach vor vollendete Tatsachen gestellt worden. Sofort fragte ich mich: Warum hat man sich ausgerechnet hier getraut? Vom ersten Augenblick an haßte ich diesen Kasten wie einen Feind, wie ein Aushängeschild mit dem für alle erkennbaren Vers: Mit denen kann man sowas machen! Die lassen es sich gefallen! Endlich besaßen wir einen kleinen Vorgarten, und dann prangte da so ein olivgrauer Kasten und versperrte uns sogar teilweise die Aussicht, auf unserem Privatgrundstück! Ich glotzte immer davor, ich sah, schon in den ersten Tagen, gar nichts anderes mehr. ›Kuck dir doch an, wie nett alles andere ist!‹ sagte mein Mann. Das konnte ich nicht. Da stand mir mein Gegner vor Augen, und er würde es bleiben, bis er verschwunden war. Verschwunden? Mein Mann, die Bauunternehmung, die Architekten des Wohnkomplexes, an die ich mich sehr bald wandte, wiesen mich auf die Unmöglichkeit hin. Sowas sei undenkbar, ich müsse mich damit abfinden. Eine solche Anlage sei gewissermaßen endgültig. Ich solle allein die Kosten bedenken! War das meine Sache? Die Kosten? Darüber hatten die zu grübeln, auf deren Konto der Fehler ging!«

»Dieser Elektrokasten verließ mich auch in meinen Träumen nicht. Je größer der Widerstand gegen eine Umlegung wurde, desto weniger ließ ich mich einschüchtern. Wenn die mich schon damals, als sie den Streich ausheckten, gekannt hätten, wäre das nicht riskiert worden, nicht mit mir! In meinem ganzen Leben war ich ein wütender Streiter für Gerechtigkeit. Sie sollte auch mir gefälligst widerfahren! Eher würde ich keine Ruhe geben, nicht mit diesem Symbol, diesem Wahrzeichen geradezu einer Niederlage, eines Betrugs, einer Resignation vor Augen. Das sei eines der Opfer, die ein Privatmann der Allgemeinheit zu bringen habe? Das traf bei mir auf taube Ohren. Immer wieder wagte ich an den verschiedenen Stellen Vorstöße, immer wieder wurde ich mit Hinweis auf eine angeblich zuständigere Adresse veralbert. Ich ließ mich nicht entmutigen. Kein Tag verging in den vier Jahren, die der Kampf dauerte, an dem ich den Kasten, und was er für mich ausdrückte, vergessen hätte. Ich schaltete schließlich sogar unseren Pfarrer ein und bat ihn um Rat und Fürsprache. Nein, nie bin ich eine besonders fromme Frau gewesen, keine sanftmütige Frau und keine, die schön weinen konnte, und doch verband mich mit meiner Mutter ein wesentlicheres Merkmal: ein fanatischer Gerechtigkeitssinn und Beharrlichkeit. Nur führte ich es in einer kräftigeren, vielleicht deutlicheren Weise vor. Nie bin ich eine fromme Frau gewesen, aber ich rechnete es unserem Pfarrer sehr hoch an, daß nicht auch er mich, wie alle anderen, alle! mit Weisheiten, die ich mir auch selbst aufsagen konnte, vertröstete, sondern volle Anteilnahme, mehr, wirkliches, spontanes Verständnis für meinen Zorn zeigte. Er hat mir damals die entscheidenden Tips gegeben, die endlich aus der Sackgasse rausführten. Die Angelegenheit spitzte sich schließlich auf einer Ausschußsitzung mit allen direkt Beteiligten zu. Das kannte ich ja, die Herren mit ihren grünen Unterlagen und ihrem Mineralwasser, das kannte ich noch aus dem Effeff, das schüchterte mich nicht ein. Ich ließ mich auch gar nicht von den langen Vorreden und der Präsentation der dicken Akten zu dem Vorfall beirren, auch nicht von dem salbungsvollen Wichtigtuerton, der schon wieder angeschlagen wurde. ›Hätte‹, fragte ich die Herren, ›Ihre Frau sich das etwa gefallen lassen?‹ Und auf die Behauptung, so ein Kasten sei doch nicht diskriminierend, man könne mir da nicht folgen, hier seien doch andere Kriterien ausschlaggebend, gewichtigere, das Allgemeininteresse: ›Stellen Sie sich eine schöne Frau vor, die Sie anlächelt und dabei den Mund aufmacht und einen einzigen faulen Schneidezahn in einem tadellosen Gebiß zeigt: Werden Sie nicht immer gerade auf den sehen? So, jetzt wissen Sie, was mich stört!‹ Die hatten auf einen anderen Umgangston spekuliert. Als ich die Sitzung verließ, wußte ich eines: Sieg!«

»Der Kasten wurde ein paar Meter, über den Bürgersteig weg, zwischen die Bäume gesetzt. Da steht er. Ich sehe ihn freundlich an. Es war also nicht unmöglich. Da steht er, niemandem fällt er auf, für mich aber ist er ein Zeichen meiner Zähigkeit, meines Willens!«

»Im Laufe der Zeit gab es in dieser Stadt für uns ein Lieblingseiscafé, einen Lieblingsgang ins Zentrum, ein Lieblingskino, das ich mit meinen herangewachsenen Kindern, wenn mein Mann Schach spielte oder sich mit Freunden traf, gern besuchte, um alte Filme zu verbilligten Preisen zu sehen. Mit einigen dieser Freunde verband auch mich eine Charakterübereinstimmung, eine herzliche Freundschaft, der Funken der Gleichgesinntheit aus der Ferne.«

2

Vorhin hat sie in der Küche gestanden, einige Zeit nach dem Mittagessen, das Radio lief auch da schon, es roch nach Bratfisch, aber das Spülbecken war schon wieder leer und blank, auf dem Tisch lag eine Decke. Sie trug aber immer noch den weißen Nylonkittel, oder schon wieder? Ja, schon wieder, beim Essen hing er über der Stuhllehne. Etwas natürlich gab es jetzt noch zu tun. Sie saß übrigens wie immer nicht gerade am Tisch, als sie aß, sondern schräg davor, mit übereinandergeschlagenen Beinen, so, als wolle sie jeden Moment aufspringen, wie in Eile, obschon alles, was zum Essen gebraucht wurde, aufgedeckt war. Man muß es bei ihr nicht als Nervosität verstehen, so darf man es sich keinesfalls erklären, auch nicht, daß sie sich zwischendurch etwas auf einem Zettel notierte und so schnell die Teller wieder abräumte, kaum, daß man gegessen hatte. Sie interessiert sich einfach nie sehr für das eigentliche Essen, nachdem sie eine Weile daran gekocht und probiert hat. Für sie ist der Fall, wenn sich die anderen, ihr Mann und ich, hinsetzen, schon gelaufen. Sie spürt dann keinen Hunger mehr. Ich glaube, sie möchte, daß flott wieder abgeräumt wird, damit endlich Ordnung in der Küche herrscht und der Nachmittag anfangen kann. Mittags hat sie es eben satt. Sie beugte sich über den vollgespritzten Herd, auch auf den Kochplatten breiteten sich dunkle Fettflecken aus. Sie will aber natürlich trotzdem, daß allen das Mittagessen schmeckt, und merkt sofort, wenn jemand unlustig auf dem Teller herumstochert, und wird gereizt. Sie beobachtet es genau. Wenn man das Essen lobt, lacht sie spöttisch, wegwerfend, aber wenn man nichts sagt und bloß vor sich hin ißt, fragt sie böse, ob man es nicht runterkriege, ob sie es wegtun solle. Es kränkt sie, und heimlich kreidet sie ihren Mißerfolg den anderen an. Meist schmeckt es aber, manchmal tut sie etwas zuviel Salz an die Kartoffeln, sie packt eben mit beiden Händen zu. Wenn sie Pudding oder Eis verziert, sieht es rührend aus, weil sie doch gar nicht die Geduld dafür aufbringt. Sie wirft ein paar Kirschen drauf oder Streusel. Sie hat eben nicht die Hände für Spitzfindigkeiten. Sie trug auch, als sie mit einem Lappen und Ata über die weißen Flächen zwischen den Kochplatten scheuerte, keine Gummihandschuhe. Sie machte es mit bloßen Händen, sie nimmt nie Rücksicht auf sie und faßt ohne Schutz heiße Töpfe damit an. Sie wirkte nicht müde nach dem Essen, wie viele Leute, wenn sie vom Tisch aufstehen, träge aus den Augen kucken. Sie fuhr heftig reibend über die festsitzenden Essensspuren und über die hochgeklappte Deckplatte des Herdes. Kaum war sie auch nur einmal mit dem Lappen drangekommen, zeichneten sich deutlich, grau gefärbt, überall Spritzer und Bahnen ab. Sie bearbeitete die senkrecht stehende Fläche, die dabei leise scheppernd gegen die Kachelwand dahinter schlug, energisch, trotzdem kriegte sie nicht allen Schmutz ab. Nach einer gewissen Zeit reichte es ihr, das Gröbste war weg. Ja, auch die Kochplatten hatte sie, noch davor, mit Papier, das sie immer im Kreis bewegte, gesäubert, so daß sie wieder stumpf, wie gepudert aussahen, wie neu. Man betrachtet in dieser Küche unwillkürlich oft das Katzenbild an der Schranktür, auf rotem Grund eine schwarzweiße Katze, die mit den Vorderpfoten eine Apfelsine hält. Der Gestank nach Fisch wurde immer schwächer, natürlich, die letzten Reste vom Essen verschwanden, und der Geruch des Scheuermittels überdeckte die letzten Spuren. Sie klappte den Herddeckel runter, und der war nun ein blanker weißer Würfel, der vor Sauberkeit strahlte, und genau an dieser Stelle seufzte sie auch auf, wie um einen Schlußpunkt zu markieren. Auf dem Boden lagen Krümel, in einer Ecke neben der Tür stand der Besen. Sie fegte aber jetzt nicht, sie ging vor dem Herd in die Hocke und scheuerte weiter, nämlich zwischen den Schaltern. Es war tatsächlich nötig, auch dort klebten Speiseteilchen, und manches schien schon älter zu sein, denn sie mußte heftig reiben und viel Ata nehmen. Sie versuchte angestrengt, in die Ritzen zu kommen, und hielt nur einen Zipfel des Tuchs mit den Fingerspitzen. Die Nägel waren lackiert, aber an den vorderen Rändern weiß. Da blättert die Farbe ja am schnellsten ab. Das Radio spielte so laut Musik, als wäre gar nicht Mittagszeit. Sie wischte auch die Scheibe ab, durch die man Braten und aufgehende Kuchen beobachten kann. Sie wurde aber davon nicht sauber, sondern grau wegen der Menge Putzmittel im Lappen. Sie sagte jedoch nicht »Verflixt« oder »Verdammt«. An anderen Stellen atmete sie schwer, besonders, als sie sich wieder aufrichtete, ja, das heftig, vielleicht schmerzten die Knie wegen der unbequemen Hockhaltung, und wirklich, sie schlenkerte ja auch die Beine! Dann dies Stickige, Dunstige, natürlich, der rote Kopf! Plötzlich die aufgerissene Tür zum Garten. Und jetzt, jetzt endlich ist es soweit: sie erholt sich auf der Terrasse stehend, nach getaner Arbeit bei ein paar Atemzügen kaum frischerer Luft.

3

»Heute war ein ziemlich heißer Vormittag, kein Wind, die Blumen ließen traurig die Blätter hängen, im Garten und auf der Straße kaum Schatten, die Leute, die unbedingt auf die Straße mußten, schlichen langsam voran.«

»Ich überquerte beim Einholen nur deshalb die Fahrbahn ein paar Mal, um ein Stück im Schatten gehen zu können. Selbst im Haus gab es keine richtig kühle Stelle. Ich hatte bloß das eine Bedürfnis, mich in einen dunklen Winkel vor der Sonne zu verkriechen. Sogar die Vögel blieben in den Hecken versteckt, man hörte fast nichts von ihnen. Jede kleine Anstrengung war schon zuviel.«

»An solchen Tagen möchte man sich ganz winzig machen vor der Sonne. Ich fühle mich dann regelrecht von ihr verfolgt. Ich habe den Eindruck, daß sie einem durch die Augen ins Gehirn sticht. Auch wenn man von außen nichts sieht: meine Beine kamen mir vor wie Elefantenbeine, schwer und schwerfällig, als hingen dicke Gewichte daran. Solche Tage sind grauenhaft, nichts für Mitteleuropäer. Wenn man rasch aufsteht aus der Hocke, wird einem schwarz vor Augen, und es hält lange an, erst nachmittags kann man wieder atmen wie sonst, richtig durchatmen, ohne Angst, zu wenig Luft abzubekommen.«

»Dabei hat man es ja noch gut, wenn man bei der Hitze nicht arbeiten muß. Ich kann alles, bis aufs Essenmachen, verschieben, und auch die Leute in den Büros sollten sich im Vergleich zu Straßenarbeitern nicht beklagen. Die tun mir bei diesem Wetter am meisten leid. Sie sehen ja, sie schuften augenblicklich vor der Tür, die armen Jungen.«

»Ausgezogen hatten sie sich schon, soweit es ging. Und dann der Krach und Staub. Ich beobachtete, wenn ich am Fenster vorbeikam, wie sie sich den Schweiß abwischten und erschöpft gegen ihre Schaufeln lehnten. Sicher, das sind kräftige Burschen, und die Sonne schadet ihnen nicht so viel wie mir, aber wenn man von den Pausen absieht, gut, sie gönnen sich die an Tagen wie diesem öfter, sind sie doch ununterbrochen im grellen Licht und Getöse.«

»Ich schäme mich immer, wenn ich so schnell an ihnen vorbei im Haus verschwinde.«

»Manchmal bilde ich mir ein, daß sie wütend die Leute anstarren, denen es so offensichtlich besser geht in ihren Häusern mit Grün und Garten. Aber ich kann ihnen ihre Arbeit ja auch nicht abnehmen.«

»Andererseits, dachte ich mir, macht es aber vielleicht doch etwas aus, wenn man ihnen wenigstens zeigt, daß man sie bedauert, beziehungsweise, daß man ihnen gern helfen würde, daß man es nicht für selbstverständlich hält, wie sie sich abrackern müssen, also, ich meine eine kleine, freundliche Geste, eine Aufmunterung, ein Hinweis, daß man ihre Leistung anerkennt. Gut, ich habe eine große Kanne Tee gekocht und mit Zitrone und Eisstücken drin rausgebracht.«

»Natürlich grinsten sie mich erst etwas komisch an. Ich mußte auch schreien in dem Gedröhne. Ich verständigte mich mehr durch Zeichensprache. Sie stießen sich gegenseitig an und spielten ein bißchen die rauhen Männer. Schadet ja nichts! ›Tee?‹ hat einer gesagt. Na klar, ich kapierte schon, als wäre es eine Zumutung, daß Leute wie sie kein Bier kriegen sollten. Da stellte ich mich aber taub. Ich kann denen ja nicht Bier anschleppen. Da denke ich gar nicht dran.«

»Sie taten zuerst so, als wäre es eher eine Freundlichkeit von ihnen, daß sie tatsächlich ihre Preßlufthammer und weiß der Kuckuck was weglegten und aus den Tassen brav kalten Tee tranken.«

»Und was meinen Sie? Die Kanne war in Sekundenschnelle leer. Sie brachten sie mir ganz ordentlich mit den Tassen an die Tür und brummelten: ›Das können Sie morgen wieder so machen, junge Frau!‹ Naja, wie die so reden. Die hatten jedenfalls Spaß.«

»Es war ja nur eine Kleinigkeit, aber ich glaube, sie und ich, wir verstanden uns ganz richtig. Es kam auf die Geste an, eine winzige Aufmerksamkeit, etwas, das im Leben mehr sagt als große Worte, ein kleines Zeichen, das nicht schwer zu begreifen ist.«

»Und in diesem Sinne habe ich es getan.«

4

Vor mehreren Jahren war er in einem Zimmer voller Menschen der einzige mit einem gereizten mißtrauischen Gesicht. Hat mir das nicht sofort gefallen, weil ich da Zutrauen fassen konnte aufgrund einer tröstlichen Verwandtschaft? So bin ich zuallererst auf ihn aufmerksam geworden. Ja, ich erinnere mich, die Verdrossenheit, die ich von einer Ecke des Raumes zur anderen leicht ablas, war in dem Augenblick die einzige Empfindung, die sich überhaupt in dieser Ansammlung, an den geröteten Köpfen und dem Getöse vorbei, zu erkennen gab. So bin ich zuallererst auf ihn aufmerksam geworden. Wir sind aufeinander zugesteuert, jeder machte den ersten Schritt. Auch er, sagte er mir ja später öfter – und sein Gesichtsausdruck sei wahrscheinlich eher der einer Konzentration als schlechter Laune gewesen –, habe auf Anhieb etwas Vertrautes gewittert. Das angeblich Fremde habe auf ihn damals, zu Anfang, geradezu wie eine Verstellung aus Absicht gewirkt. Aber das wisse er zu schätzen, jederzeit.

Wir trafen uns an jedem der folgenden Abende und nie allein, es war ja Karneval im Rheinland. Wir verabredeten uns von einem Fest zum nächsten, wir befanden uns immer im Gedränge und zwischen roten, schwitzenden Köpfen, und wenn man sich in irgendeinen Raum schob, konnte man sich in die Stimmung fallen lassen wie ins gemachte Bett. Nach außen trat überhaupt nichts in Erscheinung, wir selbst konnten so tun, als bemerkten wir nicht, daß wir ein Liebesverhältnis begannen. Wir durften einfach im allgemeinen Feiern mitschwimmen, wir wurden im Gewimmel gegeneinandergepreßt, ohne eine Anstrengung zu unternehmen. Alles sah zufällig aus, nichts hatte Bedeutung, auf die sich einer von uns hätte berufen können. Wir bewegten uns wie alle in dem flackernden Licht auf den großen Festen, wir stolperten kurz in fremde Arme, wir lehnten zusammen erschöpft an der Wand, ohne zu sprechen. Aber wir unterschieden uns von den anderen und wußten es beide: Unsere Körper schwitzten nicht. Wenn sie sich berührten, waren sie trocken und frisch, und noch etwas: Wir stemmten uns gegen die allgemeine Atmosphäre, es war eine gemeinsame Vorliebe oder Abneigung, so daß sich eine Verständigung erübrigte: Wir küßten uns im Hellen, in den grell erleuchteten Garderoben und an den Essensständen. Wenn es dunkel wurde, wie ein Kommando zum Näherrücken, sprachen wir miteinander.

Ich staunte damals gar nicht, ich nahm es so hin als angenehme, freundliche Situation. Wir saßen aber einmal in der Nähe eines Stauweihers auf einer Bank. Es wurde langsam wärmer, wir kannten uns schon einige Wochen, und es gab einen Grund, weshalb wir uns in dieser Gegend aufhielten, den ich ihm aber verschwieg, jedenfalls zu diesem Zeitpunkt noch, weil ich fürchtete, ihm würde dann die Lust vergehen zu diesen Spaziergängen. Ganz in der Nähe wohnte ein Mann, den ich noch vor ein paar Monaten heftiger geliebt hatte als irgendeinen Menschen vorher, nein, das ist keine Übertreibung: ein Mann, den ich heftiger geliebt hatte als irgendeinen Menschen vorher! Noch immer geriet ich, sobald ich in die Nähe seiner Wohnung kam, in helle Aufregung, sogar die Hauswände sah ich nur mit schrägen Blicken an, so verschlug es mir den Atem. Er war ja vielleicht gar nicht dahinter, vielleicht in einer anderen Stadt, aber die schreckliche frühere Anziehungskraft strahlte und brannte durch die Mauern und durch meine Kleider auf meine Haut. Es war noch immer eine Lust, eine Wollust für mich und ein beabsichtigter Schmerz, ihn wenigstens auf diese Weise zu spüren. Jetzt, als wir auf dieser Bank nebeneinandersaßen und auf das Wasser kuckten, dösend, träumend, ich aber in Wirklichkeit wachsam, sah ich ihn mit seinem leuchtend weißhaarigen Vater dicht an uns vorübergehen. Nein, wir saßen mit umeinandergelegten Armen, aber es kommt mir so vor, als hätten wir jeder für sich mit im Schoß gefalteten Händen stillgehalten, wie zwei aus dem gleichen Holz geschnitzte Figuren, bis es vorbei war.

Dann unsere Waldspaziergänge! Da war ich in meinem Element. So oft wir konnten, bei jedem Wetter, sind wir unterwegs gewesen, manchmal ganze Tage. Wir gingen und blieben stehen, um uns zu küssen, und ich habe oft heimlich die Stellen vermutet, wo er mir zwanghaft den Arm um die Schulter legen würde. Ich sah es der Landschaft an, ich hatte immer recht, ich mußte ja nur ein bißchen den Schritt verzögern, wenn er nicht selbst drauf kam. Die ersten zwei Jahre unserer Freundschaft brachten wir hauptsächlich im Wald zu, alle Jahreszeiten in der würzigen, heißen, kalten Luft. Wir werden abends ganz ähnlich gerochen haben. Alltags waren wir fast immer für uns. Ja, wir gingen und gingen, und ich atmete die gute Luft und fühlte mich leicht und zufrieden und froh, daß ich nicht allein sein mußte. Zu zweit konnten wir stundenlang in einer Fichtenschonung liegen. Aber ich erinnere mich an etwas sehr deutlich, und es erregte fast einen Widerwillen in mir, eine Trauer, so daß ich mich dann einfach wegrollte, ohne etwas erklären zu können in meiner plötzlichen, kindischen Abneigung: Ihn selbst roch ich nicht, es war nur eine schwache Ausdünstung da, wenn ich ihm ganz nahe kam und mich fast in seinem Arm, in seinen Lippen verbiß. Ich roch die Fichten, die vermodernden Blätter, den Schnee, es war, als röche ich an mir selbst. Ein Verblassen, immer, wenn ich mich ihm zuwandte.

Jetzt, wenn ich es weiterverfolge, zeigt sich, daß wir, ob wir gehen, an einem Tisch oder in einem Bett sitzen, oft in unsere eigenen Gedanken versunken sind, aber anders als schon früher: Wir sprechen ja dabei miteinander! Wir sind oft erschöpft von unserer Arbeit, wir sind so sehr eingestellt darauf, daß wir uns kaum auf etwas anderes, davon Verschiedenes besinnen können. Auch der Körper ist ganz eingespannt. Unsere Unterhaltung? Nicht schlecht, jeder hat viel zu erzählen. Ich erzähle runterrasselnd von den Anstrengungen der Schule, es interessiert ihn ja. Er erzählt von seinen Wirtschaftswissenschaften. Es interessiert mich ja. Manchmal ist es so, als bestünden wir ganz aus unseren Berufen und es gäbe nichts darüber hinaus. Erst an diesem Punkt werden wir wirklich, jeder für sich, ernst. Wenn wir damit anfangen, ist die Stimmung für die Liebe vorbei. Idiotisch, so was dann noch versuchen zu wollen, unsere Berührungen bleiben zufällig. Nein, manchmal, auch in den Ferien, entwickelt sich ja etwas. Aber hat dieses vernünftige Reden ohne Umwege nicht sehr zugenommen? Wird es nicht immer stärker zu einer Lust, so freundschaftlich miteinander zu reden und alles, was den Austausch von sachlichen Inhalten stören könnte, außer acht zu lassen? Und dann: War es im wesentlichen je anders? Tritt es vielleicht jetzt nur ohne jedes Beiwerk auf?

Immer öfter denke ich unwillkürlich an Liebe, die nicht zärtlich ist. Ich habe im Fernsehen einen jungen Gitarrenspieler beobachtet. Er riß sein Kinn wie aufjaulend hoch und die Lippen zu ihrer äußersten Dehnung auseinander. Dabei blieb er stumm, aber der Mund bewegte sich in einer Grimasse, als würden mit ungeheurem Willen Wörter oder Schreie formuliert. Das war ja nicht das erste Mal, schon immer zogen mich so ekstatische Fratzen an, Gesichter, vollkommen verzerrt von einer kaum noch zu ertragenden Empfindung. Ich denke nie an ihn dabei, ich versuche es, aber es löst sich auf vor meinen Augen. Es könnte aber immer mein eigener Mund sein, der sich so schreiend aufsperrt. Ich bin ja nicht unglücklich, ich spüre nur, wie mich heftiger etwas anderes interessiert, eine Sehnsucht nach einem totalen Erzittern, einer lebensgefährlichen Überschwemmung, eine Liebe unter höchster Aufmerksamkeit wie ein tierisches Aufeinanderzuspringen. Ich denke daran, während wir Gespräche führen wie Selbstgespräche, und ich könnte aus meiner Vorstellung manchmal aufschreien vor Freude und Heißhunger, während eine Hand auf meiner Schulter ruht und ich nicht weiß, ob es meine oder seine ist. Liege ich nicht auf der Lauer nach einer Möglichkeit? Läuft es etwa darauf hinaus?

I

»Schon immer, soweit ich zurückdenken kann, hatte ich eine genaue Vorstellung davon, wie nah ich Menschen an mich heranlassen wollte. Zu den wichtigsten Dingen gehören für mich Takt, Diskretion. Man sollte nicht bis in das Innerste eines Menschen vordringen wollen und ihn nicht in seinen Geheimnissen stören. Den meisten Dingen geht man am besten nur im Notfall auf den Grund. Bei aller Wahrheitsliebe schätze ich doch, als Möglichkeit, das Gesicht auch anderer zu wahren, die Notlüge sehr. Man muß nur mit ihr umzugehen wissen.«

»Mein Vater war immer ein sehr fleißiger Mann, der für und mit dem Bochumer Verein lebte und atmete. Nur langsam zog er sich aus dieser Arbeit zurück und ganz gegen seinen Willen. Lange führte er noch einzelne Sonderaufgaben durch. Und doch wurde plötzlich, nachdem es sich bis dahin so unbemerkt darauf zu entwickelt hatte, allen deutlich, daß etwas Unvermeidliches und Trauriges geschah: Die Arbeit, die immer als etwas Nichtwegzudenkendes, Sicheres, ja Moralisches und zu größter Anstrengung Verpflichtendes hinter allen Überlegungen und Entscheidungen meines Vaters stand, war, wir Töchter mußten es uns untereinander eingestehen, zu etwas anderem, zu einer Beschäftigung geworden, zu einem Listenführen und Aufrechnen, das jetzt die einzige Funktion erfüllte, eine Lücke zu verschleiern. Unser Leben lang kannten wir unseren Vater als einen anderen. Jetzt brauchte er wirklich unsere unauffällige Hilfe, ohne daß nur ein Wort mit ihm darüber gewechselt werden durfte. Es mußte unter der Hand geschehen, daß anstelle des Bochumer Vereins der Kolpingverein trat.«

»Da mein Vater sehr lange lebte, mußte, an einem bestimmten Punkt, auch diese Tätigkeit langsam abgebaut werden, was von uns allen großes Fingerspitzengefühl verlangte. Es war seine letzte Verbindung mit der Außenwelt. Dann saß er nur noch am Fenster und betrachtete die Vögel mit seinem schönen, würdevollen Gesicht, dazu sang er Bruchstücke alter Volkslieder, wobei ihm manchmal Tränen aus den Augen fielen. Selten gelang ein Gespräch, und dann, wie über eine riesige Entfernung hinweg. Aber wenn ich sein kühnes Gesicht ansah, gab es zwischen uns eine viel bessere Verständigung und größere Nähe als durch Worte. Wie habe ich in solchen Momenten die dämlichen Fernsehsendungen über die ›Alten‹, von denen all diese jungen Rotzer so wenig wissen und wissen wollen, als Unverschämtheit gehaßt! Sie ahnen gar nicht, was älteren Menschen damit angetan wird und wie äußerst unzutreffend sie sind. Und doch können sie so sehr verletzen: Diese plumpen Annäherungsversuche, dieses brutale Niederwalzen habe ich immer für geistigen Terrorismus gehalten, der genausoviel Schaden anrichtet wie der andere.«

»Seit vielen Jahren, seitdem sie Mode geworden sind, halte ich diese Sendungen, und ich tat es besonders, wenn ich meinen Vater ansah, für eine Form von geistigem Terrorismus. Wer versteht denn die alte Frau Jansen, die mit ihren über 80 Jahren erleben muß, wie von der Kirche Weihrauch und Kerzen, Überschwang und Marienverehrung, alles Gegenstände ihrer Begeisterung, als Vergangenheit ersatzlos gestrichen werden? Ich selbst war nie fromm, aber wie schwer ist jemand zu trösten, der sagt: ›Ich bin doch immer so gerne fromm gewesen!‹ Mein Vater sah manchmal, aus seinem Sessel heraus, meine Hände an und sagte: ›Ich poliere mir meine Fingernägel auch mit einem kleinen Lederlappen, aber nie werden sie so glänzend wie deine.‹ Meine waren lackiert. Wie sehr mein Vater bis zu seinem Tod die kleine Etikette des ›Zurechtmachens‹ liebte, ein schönes Taschentuch für die Jackentasche, ein Tropfen Kölnisch Wasser, eine Blume im Knopfloch! Wir Töchter durften ihn auch anders sehen. Fremde nicht. Er legte großen Wert auf die bestimmte Erinnerung, in der man an ihn denken sollte.«

»Sein letzter Geburtstag, wenige Monate vor seinem Tod, wurde noch einmal groß gefeiert. Er war schon sehr krank und konnte sich nur noch im Rollstuhl vorsichtig durch die Zimmer bewegen lassen. An diesem Tag aber versammelten sich alle Verwandten und verbliebenen Freunde, Abgeordnete der Stadt und des Bochumer Vereins und der Kirche. Ein langer, anstrengender Tag! Nie werde ich dieses Bild vergessen: Sehr elegant saß er in seinem Stuhl, tadellos und eindrucksvoll in Anzug und Hemd – nur, daß niemand ahnte, daß beides hinten aufgeschnitten war, damit er sowas überhaupt noch anziehen konnte –, aufrecht und diszipliniert mit leicht geröteten Backen, strahlend noch einmal im alten Glanz – nur, daß er trotz der vielen Trinksprüche keinen einzigen Tropfen trank, um nicht zum Klo zu müssen, um nicht die aufgebaute Pracht zu gefährden: eine letzte große Tat, die er mit einem mächtigen Energieaufwand absolvierte. So haben wir ihn alle im Gedächtnis bewahrt, wie er es wollte. Die Kehrseite dieses Auftritts machte ihn für mich eher noch imponierender.«

»Wörter können Katastrophen auslösen. Je älter Menschen werden, desto verletzlicher werden sie auch. Es ist so wichtig, ihnen ihre Träume, ihre Illusionen und, auch körperlichen, Geheimnisse zu lassen. Je älter Menschen sind, desto größer ist die Rolle, die Takt und Diskretion zur Aufrechterhaltung ihrer Würde spielen. Als meine Mutter, die mit 55 Jahren natürlich viel erschöpfter aussah als heute eine Frau von 65, auf dem Markt von einem Händler, bei dem sie oft kaufte, eines Tages mit ›Na, Oma!‹ angeredet wurde, sagte sie nur: ›Ich bin nicht Ihre Oma!‹ und kaufte nie wieder bei ihm.«

»Als ich vor einiger Zeit eine Freundin, die ich noch aus meiner Schulzeit kenne, in Süddeutschland besuchte, machte sie einen sehr bekümmerten Eindruck. Nach längerem Zögern gestand sie mir, in großer Verlegenheit, sie habe sich mit ihrem Freund, der zwar verheiratet ist, der sie aber schon viele Jahre treu besucht und alle möglichen Arbeiten an Haus und Garten bei ihr durchführt – im Grunde die einzig wirklich zuverlässige Stütze in ihrem Leben –, tief zerstritten. Es war zu einem kurzen, bösen Wortwechsel gekommen. Sie hatte tatsächlich gesagt: ›Du hast ja Scheiße im Gehirn!‹, worauf er prompt antwortete: ›Und du bist verkalkt!‹ Das verzieh sie ihm besonders deshalb nicht, weil er etwas jünger ist. Sie errötete, während sie das erzählte, wie ein junges Mädchen. Ich trank meinen Kaffee ruhig weiter und sagte nur: ›Ist das alles?‹ Am Abend, nach einem kleinen Spaziergang, sahen wir den Mann in seinem Auto vor dem Haus herumlungern. Meine Freundin ging sofort im Sturmschritt auf die Haustür los, ich hatte es nicht so eilig. Er kam näher und sagte, er habe schon den ganzen Tag auf mich gewartet, um mit mir darüber zu reden. Wir setzten uns in sein Auto, für meine Verhältnisse wirklich eine sehr ungewöhnliche Situation, rauchten jeder zwei Zigaretten, und er fragte schließlich, wie die Aktien ständen. Ich bin neutral geblieben und meinte, sie hätten sicher beide den Bogen überspannt, aber es sei idiotisch, nach so vielen Jahren dieses besondere Verhältnis aufzugeben. Er wisse doch genau, daß sich meine Freundin jeden Nachmittag für ihn schön mache, unverändert seit elf Jahren. Er wurde rot von den Schultern rauf. ›Ihre Freundin ist so hilflos‹, stammelte er, ›man muß sie verwöhnen.‹ ›Das meine ich auch. Was täte sie ohne Sie, und was fingen Sie ohne meine Freundin an!‹ gab ich ganz sachlich zurück. Er habe sicher nicht bedacht, was ›verkalkt‹ eigentlich bedeute. Außerdem kenne meine Freundin den Ausdruck ›Scheiße‹ nur von ihm. ›Trotzdem‹, rief er plötzlich, ›ich kann nicht mehr zurück!‹ ›Brauchen Sie auch nicht‹, sagte ich gleichmütig, ›aber wenn: Ich bin bis Dienstag hier!‹ Meiner Freundin gegenüber äußerte ich mich etwa so: ›Du hast ihn tief in seiner Ehre gekränkt, ob man das komisch findet oder nicht. Falls er nochmal bei dir schellt, ist es eine große Überwindung von seiner Seite.‹«

»Montag kam er leicht besäuselt an. Eine schreckliche Woche liege hinter ihm. Um ein Haar wäre alles zerstört gewesen. Es war aber auch mit ein paar Worten zu retten. Die beiden mußten nur wieder eine freundlichere Vorstellung von einander kriegen. Am nächsten Tag brachte er ihr einen Korb Weißkohl und machte ihr Sauerkraut ein.«

»Im Prinzip gehe ich immer davon aus, daß die Wahrheit gesagt wird. Ich erwarte die Wahrheit als etwas Natürliches. Ich glaube auch heute, wenn jemand mit mir spricht, uneingeschränkt und gern an die Richtigkeit seiner Worte. Und doch, als Möglichkeit, das Gesicht auch anderer zu wahren, schätze ich die Notlüge sehr. Man muß sie nur zu handhaben wissen.«

2

Angefangen hatte sie nach dem Mittagessen, nach diesen zehn Minuten, die sie auf dem Sofa liegt mit geschlossenen Augen, wirklich tief schlafend, ein kurzer Intervall, den sie exakt einhält, ohne Wecker, aus eigenem Antrieb aufspringend. Ja, sie warf die Decke mit einem Ruck von sich und ging eine Weile im Haus hin und her, schnell und klappernd, Türen öffnend und schließend, und es hatte alles einen klar erkennbaren Grund. Sie arbeitete nach einem Plan, den sie schon vor dem Schlafen gefaßt hatte. Um eine Angelegenheit handelte es sich, die geübt, die ihr längst in Fleisch und Blut übergegangen war, so sicher und fix, aber auch eine Sache, die sie mit Freude und Erwartung erfüllte, so schwungvoll und vergnügt, so trällernd, so gespannt führte sie alles aus. Sie sprühte sich ein bißchen kaltes Wasser ins Gesicht, nachdem sie vorher gründlich die Zähne geputzt hatte, tupfte es vorsichtig ab, lief in den kleinen Ankleideraum, sprühte sich Spray dort unter die Achselhöhlen, denn nun stand sie da, im Unterrock vor dem Kleiderschrank, unschlüssig einen Moment, die Bügel hin- und herschiebend, hob die Gardinen beiseite und warf einen Blick nach draußen, um das Wetter zu prüfen, natürlich, sie sah den Himmel an. Sie öffnete das Fenster einen Spalt und hielt wie winkend die Hand raus, überlegte noch mit gespitzten Lippen und den Zeigefinger gegen das Kinn tippend, ein Kleid halb herausziehend und wieder zurückstoßend, dann war die Entscheidung gefallen. Sie nahm einen braunen, glockigen Rock von einem Träger, an dem er mit mehreren zusammenhing, und zog ihn an, indem sie mit den Füßen behutsam in die Öffnung stieg. Sie sah an sich runter, entdeckte tatsächlich einen Flecken, aber es gelang ihr mühelos, ihn durch Reiben zu entfernen. Ohne Zögern holte sie aus einer anderen Gegend des Schrankes eine Bluse, ebenfalls braun, eine Seidenbluse mit vielen, präzise untereinanderfliegenden roten Vögeln darauf. Ja, so angekleidet, war sie im Schlafzimmer vor den Spiegel getreten und hatte sich betrachtet, nein, sie studierte eigentlich nur ihr Gesicht. Sie beachtete ihren Körper von den Schultern abwärts gar nicht, sie stand sehr dicht vor dem Spiegel, wobei es sich so verhielt, daß, da der Spiegel auf eine Kommode montiert ist, die Kanten des Unterbaus gegen ihre Schienbeine stießen und so verhinderten, daß sie sich dem Spiegel vollkommen näherte. Aber es gelang ihr doch zum Teil, denn sie lehnte sich nach vorn, sie stand schief vor dem Glas und hielt ihr Gesicht daran. Nur die Gesichtsmuskeln bewegte sie, eine zweckmäßige Grimasse, nicht eine aus Übermut oder Ärger, sondern um die Haut, die Falten, die Winkel zu prüfen. Sie tat es rasch, trotz aller Intensität wie geistesabwesend, traurig, einen Moment lang traurig, als sie die kleinen Hautsäcke, die Furchen besichtigte. Sie wechselte den Ausdruck ihrer Augen, ihres Mundes so schnell, daß es sich nicht sagen läßt. Ich könnte mir aber in dieser Situation gut vorstellen, daß es ein Anflug von Melancholie war. Sie kämmte nun längst ihr Haar, entschlossen und ohne Zimperlichkeit fuhr sie mit dem Kamm durch die kurzen Locken, drehte den Kopf zwischen den drei Spiegeln, und erst dann, als sie sich wieder in der Küche befand, kam das Eigentliche. Hier holte sie einen Schminkspiegel aus einer Ecke des Küchenschrankes, prüfte ihr Gesicht ruppig, ohne zur Schau gestellte Gefühle, wie vorher den Rock, und auch hier wieder mit Folgen, sie verrieb etwas Creme, aufgehoben wie die anderen Utensilien dieser Art in der Küchenschublade, puderte die Nase und die Backenknochen, zeichnete unbedenklich kräftig mit zwei gebogenen Strichen die hellen Augenbrauen nach, schminkte ebenso entschieden die Lippen mit einem Stift, dessen Farbe sie offenbar kannte, denn sie fuhr, ohne hinzuschauen, sofort damit an den Mund. Hier allerdings mißlang etwas, sie schoß an der rechten Seite weit über die Kontur hinaus und mußte die Farbe mit Papier abtupfen, so daß sich die Haut um den Mund rot verfärbte und ein Teil der Zähne ebenfalls, also ein neuer Versuch, diesmal mit erzwungener Geduld. Jetzt schon ein Blick auf die Uhr, ein sehr hastiger Blick in den Spiegel. Sie holte neben den Tellern im oberen Schrankfach ein Fläschchen Parfüm hervor, dort standen mehrere, besprühte die Ohrläppchen, tippte den Finger gegen die Nase und berührte sie so mit einem Tröpfchen Duft. Ja, auch hier tat sie es, obschon sie es meist bei anderen Gelegenheiten macht, um selbst etwas Gutes zu riechen. Hier nun aber Schluß. Dies alles war erledigt, nach ein paar schnellen, gut trainierten Gesten stand sie an der Haustür mit einer Tasche, in der jetzt ein Knirps, ein Portemonnaie, ein Taschentuch, ein beschriebener Zettel liegen, hatte auch die Zeit auf der Küchenuhr mit der am Arm verglichen, einen braun-weiß gemusterten Regenmantel angezogen, ein grünes Halstuch, und an diesem Punkt, den Griff der Haustür schon in der Hand, gefragt – aber danach war ihr von selbst etwas eingefallen, und vor Schreck öffnete sie den Mund weit, was sie selten tut, und sie rannte die Kellertreppe runter und kam nach kurzem Gepolter mit anderen, jetzt natürlich passenden Schuhen hoch und schlug die Tür wüst hinter sich zu – »Kann ich mich denn so sehen lassen?«

3

»Bei mir sind es besonders Gesten, die sich einprägen, unauffällige kleine Bewegungen, die ich mir lange merke, die etwas ausstrahlen, bedeuten, ja, ich glaube, etwas verraten.«

»Es ist oft viel mehr als nur ein Blick oder eine Armbewegung. Ich habe heute wieder einen von meinen alten Freunden in der Stadt getroffen. In regelmäßigen Abständen kann man ihn vor dem Kaufhof sehen. Da wird einem ja allerhand angeboten und aufgedrängt, Schmuck, Topfreiniger, all dieser Kram. Ich gehe eigentlich immer schnell vorbei. Für mich haben die billigen Jakobs überhaupt keine Anziehungskraft.«

»Aber der Mann, von dem ich jetzt spreche, fällt doch sehr aus dem Rahmen.«

»Er ist alt und sitzt, sorgfältig in ordentliche Decken gewikkelt, in einem Rollstuhl. Zum zweiten Mal hingekuckt habe ich damals, als ich ihn zum ersten Mal bemerkte, weil er mich so schlagartig an meinen Vater erinnerte.«

»Wirklich verblüffend, nicht allein die langen, dichten weißen Haare und der kühne Gesichtsschnitt, es war besonders die kühle, konzentrierte Art mit der er, das Profil geradeaus gerichtet, durch die Leute hindurch etwas Entferntes anzusehen schien, ganz unbeirrt von dem Gewühl um ihn her, etwas Standhaftes, Herrisches.«

»Dabei versuchte er doch, eine Ware zu verkaufen. Er hätte sich also in diesem fürchterlichen Gebrause auf irgendeine Weise melden müssen. Aber er glaubte wohl, das nicht nötig zu haben. Er sprach nicht, machte keine Bewegung, sondern starrte nur fest und ohne Wimpernzucken wie ein Felsen in der Brandung.«

»Auf seinem Schoß hielt er einen Kasten mit Heftpflaster in verschiedenen Abpackungen. Ich kriegte zuerst diese beiden Dinge gar nicht zusammen, sein stolzes, unbeteiligtes Gesicht und die Tatsache, daß er unverkennbar, wenn nicht gerade bettelte, so doch immerhin Straßenhändler war. Die treten gewöhnlich anders auf!«

»Ich stand da und sah ihn an und stand vermutlich sehr ungeschickt im Gedränge, denn ich wurde wütend von Leuten angestoßen, weil ich mich nicht vom Fleck rührte.«

»Ich nehme an, daß er gar nicht staunte, als ich auf ihn zuging und mich nach dem Heftpflaster und dem Preis erkundigte.«

»Er antwortete zunächst nicht, sondern sah mich nur still an, nicht überrascht, aber aufmerksam, als wäre es doch etwas Eigenartiges, daß jemand auf ihn zutrat und wahrhaftig bei ihm kaufen wollte.«

»Er hatte, hier mitten unter den grimmigen, sich vorwärtsschiebenden Leuten, ein so friedliches, beinahe entrücktes Gesicht, daß ich ihn anlächeln mußte, es war etwas wie ein Luxus zwischen all den Pappgesichtern, die an einem vorbeirollten, Mensch, als wären es immer dieselben.«

»Er lächelte nicht zurück und sagte: ›Zwei Mark.‹ Aber er tat etwas anderes. Als ich ihm das Geld hinlegte, hielt er einen Augenblick lang meine Hand, nicht aus Dankbarkeit oder so einem Gefühl.«

»Ich will Ihnen zeigen, wie er es gemacht hat. Sehen Sie, es war fast ein Streicheln, ich kam mir plötzlich viel jünger vor, eine Geste, ganz unabhängig von unserem kleinen Handel, ein

Ausdruck freundschaftlicher Verbundenheit, etwas Spontanes, ein gegenseitiges Erkennen. Genauso hielt mein Vater in den letzten Wochen vor seinem Tod, wenn ich ihn besuchte, meine Hand.«

»Deshalb gibt es in diesem Haus soviele Heftpflaster. Immer, wenn ich ihn von weitem sehe, gehe ich zu ihm. Ich würde auch einen Umweg in Kauf nehmen und unter dem Vorwand, wieder Pflaster zu benötigen. Es scheint ihn aber gar nicht zu wundern, wie hoch mein Verbrauch ist. Wir wiederholen nicht jedesmal diese Geste, so feierlich sind wir natürlich nicht. Vielleicht erinnert er sich auch gar nicht mehr daran. Das eine Mal hat genügt und eine Vertrautheit zwischen uns geschaffen.«

»Das vergesse ich nicht, deshalb halte ich ihm die Treue!«

4

Ganz früher war es vielleicht am schönsten. Wenn ich an meine Kindheit zurückdenke, fällt mir immer dies, genauer als alles andere, ein: Ich saß auf unserem kleinen Klo und ließ die Zeit vergehen. Ich hörte erst auf, wenn jemand an die Tür klopfte. Mein Kinn legte ich auf die Fensterbank und sah in den Himmel. Ich sah die große Pappel mit der gespaltenen Spitze, in Wirklichkeit waren es zwei Bäume, die eng beieinanderstanden, aber sie hatten sich ellipsenförmig zu einem geformt, zu einer Flamme, die in den Himmel schoß, kräftig wie eine grüne, mächtige Fontäne auch. Dabei gab es Augenblicke, die alles überstrahlten, die eigentlich meine Kindheit mir nachträglich vollkommen ausdrücken: Bei blauem, wolkenlosem Himmel funkelte plötzlich die Pappelspitze auf, sie begann zu zittern und zu brausen in dem Feuer, das sie so sehr ergriff, daß ich es von Kopf bis Fuß in mir selbst spürte. Es war ein glorreicher Moment, der uns beide, die Pappel und mich, mit einem glühenden Licht erfüllte, es war eine Verklärung und äußerste Innigkeit, und ich glaubte dann noch heftiger an Gott als in der Kirche, weil ich ihn ja mit eigenen Augen sah. Wenn ich auf die Straße zum Spielen zurückkehrte, entsprach nichts meinen festlichen Gefühlen. Ich hatte mich ja blenden lassen, und eine Weile kamen mir die Steine, die Freundinnen, die Bälle und Butterbrote und die Stimmen alle erloschen und dunkel vor.

Es ging ja weiter. Als ich heranwuchs, war es die Nordsee, die ich nur ankucken mußte, an die ich in der Stadt nur zu denken brauchte, um mich nicht so allein zu fühlen. Als ich zum ersten Mal an der Küste stand, wußte ich sofort, daß es genauso in mir selbst aussah, und je wüster die Brandung, um so besser, und je grauer, je finsterer, um so besser. Zwischen zehn und zwanzig Jahren bin ich so oft wie möglich dort gewesen, und ich habe mir Bilder von Sturmfluten angesehen, um mich zu trösten. Im Anblick der hinwütenden See wußte ich, daß es mich gab und geben durfte. Ich stand so lange am Ufer und nahm alles auf mit bösem, glücklichem Herzen, auch die schreienden Möwen mit ihren harten Augen. Das Meer war mein einziges Gegenüber, das zählte, ein Freund, ein Widerstand, eine Entsprechung in seiner Entschlossenheit. Immer kam ich ermutigt und viel gesünder vom Meer zurück. Wie gerne, bildete ich mir ein, wäre ich, hätte ich nicht die Todesangst gefürchtet, damals in den Wellen am Horizont verschwunden. Wenn es doch nichts anderes als eine schmerzlose Anverwandlung gewesen wäre!

Dann, ja, mit 21 kam die Ablösung. Da war ich am Mittelmeer! Da befand ich mich in einer Überschwenglichkeit, in einem Luxus und einer Weichheit der Natur, die mir alles aus den Händen schlug. Ich fror nicht mehr, ich verschloß mich nicht, ich fürchtete nichts, der Himmel war sorglos blau gedehnt und dröhnend blau. Ich fühlte, wie ich mich polsterte, wie die Härte und Kantigkeit schwand und alles ohne Anstrengung. Ja, weitete ich mich damals nicht mit einer Schnelligkeit und Mühelosigkeit, die allein auf diese leichte und so süße Landschaft zurückzuführen war? Hier begriff ich ja endlich, wie sehr ich mich getäuscht hatte in den vorangegangenen Jahren, die mir jetzt ungeheuer asketisch und bitter erschienen: Das Leben war viel einfacher, als ich bis dahin glaubte. Man mußte sich nur sinken lassen und würde schon sehen, daß man gewissenlos in die richtige Form fiel. Von morgens bis abends hockte ich im Sand und lächelte und lachte, ohne es unterdrükken zu können, das Meer an, das immer sanft, sanft mir entgegenflutete, damit sich alle Muskeln entkrampften und doch auch wieder anspannten zu einer neuartigen, übersteigerten Begeisterung, als wäre dieses neue Meer ein aufgefundener Beweis, eine triumphierende Wahrheit, der ich mich überlassen konnte, eine Lebenswahrheit, es war fast wie bei den Pappeln und ein anhaltender Augenblick.

Aber dann, im Laufe der nächsten Jahre, so zeichnet es sich inzwischen deutlich vor mir ab, passierte etwas, eine Änderung, insgesamt eine Verschiebung, die mich nicht glücklicher machte: Die Wochen im Sommer am Mittelmeer blieben wie bei der ersten Entdeckung, ich fühlte mich dann uneingeschränkt zufrieden, frei und mit der Welt im reinen, aber nur noch dann. Gerade weil es eine so wesentliche Zeit für mich war, entwikkelten sich die Ferien zum Höhepunkt, auf den ich den Rest des Jahres hinlebte, deprimiert, wenn der Sommer vorbei war, sehnsüchtig und mit letzter Kraft in der Schule aushaltend, wenn er bevorstand, immer aber blind für die Gegenwart und die Landschaft, die mich umgab, für die Natur, die ich hätte aufsuchen können, und verdrossen über den blassen Himmel und seine Unbeständigkeit. Es hellte sich überhaupt nur noch im Urlaub richtig auf zu Wahrnehmungen, alles hatte sich zugespitzt auf die wenigen Wochen von den vielen. Die Meeresgegend sah ich an als Existenzziel, geeignet für eine Andacht von morgens bis abends, für die ich mit dem übrigen, wertlosen Jahr bezahlte.

Aber auch das ist ja anders geworden, nur habe ich es erst allmählich gemerkt. Immer bin ich mit großen Erwartungen ans Meer gefahren, nach jedem Schuljahr war es für mich eine Rettung, aber es erfüllte sich nicht mehr ganz so wie früher. Ich lag noch mit dem nackten Bauch im Sand, das schon, aber es fing an, einmal, an einem Punkt, ich weiß nicht wann, mich anzustrengen, das Meer, diese Landschaft, dieses Leuchten zu einer Erholung werden zu lassen. Ich war ja so entschlossen, daß ich gar nicht richtig hinsah, bis es schließlich massiv genug wurde: Die Gegend trennte sich von mir ab, zugesperrt und zugemauert. Auch wenn ich eine Stelle noch nach gereiztem Suchen entdeckte! Der Funken sprang nicht mehr über, alles war jetzt bewußt, übervölkert und ausgenutzt. Ich konnte es nicht übersehen und nicht mehr vergessen. Das Meer verlor seine Wirkung. Seit langem spiegelt sich nichts mehr, oder nur sekundenweise, bei großer Sammlung. Wenn ich dort bin, laufe ich, wie sonst auch, in einem Käfig auf und ab, und es ist immer diese Bemühung da, einen Ausgang zu finden, einen winzigen Durchlaß, der mir die Möglichkeit gibt, heranzukommen an die Landschaft, die mir greifbar nahe vor Augen, aber abgekehrt ist, unberührbar hinter ihrer Abgedroschenheit, wie versteinert und ohne Atem, abgefingert von allen und ohne Energie, ohne Aufflammen. Sie hat einen zu großen Platz in meinem Leben eingenommen.

Jetzt, nach diesem letzten Aufenthalt, weiß ich dazu: Es ist nicht nur so, daß ich keine Stelle mehr habe, wo ich mich einfach fallen lassen darf und aufgefangen werde und mich ganz bei mir selbst ausruhen darf. Es ist noch etwas anderes: Ich selbst war oder bin in meinem Wert gesunken. An den eingeteilten, aufgeputzten Stränden vor dem Meer, das viele abgeschrieben haben, spürte ich genau, daß auch ich nicht mehr ernst genommen und nicht geliebt werde in meiner Besonderheit, auch mich hat man entmutigt, geohrfeigt und freigegeben zur gleichgültigen Verfügung. Heil am Körper kann ich hin- und zurückfahren, wie ich nur will, billig und oft, ich weiß, aber man beleidigt mich, ich bin nichts Eigentümliches mehr, aber handlich. Ich spüre es direkt mit meiner Haut, wie wir beide, das Meer und ich, benutzbar sind und weiter nichts. Jetzt ist ein Punkt erreicht, wo ich nicht weiß, wohin, und es bleibt nur noch die Freude einer langsamen Zerstörung.

I

»Wie habe ich in meinem Leben zu unterscheiden gelernt zwischen der Menge der Leute und Einzelnen, zwischen wirklichen Freunden und Feinden, zwischen wirklichen Freunden, die sich über viele Köpfe weg, und sei es aus der Ferne, sei es nur für kurze Augenblicke, als gleichgesinnt erkennen, und der Masse.«

»Vor einiger Zeit machte ich mit meinem Mann Urlaub in der Südschweiz. Ich selbst fühlte mich dort leicht und beschwingt wie seit vielen Jahren nicht. Nur hatte ich immer Klötze am Bein. Weshalb sich alte Leute so gern an meine Fersen heften, weiß ich nicht: Eine gehbehinderte 80jährige Dame aus Norddeutschland, reich und verwöhnt, wollte jeden Tag langsam neben mir spazierengehen. Und ich mußte immer freundlich und höflich bleiben. Dabei zog es mich zurück zu Tempo und allem, was dazugehört. Zuerst schlug mir etwas anderes aufs Gemüt: Von unserem Balkon aus kuckte man auf eine neue, triste Krebsklinik. Sie stand da so unerbittlich und sachlich, und immer sah man eine arme Seele auf einer der Veranden in die Ferne starren. Warum hat man das nicht freundlicher gebaut? So eine Gleichgültigkeit, so eine Herzlosigkeit! Das Haus und die Patienten strahlten in dieser Form nicht die geringste Hoffnung aus. Man merkte deutlich: Es war ganz egal, ob einer mehr oder weniger lebte oder starb. Einem Kranken dieses Gefühl zu geben, gehört zum Schlimmsten, das man einem einzelnen Menschen antun kann.«

»Das Hotel, in dem wir selbst wohnten, wirkte sehr elegant und international. Das Essen wurde immer nach einem genauen Ritus serviert von reizenden, liebenswürdigen jungen Mädchen. Eine Dame, etwa in meinem Alter, dirigierte alles sehr streng vom Ende des Saales aus. Man spürte, daß alle sie fürchteten, so prüfend ließ sie ihre Blicke über die Tische wandern. Sie machte sich sehr schnell ein Bild von den verschiedenen Gästen, und ich glaube, jeder bemühte sich, bei ihr einen guten Eindruck zu hinterlassen. Ich empfand das, offengestanden, doch als etwas zu arrogant, ich kuckte genauso kühl zurück. Weil ich so kühl zurücksah, fiel mir auch eines Tages auf, daß ihr Gesicht eigentlich gar nicht hochmütig, sondern schmerzverzerrt war, und daß sie nur so unbeweglich dastand, weil ihr wahrscheinlich jede Unruhe wehtat. Das kannte ich! Ein Fall für mich! Beim Verlassen des Speisesaals blieb ich kurz bei ihr stehen und fragte, ob sie sich nicht wohl fühle. Sie hob erstaunt die Augenbrauen und sagte: ›Das fällt Ihnen auf?‹ ›Nur‹, antwortete ich schnell, ›weil ich gelegentlich, wie ich annehme, ähnliche Beschwerden habe, Rheuma in den Schultern, das über den Nakken bis in den Kopf zieht.‹ ›Ja‹, sagte sie da ganz einfach, ›ich stehe hier und passe auf, daß alles klappt, und bin in Wirklichkeit fast verrückt vor Schmerzen. Jetzt in die Stadt zum Arzt zu fahren ist aber völlig ausgeschlossen.‹ Einen Augenblick später war ich wieder bei ihr und konnte ihr meine vorzügliche Salbe präsentieren. Schon am Abend, beim Essen, strahlte sie mir von weitem entgegen. Auf unserem Tisch stand ein herrlicher Blumenstrauß. Sie sei wie erlöst. Wie mich das freute! Ja, wie mich das freute! Für den Rest des Urlaubs verband uns beide eine herzliche Freundschaft, ohne daß darüber besondere Worte gewechselt worden wären. Die anderen kriegten den Mund nicht wieder zu! Eine bewundernswerte, tüchtige Frau. Wir akzeptierten uns gegenseitig in dem Gewimmel der essenden und trinkenden Leute von diesem Moment an.«

»Eine schlimme Erfahrung für mich war eine Hautkrankheit in den letzten Jahren, ein Ekzem, das sich über den ganzen Körper zog und mich sehr quälte. Ich empfand es als so heimtückisch, weil ich immer auf meine schöne, helle Haut stolz gewesen bin. Noch nie hatte ich eine ähnliche Krankheit gehabt, jetzt ließ mich mein eigener Körper im Stich. Wieder bewahrheitete sich die alte Regel: Selten bin ich überhaupt krank, wenn aber, dann mit großer Vehemenz. Ich versuchte eine Weile, die Sache vor mir selbst als ein vorübergehendes Malheur abzutun, und probierte alle möglichen Salbenreste, die ich noch in meiner Schublade fand, an den verschiedenen Hautstellen aus. Es wurde nur noch schlimmer. Ich schlief nicht mehr. Jetzt begann auch mein Mut zu sinken, wie noch nie vorher. Ich verfiel fast in Gleichgültigkeit. Es war, als hätte man mir mit der Intaktheit meiner Haut auch mein energisches Wesen weggenommen, ich fühlte mich von mir selbst, ohne daß ich es ändern konnte, verraten.«

»In meiner Jugend galten Hautärzte in erster Linie als Fachärzte für Geschlechtskrankheiten. Es kostete mich also doppelte Überwindung, schließlich einen aufzusuchen. Ich schwor mir auch vorher, bei dem ersten rüden Ton die Praxis sofort wieder zu verlassen. Mir wurde von einer Bekannten eine Frau empfohlen. Das paßte mir noch weniger, aber ich riskierte es. Ich befand mich also schon in höchster Erregung und Wut, als ich das Sprechzimmer betrat. Dann geschah wirklich so etwas wie ein Wunder! Zum ersten Mal in meinem Leben begegnete ich einer Ärztin, die sofort mein Vertrauen gewann, nicht nur das, die durch ihren bloßen Anblick Zuversicht und Hoffnung einflößte. Im allerersten Augenblick schon wendete sich die Situation zum Guten. Wie sie mir die Hand gab und mir freundlich ins Gesicht sah: nicht wie irgendeinem von einer Krankheit befallenen Patienten, sondern wie einem Menschen, dem sie auf einer Gesellschaft vorgestellt wurde; aufmerksam, interessiert, eine Gleichberechtigung selbstverständlich voraussetzend, nicht, kurzum, wie einem Nackten, dem sie nur die Haut untersuchen würde, sondern wie einem angezogenen Menschen, den sie in allen seinen Äußerungen zur Kenntnis nahm. Das ist der Gesichtspunkt, nach dem ich die Fähigkeit eines Arztes beurteile, das, was ihn über die Masse seiner Kollegen weit hinaushebt: dem Kranken das Gefühl, ein Einzelner zu sein, vermitteln zu können.«

»Die Heilung war ein sehr langwieriger Prozeß, der viel Geduld und Disziplin erforderte. Und doch: Gleich zu Anfang fühlte ich mich bereits halb geheilt, als sie mich ansah und mit ihrer tiefen, warmen, ungarischen Stimme sagte: ›Frau Mühlenbeck, warum sind Sie nur so schrecklich aufgeregt! Ich glaube fast, Sie sind der aufgeregteste Mensch, der je in meine Praxis gekommen ist.‹ Und bei jedem Besuch war es so. Sie sah mich mit der gleichen Wachheit wie zu Anfang an, mit gleicher Wärme und voll Verständnis und außerdem mit einem exakten Wissen darüber, was man in einem Gespräch verschweigen kann und was nicht. Sie sah mit ihren dunklen, etwas exotischen Augen, was für ein Mensch vor ihr saß, sie erzählte ein bißchen von sich, es gab etwas so Freundschaftliches in ihrer Art, daß ich von Mal zu Mal aufblühte. Dabei sagte sie mir gleich, es werde sicher zwei Jahre dauern, bis ich völlig geheilt sei. Das nahm ich ja jetzt leicht auf mich. Ich weiß, daß sie oft vor Arbeit nicht geradeaus kucken konnte. Manchmal wirkte das Gesicht bei aller Üppigkeit ihrer Erscheinung spitz vor Überanstrengung. Trotzdem gelang es ihr immer, bei mir den Eindruck von Ruhe zu erwecken von Gelassenheit und Zeit für alle Fragen.«

»Nie in meinem Leben bin ich durch eine Krankheit so entmutigt worden, so von mir selbst getrennt, ich fing an, wie eine Pflanze leise vor mich hinzuwelken. Und selten hat sich die Überzeugungskraft, die von einer einzelnen Person ausgehen kann, wenn sie in einem den einzelnen Menschen erkennt, bei mir lebensrettender ausgewirkt als hier!«

2

Im ganzen Haus hat Stille geherrscht, man hörte von draußen ein bremsendes Auto und aus einem der rechts und links angrenzenden Häuser, wie jemand über die Treppen lief. Alle Zimmer waren aufgeräumt, überall Friedlichkeit, Stille, Ordnung, und es hielt durchaus an. Plötzlich gab es ein kleines, klirrendes, klingelndes Geräusch, viel sanfter als klingelnd oder knirschend. Aber auf einen Schlag war alles verändert. Ich sprang sofort vom Stuhl hoch, sie stieß unten die Haustür auf, ich rannte die Treppe runter, sie fuhr einmal schlurfend mit den Schuhen über die Matte, ich nahm eine ihrer Taschen, sie schlug die Haustür von innen zu, schleppte, fest auftretend, knallend auf den Flurfliesen die zweite Tasche hinter mir in die Küche auf den Tisch, der plötzlich beladen war, schaltete das Radio ein und den Warmwasserbereiter, verließ die Küche im Mantel und kam im Kittel zurück, zog den Tisch unter Getöse von der Wand, stellte ihre Schuhe neben die Tür, in eine Küchenecke, trug schon wieder andere. Wir hörten beide unabsichtlich Schulfunk, der Boiler summte. Im Nu hatte sie eine ganz andere Stimmung erzeugt und eine wie umgestülpte, auf den Kopf gestellte Umgebung. Jetzt herrschten Tempo, Lebhaftigkeit, Unruhe. Die Geräusche des Verkehrs und der Nachbarhäuser waren nicht mehr zu hören. Sie holte mit beiden Händen Pakete, Beutel mit Gemüse, Tüten, Brote, Schachteln aus den bereits halb umgekippten Taschen und türmte alles auf den Tisch, wobei sie ein paar Mal fast Hinabgestürztes im letzten Moment rettete. Aber sie hatte ein Auge dafür, es geschah nichts. Die Fülle auf dem Tisch, das frische, leuchtende Gemüse, das sich in verblüffender Menge ansammelte, erfüllte sie mit Zufriedenheit, weniger aber die Farbe, die Vielfalt als die Menge, die gewaltige Anzahl, das heftige, großzügige, prächtige Durcheinander der unterschiedlichen Dinge, die sie aus beiden schlichten, allerdings anfangs stark aufgeblähten, nun schlaff in einer Ecke lehnenden Taschen herausgepackt hatte. Sie inspizierte den Bescherungstisch streng, wohlwollend, ohne sich allerdings auch nur eine Sekunde Aufenthalt zu gestatten. Auch in diesem Fall zeigte sie sich als Gegner jedes Versinkens in einer ausschweifenden Meditation. In der folgenden Zeit hielt sie sich nur für Momente in der Küche auf. Sie hatte begonnen, die Waren in den vorgesehenen Fächern und Winkeln zu verstauen, die sich an auseinanderliegenden Plätzen befanden. Sie trug im Laufschritt über Flur und Kellertreppe, ohne ein einziges Mal seit dem Betreten des Hauses gesessen zu haben, Obst ins Wohnzimmer und zur Schale auf der Flurkommode, Gemüse und Dosen in den Keller, kam auch gelegentlich mit einem davongetragenen Ding wieder zurück, und tatsächlich gelang es ihr in sehr kurzer Zeit, die Menge der auf den Tisch gestapelten Gegenstände beträchtlich zu verringern, allerdings schichtete sie einen Teil davon einfach auf den Kühlschrank, damit sie das aus den Augen hatte. Auf jeden Fall wollte sie jetzt wieder freie Bahn, einen glatten, leeren Tisch, dazu füllte sie Zucker und Mehl in Dosen, preßte Nudeln und Marmeladengläser in schon volle Fächer und kam ihrem Ziel in zügigen Schritten näher. Ja, es war nun erreicht, als sie aus einer Tasche das Portemonnaie holte, es aufklappte und den Inhalt, einfach durch Umdrehen, auf den Tisch kippte. Dann suchte sie einen anderen Sender, hörte plötzlich Tanzmusik, zog einen Stuhl an den Tisch und schlug die Geldbörse über der Tischfläche hin und her. Es fiel nur noch eine Büroklammer heraus. Sie schnitt ein finsteres, zugleich fröhliches Gesicht, sie befand sich in angenehmer, heiterer Laune und machte eine ernste Miene, weil die zur ernsten Sache des Geldzählens gehörte. Sie zählte aber nicht richtig, sie nahm nur die daliegenden Scheine und Münzen in Augenschein, stellte kleine Gruppen her, faltete das Papiergeld auseinander und dachte eine Weile nach mit gerunzelter Stirn. Natürlich, sie überschlug ihre Ausgaben. Nun die Veränderung, die plötzliche Sorge, das Hochfahren, das Überprüfen der Geldscheine, ein Forschen nach größeren Silbermünzen, Unzufriedenheit, ja, echte Besorgnis jetzt, eine andere Stimmung, kein Wunder, in der ganzen Küche ein Atemanhalten, ein aufsteigendes Rot an ihrem Hals. Schluß mit der geruhsamen Besichtigung. Sie fuhr mit einer Hand ins Seitenfach der Einkaufstasche, die vorn stand, hielt rasch einen zusammengeknüllten Hundertmarkschein in den Fingern, gönnte sich daraufhin ein Lächeln, ein deutliches Lufthölen: Erleichterung. Nichts war passiert, alles vielmehr gut gelaufen und erfüllt, und nun mußte nur noch das Geld vom Tisch geräumt werden, und es ist alles, da gibt es nichts zum Verwundern, alltäglich und perfekt zu Ende gebracht, verstaut, beseitigt, erledigt.

3

»Was ich schon immer abstoßend fand, ist die Schwäche, nein geradezu Lust, von sogenannten Omas – bin ich ja nun auch, es kommt also bald auch auf mich zu, Oma! eine Unverschämtheit, plötzlich wird man einfach als Oma bezeichnet, als wäre das ein ausschlaggebendes Merkmal, ein Kennzeichen, das alles sagt, das nur zwischendurch –, die Sucht von Großmüttern, sich vor den kleinen Kindern zu degradieren.«

»Sie erzählen begeistert, wie die Enkel, kaum, daß sie ins Haus treten, ihre Taschen durchwühlen, oder wie die Nachbarskinder gleich angetobt kommen, um sich ein Eis zu erbetteln. Auf diese grobschlächtige Art von Zuneigung bilden sie sich sogar noch was ein. Mich widern in solchen Fällen die Kinder und die Erwachsenen an.«

»Was ich damit sagen will: Ich bin keine Frau, die sofort sentimental wird, wenn sie ein kleines Kind vor sich hat. Aber heute! Das war etwas ganz anderes. Ausgerechnet während meines kurzen Mittagsschlafs klingelt es mal wieder. Und, wer steht diesmal da? Der Junge von nebenan.«

»Meine Laune gegenüber Leuten, die um diese Zeit an der Tür schellen, ist immer ausgesprochen gefährlich. Aber wie da jetzt dieser schmale Junge stand, stramm stand, im Regen in seinem dünnen Hemdchen! Natürlich war die Situation schnell zu erfassen. Die Eltern sind geschieden. Er lebt hier mit seinem Vater, der ein Stoffgeschäft in der Stadt besitzt. Den Schlüssel trägt er um den Hals, und da fehlte er jetzt.«

»Wissen Sie, man kann das schlecht beschreiben, diesen Eindruck, den der kleine Kerl machte. Er kennt mich im Grunde gar nicht, und man sah ihm noch an, daß er an seiner Haustür gezögert und gehofft hatte, durch irgendein Wunder würde die Tür doch aufgehen oder der Schlüssel in einer seiner Taschen auftauchen.«

»Schließlich muß er sich entschlossen haben, den Versuch zu riskieren und bei mir anzuschellen.«

»Ich glaube sogar, worauf es ihm noch mehr als auf eine warme Stube und was zu essen ankam, war ein bißchen Trost. Er sagte gleich, noch auf der Türschwelle, sehr ernsthaft und sachlich: ›Der Schlüssel ist weg. Ich kriege sicher Haue!‹«

»Kein erwähnenswerter Vorfall, das alles, aber es gibt eben Unterschiede, wie jemand dasteht und kuckt. Es handelte sich nicht um irgendeine Rührung. Ich ließ ihn trocken werden und kochte Kakao. Er ist bis abends geblieben, nur schellte er jede Stunde zu Hause an, um zu prüfen, ob sein Vater schon da war, so eine Angst hatte er offenbar, und ich konnte ihm die auch nicht nehmen. Andererseits erzählte er freundlich von ihm, und ich mußte immer schnell ablenken, wenn er auf die Freundinnen zu sprechen kam und seine vielen, vorübergehenden Mütter verglich.«

»Ich meine etwas anderes, Wut viel eher als Mitleid.«

»Ich fühlte mich so erinnert, aber gar nicht an eine ähnliche Situation aus meiner Kindheit: Meine Mutter war ja immer zu Hause. Es gab da nur die ungemütlichen Tage, wenn sie Wäsche und also keine Zeit hatte, die Schulgeschichten anzuhören, das war es also nicht. Ein allgemeines Gefühl, eine Erinnerung an eine grundsätzliche Szene, dieses Bild, wie er so winzig und naß und im Stich gelassen geduldig vor der Tür wartete, er selbst empfand es vielleicht gar nicht so, aber es wirkte eben so auf mich, ein ernsthafter kleiner Mann, wie ein Arbeiter, der müde von der Schicht kommt, ich kann es nicht deutlicher beschreiben.«

»Ich glaube, ich muß es als Kind in anderer Weise erlebt haben, ich kenne diese Empfindung so, hungrig und ängstlich vor einer verschlossenen Tür zu stehen, die durch noch so großes Wünschen nicht aufzukriegen ist. Sogar als Erwachsener fühlte ich mich oft so.«

»Verstehen Sie, es ist etwas Prinzipielles, das sich da ausdrückte, in dem Kerlchen, dünn wie ein Strich in der Landschaft, wie er mit solcher Fassung dem, was auf ihn zukam, ins Auge sah.«

»Und dann, als er etwas entspannter wurde und mit Buntstiften malte, entdeckte ich auch, daß er, wie ich, den Stift links hielt!«

4

Schon von Anfang an war es ja so, daß ich mich vor der Klasse befand mit einem Flimmern vor den Augen. Ich wußte genau, wie ich die Situation betrachten mußte, wenn alles gut gehen sollte: Es kam einzig darauf an, mir zu verdeutlichen, daß ich als erwachsene Person vorn stand, und etwas abgerückt, zu einem Block geformt, die Menge, die Masse der Schüler, ein

Ganzes relativ gleichartiger Wesen in rechteckiger Formation, deren Blicke auf mich gerichtet waren, damit ich auf sie reagierte insgesamt, ich Einzelne zurück auf ein Einziges – aus vielen Gebildetes, aber das mußte in den Hintergrund treten –: die Klasse. Das jedenfalls hatte ich mir, um nicht die Nerven zu verlieren angesichts der schrecklich vielen Augen, die mich anstarrten in unübersehbarer Verschiedenheit, rigoros in den Kopf einzupauken. Da war ich die Flasche! »Einer Einheit trittst du gegenüber!« sagte ich mir. »Zumindest zunächst, bis du dir mehr leisten kannst, nämlich das Eingehen auf Besonderheiten.« Kaum stand ich vor ihnen, wimmelten sie mir auseinander im Gehirn, es zitterte, es summte, ich wollte sie in meiner inneren Anschauung schnell zu einem Riegel zurückschmelzen, aber ich verzettelte mich sofort an den vielen, schief und schräg gehaltenen Gesichtern.

Die Klasse! Das konnte ich auch in den folgenden Monaten leichter sagen als glauben. Wie sie alle einzeln, jeder für sich und nach eigener Laune, ihren Beschäftigungen nachgehen wollten, und es interessierte mich so, was sie planten an Unterschiedlichem, mit der Namensnennung hatte ich besondere Schwierigkeiten. Ich scheute mich, den Namen eines Schülers in den Lärm oder die Stille zu sprechen. Dann wurde plötzlich einer aus der Verbindung mit den anderen gerissen und trat in einen ausschließlichen Kontakt zu mir. Was für eine Identifizierung plötzlich, ein Ertappen, ein Angriff! Ich erinnerte mich ja sehr gut an den Schrecken – aus heiterem Himmel ohne Deckungsmöglichkeit, wie aus dem Dämmern ins grelle Licht gezerrt –, bei meinem Namen gerufen zu werden. Man machte mich so ganz erbarmungslos und vollständig erkennbar. Bei Blicken konnte immer noch ein anderer gemeint sein. Aber natürlich erwartete man das Namennennen von mir. Viele Kinder mochten es sogar gern. Es ging ja nicht um mich! Im Laufe der Zeit wurde es immer zwingender. Es war nicht so, daß ich mich gewaltmäßig, zum besseren Verständnis in ein Kind versetzen mußte, es passierte von allein, wenn auch nicht gegen meinen Willen. Ich stand da, glaube ich, und während ich beobachtete, wie einer wütend vor zweien, die ihn verspotteten, sich mit Blicken und Worten wehrte, wie einer lange und elegisch weinte mit feurigem Kopf, wie einer, zu seinem Heft hinuntergebeugt, mich, die ihm über die Schulter sah, durch Achselzucken abzuschütteln versuchte und aus Trotz über die Belästigung nicht weiterarbeitete, überfiel mich die Erinnerung an mich selbst, wie ich es erlebt hatte vor vielen Jahren. Alle Gefühle wurden wieder ganz frisch, ich betrachtete mich, meinen Kummer und meinen Stolz in einer Schläfrigkeit, während die Vergangenheit die Gegenwart erfüllte. Manchmal war dieses Zurücksinken so stark, daß von mir als Erwachsener nur noch die Umrisse existierten, ich wanderte aus mir in die Schüler, die meine Erlebnisse ausführten, und ich konnte nicht eingreifen und die Empfindungen der Verlassenheit und Angst nun, auf der Stelle, zu freundlicheren ändern durch ein verständigeres Handeln. Ich war ja zu gebannt. Ich tat gar nichts.

Es kam dann noch etwas anderes hinzu. Die Bilder, die sie manchmal, bei einem Streit, einer Zurechtweisung, einer Überraschung boten, der Schmerz auch, in dem einer mit umgeknicktem Fuß sein Gesicht verzerrte, die Einsamkeit, wenn einer von ihnen über den langen Flur ging, waren übermächtig für mich. Ich wußte ja mit meinem Verstand sehr gut, daß das meiste nur so schlimm oder so großartig tat, aber die Gesten, die sie dazu machten, die Mienen, die Grimassen entsprachen so exakt denen des wirklichen Kummers, der Trauer, der Zurückgestoßenheit! Ich war ja bei Verstand, ich begriff, daß ich mich verschätzte, aber das half nichts: Sie verkörperten alle Gefühle, sie krümmten sich unter den Schicksalsschlägen und richteten sich begeistert auf in einem Triumph. Sie formten alle Empfindungen nach, die ich seit meiner Kindheit kannte, mit untrüglichem Instinkt, traumwandlerisch in ihrer Ungeduld und Gier, ihrer Ungeduld bei einem Wettspiel, ihrer Gier am Imbißstand.

Ja, das sage ich mir nun, gegen diese Einbildung komme ich gar nicht mehr an, es hat sich besonders in den letzten Jahren, ausgerechnet im Umgang mit den jüngsten Schülern verstärkt: Es ist das richtige Leben, das hier stattfindet, es sind schon alles die echten, furchtbaren Gefühle und Schmerzen und Entscheidungen, die hier auftreten in solcher Konzentration und manche zum ersten Mal, aber dann endgültig vorhanden. Es ist das unverhohlene Leben mit den Aktionen von Erwachsenen, es geht hier schon um Lebensschicksale, die ich betrachte, auf mein Pult gestützt, nicht mehr, nicht weniger. Es ist hier schon die echte, schlimme Verstoßenheit, das wirkliche Aussperren aus einer Gemeinsamkeit, die nicht gespielte Ungerechtigkeit zwischen den Umsorgten und den nicht Geliebten. Schon ganz genau und nicht als Nachahmung tritt mein eigenes Erwachsenenleben auf mit aller Heftigkeit und allen Wunden, es tarnt sich nur ein bißchen kindlich, aber kaum. Eine Einbildung, natürlich, eine Maßstabslosigkeit, doch was hilft es? So sehe ich es, das erschöpft mich ja so. Ich vergesse, wo ich mich befinde und wozu. Ich spüre keinen Unterschied zwischen ihnen und mir. Ich bin entweder so groß oder so klein wie sie.

Was aber jetzt? In drei Tagen sind die Ferien vorbei. Und ich? Ich sehe nun, worauf es hinausläuft schon so lange: Ich verwechsle mich mit ihnen! So war es von Anfang an. Ich steigere mich so hinein in meine Gefühle, Anblicke, Träumereien, daß ich die Schüler nicht richtig wahrnehme, erst recht nicht, was sie benötigen. Indem ich immer ihre kleinen Probleme zu meinen Erinnerungen und deren Ursachen und Folgen verlängere, übergehe ich ihre gegenwärtigen Rechte. Ich vermische mich mit ihnen. Noch schlimmer: Ich kenne sie gar nicht! Ich bin so vertieft in die Haltungen, die sie unbefangen einnehmen, daß von ihnen gar nichts im Spiel ist. Ich bin im Grunde mit mir allein, ich helfe ihnen nicht. Ich handle nicht. Ich halte mit Anstrengung eine täuschende Ordnung aufrecht, das ist alles, alles hängt mit der Schwierigkeit des Anfangs zusammen: Sie wimmeln mir auseinander, ich kann sie nicht als Block, als Einheit, als Fremde, als Kinder sehen. Sie führen Gesten aus, die ich phantasierend mit mir selbst anfülle, während ich mit beiden Beinen auf dem Boden stehe und von oben auf sie runterschaue und ein kindisches Lied mit ihnen singe und sage: »Ihr Zwerge!«

Schlußkapitel

»Ohne zu zögern würde ich, wenn man mich mitten in der Nacht weckte und nach der Zeit fragte, in der ich mich am lebendigsten gefühlt habe, antworten: In der Zeit meiner zweiten Berufstätigkeit!«

»Noch immer liebe ich die Parfümerien, die Cremes in den goldenen Dosen, das Gefühl von Verwöhntheit und Luxus, die guten Gerüche. In jedem Zimmer habe ich einen guten Duft stehen. Noch immer ist es ein Kampf gegen die Alltäglichkeit, noch immer gehe ich mit schönen Kleidern und Lachen gegen das Gejammere vieler Frauen in meinem Alter an. Man muß wenigstens den kleinen Sachen die Treue halten, die großen kommen ja doch nicht mehr.«

»Noch einmal möchte ich etwas Rundes, Vollkommenes erleben, eine schöne Reise in eine große, elegante Stadt, Wien, Paris oder Rom, nicht in Massen, nicht im Bus, nicht provisorisch und pauschal, sondern exklusiv. Es brauchte gar nicht lang zu sein, aber aus einem Guß, ohne Einschränkungen, einmal in meinem Leben, damit ich sehe: So etwas gibt es tatsächlich: ein Erlebnis, ein Abenteuer ohne Abstriche und Verbilligung und Rabatt. Einmal möchte ich gern ausschweifend über meine Verhältnisse leben, mit Glanz!«

»Die Langsamkeit und Wehleidigkeit der meisten Bekannten kotzt mich so an! Sie zehren von meiner Kraft. Ach, warum geht alles so gleichmäßig dahin! Wenigstens vor den Festen muß doch Aufregung und Gerenne sein. Man lacht doch so gern, man ist doch so gern für was außer Atem!«

»Noch immer lese ich viel, wie mein ganzes Leben lang, wie als Schülerin schon, wo ich in einem Rausch immer gleich die gesammelten Werke der Schriftsteller in mich reinfraß. Natürlich, bei vielen Büchern lohnt es gar nicht, sich erst die Namen zu merken, man rast so dadurch und ist nur auf die Sensation erpicht, die sich irgendwann ereignet. Interessante Bücher lese ich immer wieder, einzelne Stellen, fünf, zehnmal. Lieber würde ich alles erleben, auch das ganze Leben noch mal, auch mit allem Schlimmen.«

»Aus Protest gegen die albernen Fernsehsendungen gehe ich manchmal mitten in einer Sendung in die Küche und lese da einen Roman weiter, oder verschwinde gleich ins Bett. Am liebsten sehe ich Sendungen aus Entwicklungsgebieten, von entfernten Volksstämmen, authentische Berichte, tatsächliche Verhältnisse. Ich lasse mir nicht gern irgendwas Fiktives weismachen. Bei den optischen Tricks, die gegen den Augenschein arbeiten, komme ich mir immer an der Nase herumgeführt vor.«

»Die leidenschaftlichen Augenblicke in meinem Leben habe ich tief vergraben. Aber sie existieren. Was ich immer bewunderte an Männern? Die Besessenheit von einer Idee, die Unabhängigkeit von der Meinung anderer. Ich glaube, daß es eine Verbindung über eine große Entfernung, zeitlich und räumlich, gibt. Wenn man so einen Menschen nach vielen Jahren ein einziges Mal sieht, ist es, als hätte man sich nie getrennt. Es gab in meinem Leben zahlreiche Gelegenheiten zur Untreue. Lohnt sie sich aber? Ist nicht das, was man trotz des Verzichts bei sich behält, viel wichtiger?«

»Kürzlich wurde ich um fünf Uhr wach. In der Dunkelheit, besonders zu dieser Zeit, ist alles so beängstigend. Ich bin sofort aufgestanden und habe Kuchen gebacken.«

»Manchmal höre ich nachts die Amsel, die wohl aufgewacht ist und singt, oder es sind schon die ersten Töne im Morgengrauen. Das ertrage ich nicht. Es ist ein richtiges Grausen, ein tiefer Schmerz, den ich nicht festlegen kann, der mich dann packt. Ich stehe sofort auf. Diese Töne der Amsel sind so wehmütig, so aufregend, daß ich es nicht aushalte, noch länger still zu liegen. Plötzlich meint man, man hätte in seinem Leben etwas sehr Wichtiges versäumt. Ach, was würde ich darum geben, noch einmal ganz neu anfangen zu können, noch einmal einen ganz neuen Aufbruch zu wagen, einen völlig anderen Weg einzuschlagen, ein ganz anders geartetes Leben zu führen. Nie höre ich mir die Amsel in der Nacht und in den Morgenstunden an. Es macht mich so traurig, daß ich weinen müßte, es tut weh in den Fingerspitzen und in der Kehle und in der Brust, daß man sich krümmen muß unter die Bettdecke. Man wird ganz umgegraben.«

»Es gibt noch einen anderen Moment: mittags, wenn ich mich kurz hinlege! Plötzlich kommt das Gefühl angekrochen. Ich spüre genau, wie es langsam aus der Ecke kommt, und ich denke dann: So liege ich nun schon so viele Nachmittage immer auf der Couch, immer unter mir die graue Farbe, und so wird es immer weitergehen, Tag für Tag, immer derselbe Ablauf. Dann stehe ich schnell auf. Da fürchte ich mich am meisten: Dieses tückische Gefühl! Anders kann ich mich nicht gegen diesen Überfall wehren. Immer aber in meinem Leben setzte ich mich gegen Dinge, die gegen meinen Willen mit mir geschahen, zur Wehr. Nie habe ich mich in eine Sache einfach reinsacken lassen. Genauso gehe ich gegen diese Undeutlichkeit an. Wenn ich dem allerdings nachgeben würde, lange liegenbliebe, mich dareinversenken würde: Das wäre schlimm, dann könnte man schwermütig und verzweifelt werden.«

»Dies noch, zum Schluß!«

»Heute war die Nonne hier, die regelmäßig eine Spende für das Altersheim, in dem sie arbeitet, abholt. Sie ist jetzt 73, eine große, auf den ersten Blick derbe und blühend gesunde Frau mit einem roten Gesicht und klaren, blauen Augen.«

»Manchmal sehe ich sie über die Straße gehen. Die weiten, schwarzen Kleider wehen um sie herum, weil sie so energische Schritte macht. Eine Bauerstochter aus der Eifel und rund 50 Jahre im Orden. Wir reden jedesmal ein bißchen miteinander. Ich glaube, sie hat das ganz gern. Die meisten Leute hier in der Gegend geben ihr zwar was, wenn sie anschellt, aber es wird ihr, das hat sie mal erwähnt, eher verlegen in die Hand gedrückt.«

»Gut, ich will ehrlich sein, gelegentlich bin auch ich verdutzt, daß ich schon wieder mit dem Spenden an der Reihe sein soll. Aber was kann sie dazu? Sie wird ja geschickt und tut es, verdammt nochmal, nicht für sich.«

»Sie steht immer noch gegen fünf Uhr morgens auf, und man sieht an den schwieligen Händen, daß sie ihr Leben lang zugepackt hat. Wenn sie von den alten Leuten spricht, spürt man, daß sie sich, von der Generation her, gar nicht dazu zählt. Sie verfügt nicht über die Zeit, darüber nachzudenken, daß es ihr in jedem anderen Beruf schon lange zustände, jetzt nur noch in Cafés zu gehen, am Fenster zu sitzen und über die eigene Jugend nachzudenken.«

»Ich halte sie nicht für besonders fromm.«

»Sie wirkt so tüchtig, so unsentimental, auf alle Fälle ist es keine gewöhnliche Frömmigkeit. Sie wird zu sehr mit den Körpern der Leute konfrontiert, und das reicht von vollgemachten Betten bis zu den Resten der Sexualität, und was heißt Rest! Sie deutete schon ein paar Mal an, nein, sie brauchte dabei durchaus kräftige Ausdrücke, daß die alten Männer bis weit in die 80 ihre verschiedenen Lüste haben, und das stellt natürlich für ein Altersheim mit Nonnen und andererseits diesen jungen Landmädchen, die als Schülerinnen zur Ausbildung da sind, kein kleines Problem dar.«

»Sie ist manchmal, wenn sie hier an der Tür steht – und sie hat mir mal ihre geschwollenen Füße gezeigt, sie quellen ringsum über den Schuhrand, es muß eine Tortur sein, damit zu gehen und soviele Stunden auf den Beinen zu sein –, manchmal ist sie so erschöpft, aber sie sieht nie mutlos aus. Sie drückt mir immer fest die Hand, und ihre Augen sind immer so hell und ein bißchen spöttisch.«

»Vielleicht gilt sie in dem Heim als Drachen. Ich weiß ja nicht. Vielleicht ist es kein Vergnügen unter ihrer Fuchtel zu arbeiten, das kann ich nicht beurteilen. Ich selbst hätte nie Nonne werden können und wollen. Trotzdem: Sie hat für mich, wie sie so unverdrossen und guten Mutes und unerschütterlich ihren Weg geht, etwas so Unabhängiges, Konsequentes, Entschiedenes, daß es mir jedesmal einen Ruck gibt, wenn ich sie sehe, einen Anstoß.«

»Wie bei einer Figur aus einem Buch, von der einem auch nur bestimmte Seiten vorgestellt werden, sind für mich nur diese wichtig: Ja, sie ist sowas wie die Heldin einer Lebensgeschichte, eine literarische Gestalt. Von ihr geht etwas Beispielhaftes aus, ohne daß ich mir vorstellen könnte, wie man so ein Leben wirklich tagtäglich leben kann.«

»Ich will auch gar nicht mehr über sie erfahren, es genügt mir so.«

»Sie ist sicher kein komplizierter Mensch, was würde es nutzen, in ihr Seelenleben einzudringen und dort Zweifel und Einfältigkeiten aufzustöbern? Was mich beeindruckt, ist diese fest umrissene Erscheinung, und so will ich sie mir lassen.«

»Und manchmal, obschon ich weiß, daß sie sicher oft vor Arbeit nicht geradeauskucken kann, beneide ich sie um diesen ausgefüllten, vollgepackten Tag, um diese Frische und Fröhlichkeit, die vielleicht eben doch daherrührt, daß sie, wie man auch selbst dazu stehen mag, ein großes, über das irdische Leben hinausweisendes Ziel hat, unerreichbar und nicht zu zerstören.«

»Bestimmt, sie hat einen Gang wie ein draufgängerisches junges Mädchen.«

»Finsternis ist etwas Grausames. Vor keiner Sache habe ich Angst gehabt, solange ich denken kann, unüberwindbare Angst jedenfalls, nur vor dem Dunkeln. Man ist schutzlos und ganz ohne Maßstab. Vor einiger Zeit hatte ich diesen Traum: Ich lag auf dem Rücken in meinem Bett, mein Mann schlief ruhig neben mir. Plötzlich wurde ich durch ein Geräusch geweckt und erkannte mir gegenüber, durch das Fenster hindurchblickend, eine riesige Dogge. Sie hatte die Lefzen hochgezogen und knurrte leise, aber fürchterlich. Ich konnte vor Entsetzen nicht schreien, als nun der Hund zum Sprung ansetzte und durch die splitternde Scheibe aus der finsteren Nacht vor dem Fenster auf mich zusprang. Das grauenhafte Gebiß war schon dicht vor meinem Gesicht, da stemmte ich ihm im äußersten Moment in das aufgesperrte Maul meine Faust. Ich drückte sie ihm tief in den Schlund, so weit es ging, so daß er mir darüberhinaus nichts mehr anhaben konnte. Und natürlich, und wie bezeichnend für alle dramatischen Situationen meines ganzen Lebens: Es war meine Linke!«

Kann ich jetzt gar nicht mehr weiter? Ich weiß nicht, aber wenn ich den Mund aufmache und vor mich hinspreche, erst etwas mühsam, dann bald immer leichter:

»Ich kann nicht mehr weiter!«,

ist es angenehm, das so einfach und klar anzuhören. Ich ertappe mich dabei, daß ich es jetzt, nach all dem Hin- und Herdrehen, nach dieser Anstrengung immer schneller und beinahe schon triumphierend gegen die Wand flüstere. Es ist ja gar nichts Schönes, aber eine Genugtuung trotzdem. Habe ich nicht genau das lange genug verschwiegen? Wie es mich nun befriedigt, als könnte ich damit noch einem anderen als mir selbst wehtun. Und dann: Jetzt gibt es kein Zurück! Alles ist zu sehr begriffen von mir und ans Tageslicht gebracht. Aber gut, ich habe ja fast meine Freude daran. Eine Ratlosigkeit ist das auf der ganzen Linie und doch wieder, zur selben Zeit, keine: eine Entschiedenheit nämlich, eine Folgerichtigkeit, die mich tief aufatmen läßt. Jetzt halte ich etwas in der Hand, für mich allein, etwas Eingestandenes, Geflüstertes, laut in den Spiegel Gesprochenes, nachts ganz versöhnlich vor mich Hingemurmeltes:

»Es gibt kein Zurück!«

So eine friedliche, restlose Erschöpfung hat mein Kopf schon lange nicht mehr in sich eingeschlossen, etwas so Lautloses. Nur aus einer alten Angewohnheit schaue ich zu solchen Sätzen unglücklich drein. Ich versuche es anders. Und: Da lächle ich schon, unterdrückt, als wäre es unschicklich, dann offen, beinahe behaglich! Dann wieder, natürlich, mit zusammengebissenen Zähnen und in einer Panik, daß mir der Schweiß zwischen den Schulterblättern ausbricht, betrachte ich mich stumm, bis ich vor Schrecken die Augen wegdrehen muß, bis ich, mit den Augen zurückkehrend, mir zunicke:

»Ich kann nicht mehr weiter!«

Unersättlich bin ich darin, mit diesem Satz alles, was noch

steht, zum Einstürzen zu bringen, vom Tisch zu hauen, und ich drohe mir damit, ich beschwöre und beschleunige: Nur der Weg nach vorn ist frei! Schöne Worte? Ich spreche sie aus ohne Spott, ich spreche sie aus zur Probe, versuchsweise. Ich weiß überhaupt nichts, aber schon stellt sich eine kleine, kriegerische Überzeugung ein:

»Nur der Weg nach vorn ist frei!«

Daraus wird vielleicht, daraus wird schon ein regelrechter Ernst werden! Dabei habe ich nicht die leiseste Ahnung, was das heißen soll, dieses Handfeste, Tröstliche. Bin ich von selbst darauf gekommen? Eine Ordnung, eine Einsicht! Ich denke aber nicht daran, mißtrauisch zu sein. Warum sollte ich beargwöhnen, was mich dermaßen erfrischt?

»Ich kann nicht mehr weiter!«

»Es gibt kein Zurück!«

»Nur der Weg nach vorn ist frei!«

Davon weiche ich nicht, das ist etwas zum Festklammern, etwas Erwirtschaftetes, ein Anfang, mindestens ein Ende, und zwar ohne falsche Rücksichten gegenüber irgendeinem, denn natürlich: Jetzt beginnt ja erst alles, jetzt kommt alles auf mich zu oder bricht zusammen. Gewappnet bin ich nicht, aber gewarnt, gefaßt nicht, aber neugierig, und das so sehr, als wären es gar nicht meine Knochen, die ich hinhalte. Es wird sich etwas abspielen. Das hat mit mir zu tun, und in den Schwierigkeiten stecke ich ja schon längst und länger, als ich mir träumen ließ in meiner Versponnenheit oder Achtlosigkeit. Da wird nun nach diesem Rückblick oft das Wort Zukunft von Wichtigkeit sein, ich weiß: gemeinsame, menschliche, sichere. Aber vielleicht ereignet sich etwas ganz anderes. Dieser »Weg nach vorn« aus meiner verfahrenen Lage: Das muß etwas Interessantes werden und mich so sehr Betreffendes. Könnte ich ihn nur schon absehen! Ich telefoniere, ich gieße die Topfblumen, ich suche meine Schulsachen zusammen. Das bedeutet nichts. Das sind Scheinmanöver, vor Täuschung ausgeführt, auch, um mir die Zeit zu vertreiben, bis es losgeht. Ich bin am Telefon nicht zu sprechen, ich werfe eine Geranie in die Aschentonne, ich zerreiße eine wichtige Unterlage: Alles ist wieder offen. Eine Zerstreuung nur, zu keinem anderen Zweck, als mich abzulenken.

Gespannt sehe ich meine Hände an, die plötzlich zittern, ich presse sie gefaltet, in dieser Stille, fest, in dieser nun vorgeschriebenen Entschlossenheit, und wartend, wachsam, unter mein zitterndes Kinn.